# 都市大調與不能漏掉的佳作

## 論香港粵語書寫

陳澤霖 著

## 序

# 香港中文與粵語書寫的人文傳統

陳智德

二千年代以來，尤其近十年間，香港文學的粵語書寫現象備受關注，學界的相關研究可追溯至黃仲鳴二〇〇二年的《香港三及第文體流變史》、吳昊二〇〇八年的《孤城記——論香港電影及俗文學》，李婉薇二〇一一年的《清末民初的粵語書寫》，文潔華所編二〇一四年的《粵語的政治：香港語言文化的異質與多元》，以及我二〇一九年的《根著我城：戰後至二〇〇〇年代的香港文學》第一章有關戰後香港方言詩歌的討論。

學術層面以外，在民間或文化評論界引發更大迴響的，是彭志銘、鄭政恆編的《香港粵語頂硬上》（香港：次文化堂，二〇一四）及《香港粵語撐到底》（香港：次文化堂，二〇一八）二書，《香港粵語頂硬上》的作者包括容若、吳昊、黃仲鳴、朱耀偉、陳雲、葉輝、文潔華、陳智德、彭志銘、鄭政恆等等三十多位，出版後引發迴響，獲得香港電台主辦的「第八屆香港書獎」。事實上這二書的出版別具重要的文化意義，因為可說是學術界及文化界對二〇一〇年代主流教育的「普教中」的反響，從提出異議開始，進而更深入和不同角度地追溯香港粵語文化的流變、粵語文化的歷史意義和教育上的必要性等等。

這一波源於「普教中」異議的粵語文化反思，最初集中在語言、文化、歷史、教育的角度，近五年再延展至香港文學界，包括二〇二〇年七月創刊、標示為「粵語文學雜誌」的《迴響》以及二〇二一年的青年文學獎增設粵語小說組等現象，學界也開始有更多論文討論粵語文學，可以預見，陳澤霖《都市大調與不能漏掉的佳作：論當代香港粵語書寫》的出版，將引發更多更仔細的討論。

《都市大調與不能漏掉的佳作：論當代香港粵語書寫》一書以「粵語書寫」為討論焦點，最重要的幾篇論文，深入討論了舒巷城和飲江的粵語入詩作品，以至董啟章、陳浩基、劉綺華等人的粵語書寫小說，有助我們反思香港文學的粵語書寫現象，值得期許。陳澤霖透過論析飲江的〈人皆有上帝〉、

〈黃金分割〉、〈樣貌娟好〉等作品，論析出粵語入詩的戲謔風格及反諷效果，以至「語言狂歡化」的特定意涵，超越了單純把粵語書寫視作地道化或「生鬼」效果，而作出更深入的討論，在〈在引號和註釋之間：當代香港小說粵語書寫呈現形式管窺〉一文中，透過對董啟章《體育時期》、陳浩基《13・67》、《偵探冰室》系列及劉綺華《失語》等小說的分析，陳澤霖很敏銳地提出「對當代香港作家來說，粵語書寫的策略與呈現絕不是『藝術決定』或『政治決定』的偏好」；其間的「粵語書寫的策略與呈現」，是他對近年來香港文學的粵語書寫更深層次的文化關懷。

香港文學的粵語書寫現象，牽涉香港文學語言的本質和「言文分途」的人文傳統，是非常複雜的議題，也有如陳澤霖所論析，當中不是「藝術決定」或「政治決定」的分野。二〇一〇年代以來的粵語文化反思，源於「普教中」政策及香港面對的政治局面，目前所見的論述，例如《香港粵語頂硬上》及《香港粵語撐到底》很鮮明地透過書名中的「頂硬上」、「撐到底」，突顯維繫粵語的自主以之作為重要的文化資源，其間不同作者從語言、文化、歷史、教育等角度，已作出有力的回應。

然而延展於香港文學的討論，涉及香港書寫語言、口語和書面語分別並存又互相流動的複雜處境；過去，二千年代以前的書面語寫作和粵語書寫，很少對立、很少作為一種特別被標示出的、需要「頂硬上」或「撐到底」的文化資源。雖然有些保守的論者，曾抱持「純粹中文」角度，以粵語入文而視為俚俗不雅而作出負面批評，但普遍作者和讀者並非以「俚俗不雅」與否來衡量粵語入文的運用。因為它是作為一種文學效果的考慮，例如用於人物對話，以至於特定題材語境中的詩歌運用，都主要著眼於表現效果的文學性考慮，而不在於「俚俗不雅」與否，更不是口語和書面語的二元對立上的、抗爭想法上考慮。當中是有年代的不同、針對點不同造成的差異，針對二〇一〇年代的「普教中」，重中粵語文化的捍衛立場，自然有其必要性，而在香港文學的粵語書寫而言，則有必要再深思它的歷史脈絡，才足以說清楚，香港文學面對怎樣的語言問題。

回看香港文學的粵語書寫現象，二千年代以前已有且具長遠傳統，但一直很少人重視更鮮見學界研究討論，其普遍受到更多關注，是二千年代以後的事，原因很複雜，當中，教育層面上的「普教中」問題、粵語文化的邊緣化危機等等，都是箇中關鍵因素，突顯粵語書寫現象之備受關注，是呼應時代問題的結果；粵語書寫現象的研究繼續深入下去，亦將更有力地回應時代問題。

若回到粵語書寫現象的本質，它與香港文學的語言傳統以至語文環境密不可分。香港的語文環境及其讀寫教習傳統構成了香港文學的語言面貌，這是香港文學語言上的優點，卻又是備受誤解的一點。曾幾何時，有不少中國內地和台灣讀者以為香港人只會說廣東話而不懂「寫中文」，甚至真的以為香港作家全用廣東話字彙入文寫作，誤解這樣寫出來的才叫做「香港文學」，這是由於地域、文化阻隔和香港書刊絕少流通該地使然，當中的誤解尚可慢慢解釋破除，但不知甚麼時候開始，香港內部也逐漸混淆語文和文學的重點，把香港學生的語文問題歸咎於粵語環境，主流教育界或官員，竟以為學好普通話——另一種通行範圍更廣的口語，便可解決書面語中的語文問題，簡單地以為「普教中」可以改善香港學生的「語文程度」；都是忽視香港固有的語言環境，以優點為缺點的結果，當中的誤解卻不易說清，關鍵是香港寫作語言、文學語言的複雜性以至人文傳統的認知。

香港文學在語言表現上、語感本質上，有別於中國內地和台灣，正由於香港書寫語言、口語和書面語分別並存又互相流動所形成的「言文分途」傳統，造就特有的語言彈性，這與中國內地和台灣因為在二十世紀的不同時期曾以強勢權力近乎強迫地推行「國語統一運動」、「普通話運動」或種種貶抑地方本土語言的舉措，所鞏固了的「言文合一」書寫文，是很不同的傳統，更是香港文學語言的特殊性所在。反而，如果香港把口語和書面語對立二分，失卻二者並存又互相流動的語言彈性，不論是書面語書寫站在「俚俗不雅」或政治不正確角度來排斥粵語書寫和教習，或粵語書寫和教習站在粵語文化或抗衡政治角度來排斥非粵語寫出的書面語，二者的後果都會是「香港性」的徹底泯滅。

回顧香港的近現代中文教育，實基於一種崇尚自由、開明之社會環境，十九世紀中葉，香港開埠之始，殖民當局把教育事業交由天主教、基督教教會辦理，卻沒有推行像印度及其他早期英國殖民地的同化教育政策，使英語完全取代了本地語文。原因一方面是早期天主教和基督教傳教士許多都通曉華文、尊重華人傳統文化，另方面也源於英人在十八、十九世紀之交到達中土、已多次與清廷及華人往來接觸，考慮到政治、營商、傳教及與華人溝通的需要；由是殖民當局與教會合作，透過拔萃書院、聖約瑟書院、聖方濟各嘉諾撒書院等等早期教會學校、以及中央書院（一八九四年改名為皇仁書院）等等早期官校（政府學校），在香港推行以英文為主，中文為輔而逐漸演進至中英並重的教育，其間在中文教育上，主要由廣東籍學人主持，沿用明清以來的傳統，以粵語、粵音教授古文。

一九三〇年代以後，基於教育發展本身或戰亂局勢，多家廣州名校，包括培英、培正、真光、培道、美華、華英等等來港設立分校，促使更多廣東籍學人移居到港，教導學生以粵語、粵音吟誦詩詞和現代文學同時以規範書面語寫作。由此獨特及長遠的政治形態，香港這「化外之地」、「邊陲城市」，倖免於二十世紀中國不同政體強制推行的「國語統一運動」或「普通話運動」，意外地得以延續自明清以來的嶺南語文傳統，成為碩果僅存地保留了「言文分途」書面語的地方，這本是香港語言的特色和優勢所恃。

具體操作上，好幾代香港人受益於嶺南語文教育的「言文分途」傳統，學成兼具口語和書面語功能的現代粵語，我們會用粵音朗讀現代中文「的、了、呢、麼」和古典文獻中的「之、乎、者、也」等等都是口語不使用的語彙，卻又懂得把二者轉化在書面語之中，靈活運用「的、了、呢、麼」和「之、乎、者、也」並且可用粵音唸誦出來。我們都已習慣，口頭上說廣東話，寫作時以書面語思考，閱讀時以粵音默唸書面語（而不需把它翻譯為口語），這過程在外地人心目中看似混亂、看似不比「我手寫我口」簡便，但在實際操作上，我們的大腦會高階地又自然地分途處理，它們之間的界線不會輕易混同（除非我們故意混合它以產生特定效果），造就結合口語和書面語、靈活而往往帶幾分古雅的，如有需要亦可平易貼近於生活的，雅俗隨心又可精準切換的、反映香港人性格的港式現代中文。

在香港文學的實踐上，不論是較早期的本土成長作家侶倫、望雲、舒巷城，或是六七十年代成長的崑南、蔡炎培、西西、也斯、飲江、關夢南、鍾玲玲、黃碧雲、洛楓等等，他們／她們的文學語言就是這種「言文分途」傳統下的港式現代中文，當中，除了五六十年代以三蘇（高雄）為代表的「三及第」特色寫作（代表作是《經紀日記》、《三蘇怪論選》），其他一向以港式規範書面語寫作的舒巷城、蔡炎培、飲江、關夢南，間或在個別作品中視乎文學效果的考慮，加插粵語詞彙入文入詩，主要語言仍是古雅的香港現代中文；而至二千年代以後，他們有意識地增加了粵語詞彙入文入詩，例如飲江一九九七年的詩集《於是你沿街看節日的燈飾》，收錄七八十年代詩作，所用語言是一貫以來的香港現代中文，而二千年代以後出版的《於是搬石你沿街看節日的燈飾》（二〇一〇）和《於是搬石伏匿匿躲貓貓你沿街看節日的燈飾》（二〇二二），則增加了很多粵語詞彙入詩的作品，當中有文學效果的考慮（例如陳澤霖所論析的戲謔風格及反諷效果），亦有呼應時代問題的考慮。

時代問題對香港的粵語文化構成危機，已有許多作家、論者試圖回應或補救；然而，對於自足地發展了一百多年的、比「國語」或「普通話」都要久遠的、持守「言文分途」書面語特色的香港現代中文而言，時代問題又何嘗不是極大的危機？在這二十一世紀二〇年代以後，香港文學的語言到底何去何從，亟待我們直面討論，香港文學的語言既牽涉複雜的學術議題、時代問題，我們何妨回歸香港書寫語言、口語和書面語分別並存又互相流動的人文傳統，破卻二元對立、破卻簡化二分地再思。

二〇二四年五月二十日識於清大宿舍

目錄

序　香港中文與粵語書寫的人文傳統——陳智德　07

第一章　在引號和注釋之間：當代香港小說粵語書寫呈現形式管窺　23

第二章　戲謔、世俗與震驚：論飲江詩作的基督宗教符號與粵語運用特色的關係　99

明嘞，明曬——訪飲江　168

第三章　再思舒巷城作品的粵語書寫模式：以香港文學檔案及舒巷城文庫所藏之舒巷城夫人捐贈物品為例　221

第四章　新詩的「園圃」和「藝壇」：一九五〇年代的香港報章詩歌專欄　265

第五章　本土關懷、社群互動及放眼世界：一九七〇年代《香港時報．文與藝》新詩專欄現象管窺　295

《都市大調與不能漏掉的佳作》參考書目　350

編後記　陪走一段粵語書寫的路——李卓賢　371

# 第一章

# 在引號和注釋之間：當代香港小說粵語書寫呈現形式管窺

## 一、引言

香港多年來「言文分離」的語言學習及運用模式，[1]加上戰後文學創作、報刊、廣告及網絡通訊等媒介的發展，使書面粵語得以在不同的語用層面運用與發展。[2]部分香港當代作者因此自覺選擇糅雜書面粵語、白話文、文言文及外來語文而成的獨特書寫語言變體。[3]作為作者自覺的書寫策略，及香港文學不可或缺的語言運用與閱讀模式之一，粵語書寫不但以模仿口頭粵語的寫作形式呈現，作者也透過不同修辭及文學手段的提煉，試圖使之異於日常語言。[4]他們常常沿用或跳出「白話敍事，粵語對話」的敍事分工慣例，實驗不同文體運用粵語書寫的可能性及限制。

千禧年以後，董啟章、陳浩基、劉綺華等香港作家除運用以上粵語書寫策略創作小說，他們自覺針對各地華文讀者的語言差異，故在外地出版（特別是中國及台灣）的版本改寫文本的粵語詞句，既「翻譯」成他們心目中近於白話文的形式，又希望能保留及突出粵語的語法、詞彙和語言風格。因此，他們對粵語書寫的自覺運用呈現於文本內外各處：如在文本以引號形式標示部分粵語詞句，與加入注釋、[5]對照表和括號的補充內容，說明或翻譯粵語詞句的意義及用法。這些被標示的粵語詞句，有別於字典或語言學研究中「具標記性」的粵語詞彙及語法特徵，大多是來自作者主觀選擇說明的粵語及香港社會文化概念。另外，作者在序言、後記及評論，甚至於文本情節及對話等部分，指出自己使用各種粵語書寫策略的原因、方式及限制：他們一方面希望以粵語書寫突出作品的社會、文化與藝術特色，亦企圖借以上粵語書寫呈現形式，向外地推廣粵語及香港文化。

這些針對粵語書寫內容的標記對香港讀者來說，毋需解釋也自會讀懂，故成為作品的贅餘成分；[6]對作者來說，這卻可能是一種妥協的方式，甚或是紓解他們憂慮外地讀者未能讀懂粵語的手段。因為這些作品同時面向各地華文讀者市場，故作者及出版社會由文類要求、外地讀者對粵語及香港文化的理解程度等層面考慮。千禧年以後，香港人更因不同社會事件而對粵語、香港社會、文化及身份認同產生焦慮；適逢不同香港文學作品（尤其是類型小說）得以進入外地華文市場，在得到各項獎項及讀者關注以後，作家更自覺需要負上在推廣作品、保衛粵語與香港文化的責任，從而促使這些粵語書寫呈現方式在外地出版的版本中湧現。

近人對香港文學的粵語書寫策略及呈現形式的研究雖然不多，但仍可分為兩種進路，包括（一）語言學與社會語言學研究，及（二）文學研究。前者大多關注香港社會粵語書寫的糅雜語文形式、媒介及其社會影響因素，文學僅為他們討論的其中一種媒體。[7] 後者不但分析香港文學作品中粵語書寫的運用模式及藝術特色，亦認同它是當代香港作家自覺的文學語言運用策略；論者較少關注回歸後香港作家的粵語書寫策略，並把這些分析作為呈現本地生活、個人及社會認同、作家語言觀或作品「社會性」的手段，而非將粵語書寫策略本身視為研究對象。[8] 然而，單以當代香港小說作品的粵語運用策略（包括文本及注釋等層次）為例，它正是作家個人的藝術選擇、與社會環境互動，以及跟外地讀者市場磋商及妥協的結果，而不只是社會對語言運用的集體表現。

由於這些粵語書寫的策略、呈現及改動方式皆是由作者本人選擇及運用，故我們可從它們視為作者粵語書寫的實踐與語言觀，以及與各種外在影響因素互動的成果。針對粵語書寫元素而加入的各種注釋、引號標記及括號補充內容形式固然不是在戰後才出現，但粵語書寫在文本與注釋中的內容、功能、態度及呈現方式，卻會隨作者個人的社會、政治、文化與語言觀念，以及出版市場等因素而變化——故不同作者所採取的粵語書寫策略及呈現模式值得以個案形式逐一研究。

因此，本文以千禧年以後，具有上述各種粵語書寫策略及呈現形式，並曾於各華文讀者地區出版的當代香港小說為研究對象，包括董啟章《體育時期》、陳浩基《13・67》、《偵探冰室》系列及劉綺華的《失語》。下一節將首先簡要回顧當代香港文學粵語書寫的論述及發展歷程，以便了解影響及形成當代香港小說作品粵語書寫策略及呈現形式的慣例與社會背景。及後，本文會將上述作品分成三組個案研究，試圖由文本內容及注釋、引號標記與括號補充內容的分析及版本對照，發現各組研究對象的粵語書寫策略及呈現模式，並討論其運用目的、效果與原因。

## 二、香港文學粵語書寫論述回顧

如要考察當代香港文學粵語書寫的運用方式及策略，固然從作品的分析可以歸納一二；香港文壇有過數次針對文學作品使用粵語書寫的討論，並大多關注粵語書寫的使用規範、對象、特色及功能等，某些規範更成為現今香港社會粵語書寫的慣例。因此，本節將先梳理香港文學粵語書寫論述，從中找出其發展軌跡、論述重點及相關的影響因素，以便開展下文對各組個案研究的討論。

首先，香港在三十年代末曾有過零星提倡創作方言文學討論。當時有論者認為香港社區的語言（「港話」）是英殖背景的象徵，故需要以華南地區的「粵語」作為對抗「港話」及其殖民勢力的方式。[9]他們雖沒有具體討論兩者的特點及異同，但仍可見他們意識到粵港兩地人民即使同樣使用粵語，「港話」及「粵語」因為兩地不同的生活、社會、政治及文化，故在詞句、語言運用的層面出現一定差異。

▼華嘉是四五十年代方言文學運動的重要人物，編著《論方言文藝》。

香港在一九四七年亦有過一次由左翼文人發起的方言文學「運動」，試圖以方言書寫的文學作品為手段，借「文藝大眾化」的特色，引起華南地區民眾對左翼工作的支持。[10] 近人研究認為四十年代末的方言文學論爭可分為「純粹」和「糅雜」兩派：前者由理想化的「純粹方言」出發，認為方言寫作應跟從其語言規範，而不是糅雜白話文與文言文；後者則提倡提煉及糅雜淺易的白話文和方言寫作，不但使作品具地方性，又不會令其他地區的華文讀者無法理解。[11] 作者當時為保留作品的文學性，往往避免使用太口語化的方式寫作，他們卻沒有打破以書面粵語記錄口語的模式。[12] 也因為轉述句及第三人稱的敘事語言難以借口語形式表現，故當時的方言文學作品大多以方便表演及朗誦的文類為主，並常由第一人稱敘事角度書寫，[13] 可讓作者透過口語化的語言，使作品中的政治及教育內容易於傳播及接受。[14]

與清末民初相似，即使口頭粵語得到進入及改造不同文體風格的經驗；[15] 對當時的作者來說，粵語書寫也只是具啟蒙、教育、政治、娛樂及引導群眾的功利性工具。[16] 故粵語書寫對很多作家來說，它只能營造詼諧和市井風格，和借書面粵語「再現」口語，呈現低下階層市民生活。[17] 論者當時亦深知粵語書寫對當時識字率不高的群眾來說，其實與要他們學習白話文一樣困難。如鄭樹森討論當時「純粹派」提出的語言運用標準時，曾言：

> 如果全部用廣東話寫作，作者和讀者都得重來一次「語文革命」，當時恐怕根本辦不到。廣東話的口語和書面語之差距，遠遠超過以北京話為底子的普通話，因此完全「我手寫我口」在粵語地區

其實行不通，甚至得不償失［……］。[18]

在鄭氏眼中，即使口頭粵語是華南地區民眾的日常語言，也不代表書面粵語會同樣受群眾了解及接受。如想忠實呈現口頭粵語的特色，作者必須保留語氣助詞等反映情感及態度的語言元素；[19] 對讀者來說，這很可能成為與作品內容沒有太大關係的贅餘。因此，作者需要摒棄「我手寫我口」的幻想，在提煉口頭粵語成為書面粵語的同時，透過語言及藝術形式的轉化，突顯粵語的藝術特色，避免直接使用口頭粵語；論者卻以為這種刪減及摒棄粵語語言特色的手法是使方言文學最終不受讀者熱切支持的其中一種原因。[20]

戰後有關香港文學粵語書寫的論述則多由書寫文體觀念出發，強調粵語書寫能與白話文、文言文及英文般，能以自身的語文特徵，伴隨特定作品題材及風格而構成獨立文體。對香港作家，甚至是語言學學者而言，粵語書寫一向皆以糅雜各類語文的形式出現：就如黃仲鳴論及「粵語文學」概念時，便曾以書面粵語、白話文、文言文及外來語的糅雜及選擇來分類。[21] 黃氏指出三蘇（高雄）以糅雜文言文、白話文及書面粵語的「三及第」文體寫成的怪論

▼三蘇《經紀日記》

與《經紀日記》，曾於五、六十年代風靡文壇。[22]因為粵語書寫得到不同報刊文章及通俗小說的實踐經驗，作品早已脫離方言文學運動的第一人稱敘事慣例，而轉向第三人稱敘事的「粵語書寫，白話敘事」分工。[23]然而，縱使讀者認為三蘇等人的「三及第」作品極具粵語及文學藝術特色，唐斯諾卻指出這種文體卻不是口頭粵語的真實反映；[24]他更發現當時「三及第」文體具語法標記特徵的粵語詞彙最多只有一二%。[25]因此，文學作品的「粵語特色」不只來自詞句運用比例上的多寡，更是關乎作者如何自

▼ 1953 年 2 月 2 日刊於《新生晚報》之三蘇怪論

覺從中突出粵語語感，而讀者又如何在糅雜各種語文的獨特文體中讀出這種語感。當中，舒巷城《太陽下山了》針對東南亞讀者市場，不但於文本選用粵語書寫，更運用注釋、引號標記與括號補充內容等呈現形式，成為當時傳播不同華人讀者市場的經典著作。[26]

直到七、八十年代，書面及口頭粵語在流行曲、影視媒體、廣告及報刊等層面的運用逐漸增加，[27] 加上粵語作為大部分香港人的母語與社會身份認同的象徵，以及口頭粵語、普通話及白話文共同受政府承認為香港的第二官方語言，故香港人對粵語的接受程度愈來愈高。[28] 當時報刊多採用（1）三及第、（2）在語篇混合白話文及粵語的詞彙與句法、（3）「粵語對話，白話敘事」，以及（4）使用口頭粵語的語言形式。[29] 然而，當時漫畫、雜誌及廣告等大眾媒介皆使用比「三及第」更接近口頭粵語的風格書寫：[30]《號外》雜誌創辦人陳冠中、丘世文及鄧小宇的作品所運用的粵語書寫策略則是經典例子。

為突顯不同香港中產階層人物的性格及文化，《號外》以「新三及第」的

▼ 2006 年《號外》出版由呂大樂主編的三十周年紀念特集

形式創作：即口語化的書面粵語、白話文及外來語文（主要是英文）的糅雜書面文體。[31] 雖然仍是多用於「粵語對話，白話敘事」的作品中，但相對於以文言文及白話文為主導形式的「三及第」，「新三及第」文體因為增加了口語化的粵語運用比例，失去「三及第」因糅雜文言文所突顯的典雅風格，反倒使作品更具反映特定時代及社會，更令作品語境及語調貼近日常對話。[32] 然而，對當時支持白話文寫作的作家及讀者來說，以《號外》及其他大眾媒體為主要推手的「新三及第」書寫是不堪入目的「泥沙文字」。他們以擁護白話文、中國及國家文化為目的，認為「新三及第」不但會局限讀者群、破壞白話文的書寫慣例，甚至提到「如果大家都用方言土語來寫文章，國家也就四分五裂」。[33]由此可見，書面粵語及外來語文在這些批評者眼中已成為一種「異質」及具破壞性的書寫語言。它更成為白話文發展，以及白話文所象徵的國家及文化統一進程的阻礙。對此，丘世文強調「文白夾雜、忽中忽西的文筆」與其他語言一樣，皆人類隨社群文化所創造和運用的產物，有時甚至「非用（行）不可」。[34]也因為這種針對香港本地讀者市場，以及對糅雜語言運用的自信，當時的作品並未見有太多解釋粵語書寫及香港文化的副文本出現。

因應回歸後香港政治、文化、教育及語言環境的各項明顯轉變，以及千禧後各項社會事件更加劇香港人對文化及身份認同的焦慮——粵語的教育、書寫及傳播成為九十年代後香港人投射城市未來方向的焦慮原因之一。本地社會漸漸出現不同以粵語為主體，抗衡普通話及白話文的論述，並以粵、白（普）對立，象徵香港社會對中國的不滿及反抗。與此同時，因為不少香港文學作品為進入各地華文讀者群，所以董啟章及劉綺華等人雖仍以粵語書寫形

▼《迴響》創刊號

式創作，但亦透過修改文本粵語書寫內容成接近白話文的形式、加入注釋作翻譯、介紹及說明等方式，向外地讀者市場作一定程度的妥協。當中，因為二〇一三年「反國教」與二〇一九年的反修例事件，以及期間屢次討論的「普教中」議題，港語學及《迴響》等組織紛紛崛起，借保衛粵語（特別是書面粵語）及香港文化的鮮明立場，得到不少支持者呼應。《迴響》於二〇二〇年七月創刊，副題為「粵語文學雜誌」。[35] 在介紹詞中，編輯群認為「香港嘅文學就十居其九都係純『書面語』，淨返一成，就加插幾句廣東俗語，就話係香港特色」。[36] 由此，他們提倡以「全粵語」書寫的「粵文」概念，[37] 希望藉此突顯粵語與香港文化的關係，亦試圖透過累積實踐經驗，將粵語書寫提升到全語篇運用的層次，最終達到香港人的書面語地位。[38] 青年文學獎於二〇二一年更增設粵語小說組，其比賽規例也跟隨《迴響》要求，訂明參賽作品「須以全粵語口語書寫（以引號標示的引文可豁免）」。[39] 以上組織對「全粵文」書寫的要求，其實與四十年代末方言文學運動時的「純粹派」論調相似。然而，他們為避免使用白話文，常常陷入難以將兩者重疊的詞彙與句法特徵分類的處境。即使口頭粵語與普通話在讀音及音調等層面有明顯分別，但因書面粵語及白話文同樣以漢字記錄，詞彙更有大半比例重疊，實在難以明顯將兩者辨認。[40] 理論上，粵語書寫固然能夠以全語篇的形式呈現，實際操作卻難以達到；即使為方便分類而避免使用粵、白重疊的詞彙，其實也是削足適履，更使粵語書寫缺失一大部分可用的詞彙。無論如何，當時青年文學獎粵語小說組評審並未有從粵語書寫運用比例的多寡評定作品優劣，而是由文學技巧、對口頭粵語材料的提煉與選取、語言風格的創造，以及粵語對作品內容及情感的扣連等角度討論。[41]

總結上文對香港文學粵語書寫論述的梳理，可見當代香港文學的粵語書寫不但是一種糅雜書寫文體的概念，更是作家自覺的語言運用策略及呈現形式。即使粵語作為文本中「少數」的粵語運用，其實並不代表它是作品的「弱勢語言」——作家常常將粵語用於作品中最有藝術力量、劇情轉折或點題之處，強調粵、白比例不均的特色，將雙音節詞省略成單音節，以及盡量避免選擇無法望文生義的粵語詞彙等，以保留粵語的語言風格。也由於粵、白兩者共同分享不少詞彙及語法結構，故作家可以透過白話句法結構中加入粵語字詞，企圖「爭奪」句子，甚至整個段落篇幅的語感，同時能讓華文讀者理解。而針對小說文類而言，即使「粵語對話，白話敍述」的慣例依然盛行，但近年亦有部分作家試圖以粵語同時成為敍事者及作品中不同文類的語言：他們嘗試將對話及內心獨白改成粵語的轉述形式。雖然對話及內心獨白仍需要口語化的資源，但經過作者的提煉轉化，將轉述形式融入於敍述語言之中，並且不用引號分隔粵語及白話，使兩者直接結合，某程度上也是破除以往語言分工慣例的可行方式。另外，其實四十年代末的方言文學論爭，亦曾提到可為難以借讀音，或望文生義方式理解的粵語詞彙加入注釋。這實為本文討論當代香港小說的粵語書寫呈現方式的一大方向：作家為使外地讀者易於理解作品的內容，他們除文本以粵語書寫的內容翻譯成白話文，[42] 亦常常借助引號突出粵語詞句，並以注釋及括號作補充及翻譯粵語之用。然而，作者在其中突出、注釋或翻譯文本哪些與粵語書寫及香港文化相關的內容？它們的種類、表現形式及詮釋態度有甚麼異同？作家因為甚麼社會、語言及歷史等背景而需要加入副文本？黃宗潔認為部分香港作家（包括本文研究對象之一的陳浩基）因希望保衛粵語及介紹香港文化而加入注釋時，提到「粵語書寫的『政治決定』動機，就可能高於『藝術決定』」。[43] 即使作家使用出於「政治決定」，採取以上手段為粵語及香港文化作注，他們又有沒有企圖借助其他手段補償所缺失的藝術特色？

無論如何，雖然上文大多是由論述的角度說明香港文學粵語書寫的方向、困難、方式及目的，但到作家的文學實踐時，其實也與當時主流的粵語書寫論述及社會文化不無關係。因此，下文將透過（一）《體育時期》、（二）《13·67》與《偵探冰室》系列，以及（三）《失語》三組個案研究，由作品版本對照、文本分析及副文本例子整理等方式，觀察不同當代香港作家如何回應回歸後本地社會對粵語及個人身份認同的焦慮，及外地華文讀者，為呈現、翻譯

▼2003年由蟻窩出版的《體育時期》

及介紹文本中的粵語書寫及香港文化內容所作的各種努力。

### 三、「我哋嘅語言」的風格練習：《體育時期》

《體育時期》共分為「上／下學期」兩部分，以愛好文學創作的大學生貝貝，與喜愛古典音樂和日本文藝小說的樂隊成員不是蘋果為主角：上學期主要關注兩人於在學期間的相遇及相處過程，下學期則寫二人離開校園以後的社會及生活經驗。董啟章在書名以體育課與青春期對個人及社會的探索與困惑為象徵，寫貝

▼董啟章《體育時期》2013 年在台灣推出「劇場版」

貝及不是蘋果如何對抗限制自己成長的道德標準、社會層級、權力與人際關係，以及社會對青年加上的刻板印象與壓力。此書於二〇〇三年於香港出版（下稱初版），二〇〇四年再於台灣推出（下稱台灣版），當中嘗試將初版的「部分廣東話原文改為書面語」，也成為二〇一〇年在內地出版的底本（下稱內地版）。二〇一三年，作品再以於台灣重新出版，另加入「兩次在香港改編為舞台演出的內容」，故稱為「劇場版」。[44]

黃宗潔曾認為董啟章在《時間繁史．啞瓷之光》（二〇〇七年）以大量粵語書寫「嚴肅的交談」內容作語言實驗，測試香港讀者對嚴肅文學作品使用書面粵語閱讀及書寫形式的接受程度。45 然而，於二〇〇三年出版的《體育時期》可能是董氏更早，也可能更全面的語言實驗。當中，董氏對粵語書寫的呈現模式不只是限於用法及文體上的嘗試，董氏也在作品中加入不少由自己創作經驗出發，與粵語書寫相關的論述。

以作品的粵語書寫策略來說，初版的粵語書寫分量最重，大部分以粵語口語句法及詞彙寫成；董氏在作品章節之間切換各種文類，不但可變換視角及敍事主體，也因這些往往少用粵語書、少於文學作品出現的文類加入粵語書寫元素，故可視之為他針對作品及讀者閱讀經驗，試圖為書面粵語提供不同文體的語言風格實驗。這種明智的粵語書寫策略，使作品有不少部分將「粵語對話，白話敍事」的分工打破：例如部分章節以書面粵語寫成的對白，與白話文敍述之間並沒有引號隔開，僅靠「XX說：」的標示分開。有些章節甚至將之刪去，使敍事及對話之間的界線變得模糊（如〈技術〉及〈語言暴亂～超倫溯妓ㄓ硈戳辨鑼ㄜ甓廄ㄍ〉）。

另外，小說亦有章節的敍事語言雖以第三人稱白話敍事語言寫成（如〈四月的化石〉及〈立足點〉），以突出角色的回憶，以及將讀者與角色本人的內心世界拉開距離，但因為當中轉述他人對話，故部分內容仍保留口語化的粵語書寫元素。當中，董氏皆偏向以粵語與白話文重疊的詞句寫成，或是選用能望文生義的字詞。當中仍可看到不少口頭粵語的語法特徵，如：

> 韋教授就說：別扭擰啦！男人大丈夫！來！我先和貝貝唱，你跟著學，然後輪到你。[46]

> 其中一個看來是頭頭的高瘦女生卡著小宜的喉嚨，說：我係仔你都敢溝！你未死過定啦！[47]

這些回憶及敍事當中的對話，其書面粵語的呈現方式較為完整，也較常出現複雜的句式。相對以口語化粵語句式寫成的章節（〈技術〉），人物對白則為偏向口語的碎片化及短句式形式呈現。小說中也有以全白話寫成的例外個案（〈牛油〉），但董氏對文類的使用，其實不限於以書面粵語及白話文重現對話語氣及風格。為呈現「小說元素在整體上的藝術性配合，諸如角度、語調、氣氛、處境與心理描繪等等」，[48] 他可以借字典文體，透過以關鍵詞為不同段落的主題索引，以時而虛構、時而評論；時而白話、時而粵語的文字組成，造成多元的風格（《字》）；他又借仿劇本體裁中對白與舞台提示，轉化為角色對話內容及態度語氣的文字（《銀色手槍》）、或以仿心理測試形式強調文學創作的可能性與對話（《單項選擇題》）。當中，小說還有以全粵語短句式寫成的日記（《倒下的方法》）、白話文寫成的信件、筆記和歌詞（《詩與垃圾II》）、論文讀書筆記（《偉大的費南多》）、電郵（《Bad Days 衰日子》）、個人寫作筆記（《飛行物》），以及書稿序言（《魔術子彈》）等。

如分析角色敍事的語言風格，可以發現作者（黑騎士）以全白話方式敍事（《詩與垃圾I》），主角個人獨白則以複句為主：貝貝的對話多用白話寫成（《圓臉的青春》）；不是蘋果有較多變化——她的對話雖然仍以白話為主，也有以粵語句式寫成的例子（《蘋果變奏》）。總括而言，不是蘋果的對話粵語用字較多，語氣詞也較多，如「撞鬼你！」[49] 及「這次死硬了。」[50]〈複印〉更將〈倒下的方法〉以口語化書面粵語寫成的日記段落，與不是蘋果的白話獨白對照，透過細微對比，展現二人語氣、性格的不同。〈復合。（左）〉及〈復合。（右）〉則透過排版「左對話、右描述」的對照，看見兩人的視角及語調的不同。

此書初版完全沒有任何針對粵語書寫的副文本或標記元素。然而，為照顧外地的華文讀者，董氏雖然沒有在作品中加入引號、括號及注釋等標記元素，但他仍在分別在台灣版及內地版書後的附錄加入名為〈港台口語/慣用語對照〉及〈書中粵語普通話對照〉的表格，收錄部分作者認為是外地華文讀者難解的粵語詞句：台灣版共選入九十五組粵、白對照詞句，內地版則收入共一百一十二組詞句。兩版選用的詞彙皆有所不同，如內地版刪去共十七組台灣版收錄的詞組句，另再收入三十五組。以選詞的種類來說，台灣及內地版合共一百二十九組對照詞句中，強調粵、白譯音差異的外來詞共十五組，介紹文本內容只有一組，而針對粵語運用的則有一百一十二組，包括英式粵語「likey」。在粵語運用類的對比中，董氏則多挑選常用短語、形容詞及詞彙作對應或解釋。另外，作者在台灣版的對照詞後有注上頁碼，內地版則刪去頁碼部分，似乎是希望減少讀者針對特定頁數翻揭內文的動機。對此，董氏在劇場版的出版說明中其實亦提到與作品有關的副文本其實「可與小說正文同步閱讀，或者先行略過，悉隨尊便。」[51] 這間接反映作者對兩版對照表不置可否的態度。

然而，在各個針對中國及台灣讀者的版本中，董氏都對文本的粵語書寫及語言比例進行修訂。雖然他並沒有提到刺激他思考粵語書寫因素的原因，但我們仍可以由以下的自述見到董氏在此書選用及修改粵語書寫元素的考慮及目的：

> 因為著意書寫香港地道生活經驗，所以原版中用了大量廣東話。為免讀者感到太大的閱讀障礙，我在新版中盡量把廣東話改成書面語。但是為了保存小說的地方感，實在不能完全地普通話化。所以，這可以說是一個折衷版。按不同的實際情況，不同章節中「翻譯」的程度也有所差別。有的索性全改，有的只是改為比較易懂，有的則完全保留廣東話。當中以第二種情況居多，所以讀者會發現，書中許多地方，特別是人物的對話和內心獨白，語感可能有點奇怪。在

這些地方，我保留了某些廣東或香港用詞，而句式和語氣也是廣東話式的。至於完全用廣東話的片段，則是由於非如此不可了。〔……〕我希望這個版本總的來說還是暢順可讀的，也希望台灣讀者們能體會到當中的生活感。52

董氏在此明確指出自己對粵語書寫的修訂方式，並強調此舉是為減少讀者對粵語的閱讀障礙，也是一種作家針對外地讀者市場而選擇的折衷「翻譯」手段。他強調自己加入粵語書寫元素，是希望「書寫香港地道生活經驗」及「保存小說的地方感」，而對粵語書寫元素的修訂與否，則觀乎作品內容及整體藝術特色而定。縱觀各個版本，人物對話在董氏的修改中，仍多保留粵語句式。從台灣版開始，部分粵語口語詞的寫法變得統一（如「啲」、「咗」、「嗰」、「嚟」及「喺」等），而「既」（嘅）、「架」（㗎）及「我地」（我哋）等詞直到內地版開始才統一寫法。也有些字詞在董氏開始修訂時已有明確的對應，如「點解」改為「為甚麼」、「冇」改成「沒有」、「呢」變成「這」、「係」等於「是」，以及「唔」變為「不」等。由此，他將部分粵語詞變成白話詞彙，使少量粵語句式因此變得具白話語感，如：

> 有種就反過來抛倒我吧！[53]
>
> 夠薑就翻起來抛倒我！[54]

由上引例子可見，作品在粵、白轉譯時出現不同程度的語義流失（例如程度副詞及語氣詞），即使董氏嘗試以「吧」、「有種」等白話元素盡量補償，但仍無法達到原有句意的堅定與挑釁效果。對董氏而言，他自覺調整作品語言運用並不是為針對社會時政或特定的意識形態，而是希望藉作品的粵語寫作，對抗香港社會長久以來對粵語書寫的刻板印象。如在作品中，他曾藉不是蘋果的口說過「方言聽起來就好像都是由粗口構成似的」；[55]他更在〈字〉的「【語言／方言】」條目，解說他在作品中運用粵語書寫，尋找「我哋嘅語言」的必要：

> 如果我哋生活嘅語言係廣東方言，點解我哋唔可以認真用呢種語言去寫？點解我哋嘅語言淨係可以出現喺報刊既低俗版面上面？點解我哋嘅語言唔可以用嚟表達嚴肅嘅嘢，或者，唔可以用嚟表白自己嘅情感經驗？點解喺小說裡面一用到廣東話就淨係可以用嚟講的搞

笑或者粗俗嘅嘢？我哋平時談情說理嘅時候，唔係都係用緊呢種話嘅咩？點解一寫落嚟就變樣？一邊寫，一邊感到呢種困雞。原來我哋重未好好咁認識我哋嘅語言。講嘅時候唔覺，到一寫出嚟就發現問題。我覺得自己好似喺度同呢種語言，或者應該話同呢種語言套咗入去嗰啲嘅［既］定觀念掙扎緊。我想試下去除呢種語言俾人甚至係俾自己嘅粗鄙感，用佢嚟寫人物嘅情感，而唔會有搞笑既感覺。56

董氏完全由作者視角，從個人書寫及使用粵語書寫面對的困難發出呼叫。他認為自己在嘗試扭轉粵語作為文學語言時面對的不同困境，如讀者認為粵語寫成的作品必定具諧謔、粗鄙及低俗特徵的既定觀念，以及粵語書寫的出版機會很少等。他亦提到粵語書寫面對詞彙不足，以及不少口語詞因沒有書面寫法而未能記錄，使粵語作為香港社會生活的象徵，無法使作家可以完整地描寫本地、個人的所思所想。而且白話文對香港人來說，只會「減損咗我哋嘅表達容量同質量」，故最後大家只能以糅雜各種語言的形式，「寫一種唔三唔四嘅語言」，並變成「經由各種扭曲變形而產生嘅怪異文體」。57

▼《體育時期》曾由浪人劇場演出

如果我們說《體育時期》初版是董氏由作為香港、以粵語作為母語的作者經驗，反思粵語書寫的困難，那麼在初版以後的各版本，他為各地華文讀者所作的修訂，及對狹窄的書面粵語出版和閱讀群體的妥協，某程度卻與他為希望以書面粵語，完整書寫自己所思所想的「全粵語書寫」設想愈走愈遠。作為繼承並擴展《繁勝錄》及《夢華錄》粵語書寫經驗的作品，《體育時期》的語言與文體實驗，其實對他後來粵語書寫創作《時間繁史》、《命子》及《香港字》等文本的影響甚深。

倒過來看，董氏在修訂《體育時

▼董啟章《香港字》

期》期間，董氏其他作品的語言與文體實驗也可能影響他的修訂方式。無論如何，董氏在《體育時期》借青少年的活力，以及渴望破除常規的主題，由文本糅雜不同語言比例的對話突出角色的性格與語言風格，及作品所使用的各種文類出發，試圖為粵語書寫提供不同形式的「風格練習」，這對當代香港小說，甚至香港文學的粵語書寫策略實驗而言，實在貢獻甚深。

## 四、偵探小說的社會責任：《13・67》及《偵探冰室》系列

面對本地出版及閱讀市場的持續萎縮，又見外地華文讀者對香港文化的關注，不少香港作家選擇以台灣作為個人作品的出版場域；香港的偵探小說作品因為融合本地社會、歷史及文化背景，近年來開始得到各地華文讀者與台灣出版界所注意。因為台灣長久作為華文偵探出版及翻譯集中地，面對香港回歸後的社會及政治因素，兩地社會不但互相投射自身對未來的發展的想像，也希望透過作品了解或推介自身的文化價值，以及政治訴求。58 當中，陳浩基的《13・67》，以及《偵探冰室》系列得到進入台灣市場的契機。這些作家不但希望在作品回應社會事件，也企圖為藉作品出版到外地之際推廣粵語及香港的文化背景，以期為保護當下的香港文化「盡一分力」。

與本文其他研究對象的出版過程不同，《13・67》的台灣版先於二〇一四年出版，後在二〇一八年在香港推出修訂版。此書收錄六篇以警探關振鐸及其徒弟駱小明為主角，但各自案件不相關的中篇偵探小說，並選擇六個對香港社會的關鍵年份，從二〇一三年關振鐸被犯人毒殺，到六七暴動期間關振

▼陳浩基《13．67》的台灣版（左）與香港版（右）

鐸進入警隊之間作故事發生的時間背景。陳氏將作品置入香港特定的社會、歷史及警隊發展背景，並加入不少對警隊問題的評價。對近年的香港讀者而言，這些評價更有「借古諷今」之意；對陳浩基而言，《13．67》從來是以台灣讀者為主。[59] 因此，作品中的香港文化及粵語書寫很多時候是為呈現作品本土特色，而不是滿足香港讀者對本地文化的認同。另外，陳氏在此書修訂版的後記提到作品「在港人眼中，始終有些用詞「很不香港」（有趣的是，台灣讀者卻認為拙作「很不台灣，港味十足」）」，[60] 這亦反映作者在不同層面的兩難——如香港常識、粵語及本土特色的太多與不足，以及香港閱讀市場萎縮，但又自覺對香港有社會責任等。

《13・67》兩版皆以第三人稱白話敘述語言為主，當中摻入不同的粵語書寫（如的士高、小巴、髮箍、枱燈及幾道板斧），但實際上粵語詞彙使用的數量不多。陳氏在此大多盡量使用避免有歧義的粵語詞彙，同時使用少量粵語句法（如「聽聞他坐過監」），[61]使台灣讀者讀來認為作品具有「港味」。台灣讀者認為「港味」十足的原因，也許僅僅是來自文本中用到他們未必讀得懂、需要解釋，但又知道是香港社會用詞的詞彙，以及小說的社會與歷史背景。陳氏為減少加入注釋所帶來的閱讀障礙，會使用前後文協助解釋，如：

> 「小明，你現在『肩膊有柴』，就不要聽阿豪差遣吧。」
>
> 駱小明上月通過升級試，被推薦升級當警長，警長制服肩章上有三道V形條子，這些條子俗稱為「柴」，警長就俗稱三柴。[62]

陳氏亦偶爾使用引號，以突出粵語字詞（如「矖馬」），[63] 與用香港社會常見方式所取的綽號（如「少男殺手」及「蛋糕大使」）等。[64] 就注釋而言，台灣及香港版分別收入八十四及三十二個由作者加入的注釋。兩版皆以頁旁注方式呈現，主要解說香港警隊制度（如「雜差房」）、[65] 歷史背景（如「左派暴動」）[66] 及介紹香港地點（如「油麻地果欄」）。[67] 另外，台灣版有數個注釋指出港台兩地在指稱外來文化及量度單位上的不同說法，如「栗子蛋糕」「即是蒙布朗（Mont Blanc）」，[68] 與「四百平方呎」等於「約十一坪」。[69] 陳氏往往選擇一些無法望文生義，而且需要進行深入解釋粵語俗語進行注釋；當中更有一條注釋將以錯誤語法寫成的港式英語，翻譯為白話文。對此，他大多會先以「粵語俚語」及「香港俗語」等進行歸類，再用「即……」或「香港人對……的俗稱」等解釋詞義的句式說明。這種類似字典與經典箋注解釋詞義的態度，不但說明陳氏在撰寫詮釋時，對選擇需下注的粵語詞彙的自覺，亦可見他在刻意製造注釋內容真確無誤、深入了解的專業形象，如：

> 算死草：粵語俚語，指事事算盡的人。[70]

吹雞晒馬：香港俗語，「吹雞」指吹哨子，「晒馬」指讓人馬亮相，意即召集己方勢力，借人多勢眾來威嚇目標。如果兩股勢力一起「晒馬」就是利用聲勢助威來談判，容易變成武裝衝突。
71

一樓一鳳：香港獨有的色情場所。香港法例規定，任何場所由兩名或以上的人士用作賣淫用途，出租或管理該場所的人便違法，但如果只有一名妓女賣淫則不會被起訴，於是發展出一個住宅單位只有一名妓女獨自經營的賣淫行業。粵語中妓女被蔑稱為「雞」，再從「雞」引伸至「鳳」，「一樓一鳳」由此得名。
72

在第一個注釋例子，陳氏對粵語詞彙的解釋較為簡短，僅為說明字義。第二個例子則可見他先透過分解合成詞的組成部分，再各自進行詞彙的翻譯，再補充合成詞的用法；第三例則可見他由字義、字詞生成的社會背景及詞彙用法固定的過程一一列出，以便讀者了解更多資訊。對讀者而言，後兩例實在已溢出文本情節所需的知識層面，可視為贅餘的成分。對此，陳氏只刪去香港修訂版對粵語的注釋，則可能是出於讓本地青年讀者了解文本歷史及社會背景的考慮。至於對修訂版的粵語書寫修訂，陳氏曾在〈後記〉提過相關的規則：

> 儘量改回使用港式中文，諸如是「的士」而非「計程車」，是「天台」而非「屋頂」，是「疑犯」而非「嫌犯」之類。其次是刪除大部分給外地人看的注釋，以及將某些像帶旅遊節目口吻的地點說明改寫。（……）對香港讀者來說，這修訂版讀來應該比較親切，在文字運用上我也覺得較統一。[73]

值得留意的是，陳氏本來在台灣版是希望將香港社區及文化「給外地人看」，甚至以「帶旅遊節目口吻」介紹不同香港地方，希望能引起讀者對香港的好奇及注意。然而，陳氏在修訂版大多只將白話文翻譯成粵語詞彙，而不是在語法層面上對白話文句式的改動——本來以白話句式寫成的敘事及大部分對話內容其實沒有任何變更。陳氏更改的粵語詞彙，大多是詞彙對詞彙的對應翻譯，如「撲克」對「話事啤」、「指環」變成「戒指」，「組長」改為「阿頭」，以及「做筆錄」和「錄口供」等，並沒有更改由句法作翻譯的傾向。另外，針對地景描寫與地名解釋改寫的部分，陳氏對瑪麗醫院、中環嘉咸街市集等地點的詳細介紹沒有刪改，只是對通菜街的描述略為縮短：

> 通菜街是個市集，有大量售賣衣服、服飾、日用品等等的露天攤檔，是稱為「女人街」的著名遊客購物區，道路兩旁舊式樓宇林立，是一條很有香港特色的街道（……）。[74]

> 別稱「女人街」的通菜街有大量售賣衣服、裝飾、日用品等等的露天攤檔（……）。[75]

對香港讀者而言，連通菜街的介紹也其實是一種贅餘的內容。陳氏在修訂版對作品的改動亦包括加入對特別時期的社會歷史描述，對香港讀者來說也會感到突兀，如「雖然最近有致命的傳染病，政府都呼籲多留在家，不過我們還是到附近找家餐廳吃吧」以後，突然作出對上句「致命的傳染病」的補充說明：「這種叫 **SARS** 的病毒來勢洶洶，九龍更是重災區，大家都不敢外出了，看來香港市面會蕭條好一陣子。」[76] 從這些修訂看來，陳氏其實並沒對整

▼《偵探冰室》（台版）

部小說的語言結構作太大改動，而只是刪去針對粵語書寫的注釋；他對作品的增刪數量也沒有如他在後記中所說的多。這很可能是由於陳氏對「港味」與香港讀者閱讀作品感到的「親切感」的理解，大多是來自對詞彙及地方描寫的比例拿捏，而不是粵語句法上的呈現。相對下文的研究對象，陳氏在台灣版中其實展現出一種相對克制的注釋心態——這可能是當時還未有保衛香港社會文化的急切需要，以及陳氏認為台灣讀者對這些注釋的興趣及關注僅限於了解小說背景及詞義而已。

▼《偵探冰室・靈》(港版)

《偵探冰室》系列至今共出版四輯，[77]於二〇一九年開始出版香港版，並每年出版一輯；二〇二〇年推出首輯台灣版，隨後各輯與香港版同年出版。從一開始，《偵探冰室》便提到自己對《13・67》的香港社會描寫的自覺繼承。台灣版系列首輯的序言曾提到《13・67》是「首部獲得日本高度評價，同時又保留香港特色的本格推理小說，甚至確立往後港式推理小說的創作模範，意義非凡」。[78]因系列各輯作品皆具反映時事的特性，展現《13・67》以後的香港社會狀況，加上陳浩基也作為共同作家之一，故他們自比是「輝映著《13・67》這部『過去篇』的『現在篇』」。[79] 而台灣於二〇一九年社會運動發生之時，借出版《偵探冰室》以接受及推介香港的推理小說，對作家來說，這不只是一次華文出版市場的青睞，更是及時讓他們可以對外宣傳本地語言與文化及發聲的渠道。故他們認為此系列作品記錄香港社會、生活、文化與議題，以及提供各種優秀的香港偵探小說，其實「是來自香港的一個『回禮』。」[80] 而第二輯出版時正處於社會運動進行之際，他們發現有不少文化工作者在書寫社會狀況並「對外解釋和宣揚理念」，[81] 故他們認為自己以此系列作品保衛文化和粵語、發聲及記錄社會實況的責任更為重大。

《偵探冰室》系列四輯共收入九位作家的二十九篇短篇偵探小說，各篇作品皆以當時香港發生的事件及議題作故事主題，不但加入不同香港地景及香港人的日常活動，也將案件置於國際與中港社會的緊張關係、社會衝突與疫情等背景，極具時事針對性。系列中有些作品展現出香港社會對粵語書寫的態度，如莫理斯〈貓咪在夜裡的奇怪事件〉以一名女孩的日記作為敍述文體，當中有不少由女孩寫的粵語詞彙被哥哥刪改成白話詞彙，後來哥哥給女

▼《偵探冰室・疫》（台版）

孩的信中便指出這些刪改都是自己為她「改正一些寫錯了的地方」。[82] 因為作品以二〇二三年哥哥讀到小女孩幾年前以粵語書寫而成的日記為時間定位，故莫理斯正暗示在短短幾年間，哥哥與小女孩接受的語言教育已有不同，並對粵語書寫的取態變得愈來愈負面。

除出版市場、主題風格及小說對社會背景的引用，《偵探冰室》系列以白話文作敘事及對話的主要語言與加入部分粵語詞彙的語言運用，也很可能是參考自《13・67》。首先，作者常常會在前後文針對粵語詞句及社會文化作解釋，如「正所謂『贏頭糊，輸甩褲』，自從第一鋪後，阿誠就沒有再食糊……」[83]作者都自覺在內文補充及加入注釋，以免台灣讀者因無法共享對等的暗號，而妨礙他們了解當時社會實況。因此，此系列大部分作品都沒有進行內文修改，作者只是在台灣版中加入相關注釋；譚劍〈西營盤的金被銀床〉是唯一一篇曾在台灣版對粵語詞彙進行修改的作品，但也只為少量粵語詞彙改為白話文的情況。

與此同時，此系列的注釋策略及所針對的粵語詞彙亦是向《13・67》借鑑，並隨系列發展，注釋的形式漸漸出現統一傾向。四輯作品共收錄三百八十二條注釋，內裡分別有二十九條翻譯類注釋、九十二條對香港文化的介紹、十九條介紹香港地區的文字，以及一百八十五條針對粵語詞彙所作的翻譯及解釋。香港版及台灣版四輯皆是以頁旁注方式呈現。在對粵語詞彙所加的注釋中，作者群常常以「即台灣的……」，或是「在香港/粵語中為……之意」的句式作解釋，很明顯是只針對台版讀者，也有香港文化及語言推廣的使命：

天文台：粵語中指進行非法交易活動時，被派擔任看守門口者之意。[84]

Small potato：港式英語，小角色之意。[85]

師奶：指太太，視乎語境，也可以是貶稱。[86]

縮沙正契弟：即台灣的「臨時反悔是俗辣」。縮沙，指臨陣對縮；正，正是；契弟，在粵語中有罵人的意思，指混蛋。[87]

除首兩個注釋例子只為解釋詞義，其他例子都可見作者下注時，希望將粵語詞句的其他用法及詞義盡量說明，而非那些詞句在作品語境的特定意義，可見作者已偏離粵語用法對作品意義的解讀，注釋變成單純介紹粵語的工具。另外，因為作者群對推廣粵語及香港文化的焦慮，不少注釋不但變成贅餘及重複的元素，也衍生語義不合與詮釋溢出文本內容的問題。[88] 就算有很多詞彙本可借望文生義或同義詞的方法理解，但他們仍刻意加入注釋，只為列出兩地用詞的差異，如「對對糊」與「對對胡」、「出銃」之於「放槍」、「師妹」和「學妹」、「姐姐」與「家姐」及「取錄」跟「錄取」等——這與作品中以括號形式列出詞彙的白話文翻譯手法一致。

同時，因部分作者在不同輯數皆使用相同的粵語詞，故不同作者會為同一粵語詞作不同注釋，如「中坑」可以解作「粵語中對中年男性的暱稱」，另一位作者則會認為是「對中年男性的貶稱」，這些注釋上的差別也可以發現作者之間對特定語詞的理解差別。此類注釋後來卻變得統一，如「班房」、「劏房」及「唐樓」等詞彙的說明內容皆沒有變化，似乎作家群已列出注釋的範例，以便出版時參考及重用。另一方面，作者群不但針對台、港兩地對外地文化（特別是電影及明星）不同譯名方式的注釋（如「基斯杜化．路蘭」及「《保衛奇俠》」），亦有不同針對整句粵語及外文的翻譯，如：

> 醫返都嘥藥費：粵語翻譯為「治療也浪費藥錢」。[89]

> 「Hands in the air! Right now! Very slowly!」：「把手舉起來，現在！慢慢的！」[90]

雖然這些注釋相對解釋粵語詞句意義的用法較少，但也可見作者在面對作品角色使用港式英語，以及較有本地特色的香港俚語時，也希望加上白話文的

▼《偵探冰室．貓》（台版）

翻譯，以免外地讀者誤會或不理解；有些作者會另外在作品中選擇說明及解釋俚語（如「穿櫃桶底」）。[91] 但這種注釋方式後來變得愈來愈複雜，甚至出現將括號及注釋混用的情況：

文本：

那隻可憐貓的名字很獨特，叫「粉腸」。（「粉腸你唔好亂食嘢，呢頭有好多老鼠藥，毒撚死你呀！」）

注釋：

粉腸：在粵語裡是髒話「撚樣」的諧音。「撚」即「雞巴」。「揿樣」的意思則接近「雞巴樣」。

粵語翻譯：「粉腸你別亂吃東西，這裡很多老鼠藥，會他媽的毒死你！」[92]

由單詞的注釋翻譯，到以括號引用別人恐嚇貓的對話，再以注釋為該段對話作翻譯，會造成讀者十分混亂的閱讀體驗。然而，作品中與香港及外地文化相關的注釋方式則較為單一，大多直接說明相關文化或概念的意思，或是列出該詞與台灣直接對應的詞彙。部分詞彙需要作者以較長篇幅介紹（如「李氏力場」及「風球」），並可能會提到一些延伸出來的粵語用法（如因「風球」而提到「落波」[93]）；作家本來需在注釋說明詞彙在文本語境中的用法，但他們往往只列出特定用法下的意義，如「大嚿鬼」本來是指浪費資源的人，作者卻在注釋以大量篇幅說明香港政府為宣傳節約使用資源而創作的同名吉祥物。另外，他們不但在文本介紹香港的地區及街道，也於加入部分只為列出街道英文名稱的注釋，對台灣讀者而言實為贅餘的成分。

▼《偵探冰室 · 食》（港版）

相對《13 · 67》針對粵語書寫及香港文化的注釋，《偵探冰室》不但繼承相關的呈現手法，因為他們對香港社會及文化的焦慮而更自覺使用，數量及比例也相對增加。作為台灣的讀者及研究者，黃宗潔在閱讀《13 · 67》的注釋時，便認為陳氏刻意在台灣出版的作品中加入大量注釋，其實具「引介香港文化」之意，並「扮演著『香港文化暨粵語教學』的角色」，反映作者的粵語書寫實踐與思考已偏向身份政治的展現。[94] 她認為陳浩基的做法其實是「政治決定」高於「藝術決定」：

台灣的讀者在閱讀粵語寫成的作品時，他可能唸不出粵語的音，卻也不會在腦海中用拗口的國語把這些字讀出來，而是會根據整個句子的輪廓去勾勒出大概的意思，閱讀是自動化的歷程，轉譯隨時在發生，若用這樣的觀點去看香港文學中粵語的置入，或許未必需要那麼在意一字一句的對照或注釋，能更從容與彈性地讓其他地區的讀者，在閱讀的過程中自然接受粵語，而不會為了轉譯語言減損了文學性，這其實也就是所謂的「藝術決定」。[95]

她覺得作者為粵語及香港文化作推廣時，既然兼顧外地華文讀者的接受程度，也希望保留粵語書寫及口頭粵語的語言及社會特色；在介紹及說明這些詞句的意義時，作者固然是因為社會狀況及個人身份認同的焦慮而起，但未必等於他們就放棄文學呈現上的考慮。然而，注釋在當代香港小說的創作中不但具翻譯及充足文意的功能，亦可成為作品的內容及敍事手段。[96] 作為語內翻譯的詮釋手段之一，注釋的標示與文字，以及括號突出的內容在書頁之間大量出現，的確會影響讀者的閱讀體驗，但它們對文本整體內容及結構來說，其實沒有太大影響。如果單由他們因個人的社會責任，在文本加入不同的粵語及香港文化內容，並為此使用注釋、改寫及對照等手段而斷定他們是「政治決定」高於「藝術決定」，這對作家在文本及副文本所作投放的心力來說未必公允。而且對偵探小說來說，讓讀者完整了解文本社會的背景，與於情節提供足夠線索予讀者一同解案同樣重要，故以上兩種作品需要因為作品自身的本地文化及社會主題，解決外地華文讀者對這些元素的認知差距。由此，我們又可不可以倒過來說這些注釋是作者為盡力保留作品粵語及香港文化特色的「藝術決定」，而自覺選擇的手段？

## 五、改寫粵語的技藝：《失語》

正如上文所述，香港在二〇一三年的「反國教」，以及後來的反修例事件與「普教中」等議題，皆觸及香港人對粵語（不論是書寫以及口頭粵語）與本地文化的傳承，以及個人身份認同的焦慮，並往往上升到粵／白及中港對立的層面。當中，劉綺華的《失語》便以一間將由「粵教中」改為「普教中」的香港中學為背景，寫兩位在該校任教的老師：包括自以為聰明、交際手段高明及工作安穩，用粵語教中文科的伶，以及有語言學習困難仍一直練習以

▼《失語》

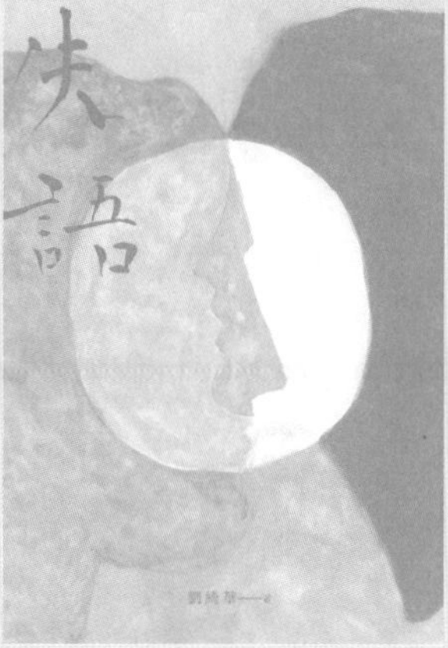


普通話教學，最後因抵受不住壓力及教師普通話基準試考試失利的打擊，希望改變自己「天生太蠢」的大腦而用電鑽鐮頭自殺的慧。在作者的描寫下，二人各有性格及能力上的問題，但她並不是認為二人因為這些缺陷而帶來各自的悲劇處境，而是來自社會整體對語言運用的要求及刻板印象。

《失語》先於二〇一九年在香港出版，後經陳浩基引介，於二〇二二年在台灣出版。當中，劉氏曾在筆者所作的訪談裡提到她創作《失語》的原因：

其實《失語》的創作動機始於我一次參加語言交流活動時引起對語言與身份認同的思考。我從念大學開始就思考香港人身份與後殖民等議題，當時我尤其受周蕾對中國與殖民的討論影響。我常常會想在這個情況下香港人該如何自處。

因此，小說主要由伶的視角出發，呈現她自身面對「普教中」的轉變，卻又不願考教師普通話基準試的僥倖心態，加上她對慧學習普通話時的鄙視，呈現二人面對社會、學校、學生及家長的壓力，在語言運用、身份認同及個人出路等層面的掙扎與妥協。因為作品以香港社會的語言觀及要求為主題，故劉氏刻意於作品加入大量與語言意識相關的衝突事件，呈現香港社會語言運用背景及對語言與身份掛鈎的刻板印象：如家長、學校及老師對「普教中」與「粵教中」的取態、社會對粵語運用與內地人及口音的歧視，以及透過二人母親的社會經濟地位作為決定下一代發展與語言學習的因素，象徵「母語」的習得及影響因素。另外，《失語》主要以「粵語對話，白話敘事」的方式寫成，由第三人稱敘事者出發，並偶爾加入粵語詞彙，如：

> 伶明白到，「好」是次要的，話頭醒尾、識分莊閒，才是關鍵。她常跟學生說，要取得好成績，靠的不是死讀書，而是分析題目，猜對老師要的答案。[97]

然而，作者為角色所安排的語言分工頗為明確，如粵語多為慧以外的女角色的對話語言，或是轉述伶的內心獨白（如「我幫你，咁邊個幫我？如果校長知道我受訪，一定不喜歡。」[98]）。慧以普通話溝通（反映為白話文），以及內地人試圖用粵語說話時，作者則以音調、聲母或韻母與正讀有少許不同的字詞作選字標準，展現發言者在語言學習、思索發音及用字期間的笨拙，以及母語（第一學習語言）對他們學習第二語言的影響：

> 「香港人無論學英文還是普通話，都處於女……，不，是劣，劣—勢。我們沒機會聽，沒機會講，所以老是學……不好。如果可以，我想製造說普通話的環—剪—，不，是境。這樣才能說得跟母語是普通話的人一樣好。」[99]

這些角色試圖透過學習語言融入本地社會及發展的潮流，但他們因語言運用未夠熟練，故成為被社會嫌棄及嘲笑的一群。劉氏希望藉此展現香港人對不同口音的刻板印象：即使他們的英語運用能力不高，他們卻對其他不能嫻熟運用粵語的人（尤其是內地女性）抱有刻板印象，而口音即是其中一種他們分辨這群「『她』者」的方式。作者寫伶替自己的母親跟內地女性租客溝通，因為那位租客住在紅燈區及操內地口音，同時伶當時要被迫學普通話，又可能因此失去教職，故對她的憎恨更深。伶同時想到慧和她的母親也住在附近，出於她對慧與普通話的負面印象，她有如此論斷：

> 女人每說一個字，都似在過於油膩的地面滑一下，把廣東話的入聲全吞掉，說得那麼難聽就別說吧，而且前一句唔好意思後一句唔好意思，別裝模作樣了，要是有教養就別來污染香港。伶不期然想起慧，慧和她媽住在鳳姐樓上，很可能兩母女都是雞。慧要把自己變成大陸人，那女人本身就是大陸人，本是同根生，真cheap。[100]

有趣的是，伶即使支持「粵教中」，但她卻與社會上支持粵語的聲音不

▼《失語》香港版

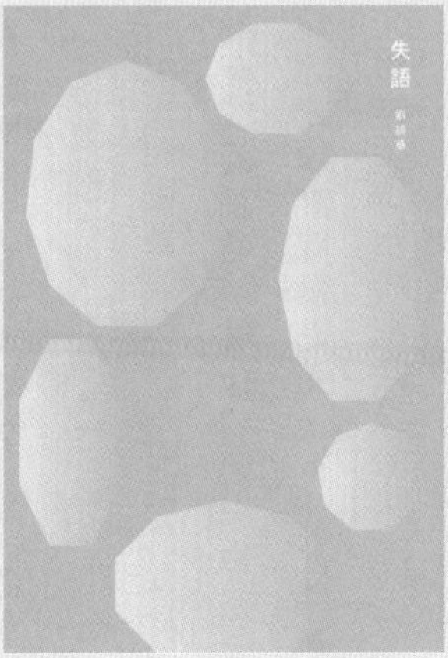


同——她與現今以身份政治取態及語言功利思想主導語言運用取態的社會主流不同，因為她自認為不是「藍絲」或「黃絲」，她屢次說自己支持粵語，只是因為她是「粵教中」的既得利益者，不願「普教中」影響自己安穩的工作與生活。

至於修訂方面，香港版及台灣版最大的不同之處，就在於後者大量改寫及修訂了香港版以口語化粵語書寫創作的對話。劉氏曾在訪問指出台灣版的注釋及內容皆由她本人親自修改。她提到台灣出版社的編輯曾告知她當地讀者很重視「在地化」（筆者注：指偏向台灣本地語言及文化），台灣人未必很喜歡小說中的粵語對白，故她大幅修改當中的粵語元素。而我們可從以下例子看見劉氏如何改寫香港版的粵語對話內容：

香港版：

「恭喜校長，校長咪賺好多？」科主任舉起杯，跟校長的酒杯碰一下。

「幾十萬啫，多乜嘢。」

科主任和校長說話時，老師們保持微笑的嘴巴趕緊咬碎嘴裡的食物，好在校長說完時接住話題。伶搶先說：「校長有冇興趣炒地？依家炒地比炒樓賺得更多，一塊地轉手就賺二百幾萬，聽講中國咁多個大城市，杭州啲地升得最快。」101

台灣版：

「恭喜校長，校長一定賺好多啦。」科主任舉起杯，跟校長的酒杯碰一下。

「幾十萬啫，唔多。」

科主任和校長說話時，老師們保持微笑的嘴巴趕緊咬碎嘴裡的食物，好在校長說完時接住話題。佮搶先說：「校長有無興趣炒地？最近炒地比炒樓賺得更多，一塊地轉手就賺二百幾萬，聽講中國的大城市裡，杭州的地升得最快。」102

與董啟章在《體育時期》為中國及台灣版所作的修改一樣，劉氏首先在台灣版統一文本所用的一些書面粵語詞，如將表肯定意義的「係」改為「是」、「你、我哋」改成「你、我們」、「佢」變成「他／她／它」、「嚟」轉為「來」、「咗」「了」，以及「嘅」改為「的」等等。即使劉氏針對粵語對話進行修改，她也不是將之直接「翻譯」成白話句式及詞彙，而是盡量改成粵語及白話文共用的部分詞彙，以保留粵語語法、語感及部分詞彙。誠然，我們可以見到當中的人物語氣及態度有部分變化，但大多不阻礙整體意旨的表達。與此同時，劉氏針對粵語書寫所作的修改還有以下各種方式，如：

（1）翻譯、補充完整語意：

香港版：我可以做返啲嘢。[103]

台灣版：我可以做返我的工作。[104]

（2）單音節詞改為雙音節詞，以及刪去口頭粵語的一些助詞：

香港版：咪收線住。[105]

台灣版：唔好收線。[106]

（3）將難以望文生義的俚語或詞彙改成同義詞：

香港版：「世界就係咁。無用嘅就躝屍趌路。」[107]

台灣版：「世界就是這樣。無用的就早走早著。」[108]

（4）為突顯人物笨拙的發音，台版刻意再加入粵語正字：

香港版：

「對悟起……我跟女牙嚟山港，男人就斯—蹤了……我巧—撈力挽—搵工助，但簡東話悟—姣，面試咗一次都斯敗，大家哨我係大路人，

> 我融—入悟—到山港謝—會，遭投無路才……對悟—唔住……我會煎量安靜的，請湯融一下……」[109]

台灣版：

> 「對悟—唔起……我跟女牙來山—山—香港，男人就斯—蹤了……我巧—巧—好撈力挽—搵工助—作，但簡東話唔—好，面試好多次都斯—斯—失敗，大家笑我係大路人，我融—入唔到山港謝—社會，遭遭—走投無路才……對悟—唔住……我會煎量安靜的，請湯融一下……」[110]

正因如此，有讀者讀到台灣版時，仍以為作者「竟然沒有將粵語口語的對話內容修改一下，反倒是選擇用注釋的方式來解釋那些粵語對話的意思」，[111] 這是因為作品就算經劉氏修訂後，仍保留不少粵語語法及部分詞彙，故她決意使用注釋手法來解釋。《失語》台灣版共收入二一六條頁旁注，亦沒有以括號及引號等方式突出粵語詞彙。當中，書中解釋及翻譯粵語詞句成白話文的注釋共一四八條，另有二十三條注釋翻譯角色的英語對白及四條注釋解釋及翻譯操口音角色的內容，其餘的注釋皆是說明香港的社會文化以及教育術語。劉氏為台灣版所作的注釋形式不太統一，但主要還是以翻譯粵語詞義及短句句意為主，部分長句則在翻譯粵語詞義後再出，如：

> 港版：「余老師係一位點樣嘅老師？」[112]
> 台版：「余老師係一位點樣的老師？」
> 注釋：點樣，怎樣，余老師係一位點樣的老師，即余老師是一位怎樣的老師。[113]

誠然，劉氏有不少針對粵語的注釋都如《偵探冰室》一樣，將能望文生義的字詞都加上翻譯說明，防掛一漏萬：就如上文的例子只是針對「點樣」而下注，但她在詞彙對譯以後就加入全句的翻譯，其實是不太必要的。而其他針對粵語詞句所作的注釋，劉氏則多為提供粵語及白話用字的對應，例如「叻」即「厲害」、「聽講」等於「聽說」，以及「肯定唔會出你嗰[個]名」為「肯定不會出你的名字」等——這種對應的方式某程度上與《體育時期》書後的對照表功能相似。

總括而言，劉氏在《失語》中借助大量粵語書寫策略，穿梭語言學習、運用、歧視及身份認同等層面，呈現當代香港社會的語言運用及價值問題。對於作者在作品中推廣粵語字詞的態度來說，劉氏為呼應小說主題，以及語言及藝術特色，定必更主動尋找介紹及說明粵語用法及詞彙的機會，故她另闢蹊徑，不但不將之翻譯成全白話文的形式，更是在修訂中刻意保留粵語語法、語感及部分詞彙。姑勿論兩者之間在小說類型及讀者市場的不同，相比《偵探冰室》及《13・67》來說，《失語》作為千禧年以後運用粵語書寫策略創作的作品，其呈現方式實為走得更遠，也是未來希望以粵語書寫走進外地華文讀者市場的作者值得參考的例子。

## 六、結語

本文以三組個案研究為例，探討部分千禧年以後香港當代小說針對外地華文讀者而自覺選擇的粵語書寫策略及呈現模式。除了發現作者為甚麼以粵語書寫策略創作當代香港小說作品，以及他們在當中寫了甚麼，本文亦借助作家在文本的粵語運用、在外地華文市場出版的版本修訂，以及這些版本所使用的注釋、符號運用（特別是引號的突出功能，以及括號的補充功能）等層面，試圖梳理他們怎樣在小說作品中呈現、翻譯或突出粵語書寫。

總括而言，各組作品的作者皆由個人的語言觀出發，參考多年來香港文壇對粵語書寫的論述及實踐，針對作品的主題、內容、時代背景，以及本地社會現實出現各種時弊及議題，使自己能用母語書寫出專屬於本地的作品。當中，董啟章在《體育時期》利用不同文體及語言風格的實驗，試圖尋找屬於香港本地的「我哋嘅語言」；陳浩基及其他香港偵探小說作家因為近年類型小說在台灣市場的崛起，自覺對記錄近年香港發生的社會事件及眾生相有一定的社會責任感，並希望借助不同有關粵語及香港文化的注釋，將香港獨特的語言及價值帶進華文讀者市場。至於劉綺華則索性把多年來香港社會積存、近年更愈演愈烈的語言運用問題在小說中展演，透過作品的語言及情節，讓讀者思考如何對抗社會的語言功利思想及刻板印象。

另一方面對當代香港作家來說，粵語書寫的策略與呈現絕不是「藝術決定」或「政治決定」的偏好。作者從語言、社會及審美等思考角度出發，面對記錄及保存香港的語言文化，以及讀者對語言上的認知差距，使用不同的方式呈現、翻譯、說明及補充粵語書寫的意義及內容。如此種種粵語書寫的呈現方式，也使香港文學的粵語書寫出現無限可能的策略與結果：多與少、用在哪、如何用……而為減少注釋或其他針對粵語書寫的副文本及標記對讀者的影響，作者嘗試以前後文的補充解釋，盡量減少粵語注釋及引號突出的數量與密度。另外，雖然讀者閱讀時無法避開腳注及頁旁注的存在，但為使讀者理解相關，以及符合文類對補充背景知識的要求（如偵探小說），作者自然會維持加入粵語標記的決定。即使部分注釋的解釋實際上不太對應，解釋上有疏漏或過火之處，但仍表現作者的語言實踐及觀念。至於括號及引號在作品中往往補充、突出之用，並可與其他文本功能的內容互動及融合，使之變得不太突兀。其中，尾注及附錄的對照表對讀者來說則是可忽略的部分，故作者如何使用以上的粵語書寫呈現方式也反映他們對粵語書寫實踐及運用的態度。

千禧年後，這些作家在小說中加入解釋粵語的條目數量及篇幅大量增加，這很可能皆來自他們受不同社會事件及議題所觸發的焦慮——對香港本地文化及語言「死亡」的焦慮。因此，作家，這或代表作者希望各讀者突出粵語的歷史及社會價值；對讀者來說，這些說明常常溢出文本所需的知識要求，甚至連一些沒需要注釋的都會加入。這是一個頗有趣的現象：在作家心目中，究竟有哪些是粵語，甚或是華文讀者不會理解，需要解釋才讀通的粵語？望日在《偵探冰室》台灣版序言中曾提到台灣將推理小說推介到香港，「間接為香港進行了『讀者培訓』」。114 如以副文本作為使讀者理解粵語、香港文化，以及文本的「門檻」的角度，加上當代香港作家在不同的修訂版中調整粵語書寫策略運用的比例，以及自覺及極主動地為讀者解釋粵語及香港文化內涵的角度出發，這可不可以倒過來當作是香港作家為培養如陳冠中提倡的「超級讀者」所作的「培訓」？

1 陳智德由「言文一致」概念觀照香港社會的中文使用情況時，認為香港人的口語（口頭粵語）及書寫語言（白話文）具有明顯差別，故出現「言文分離」、「言文分途」的特色。見陳智德：〈香港語言與文學的憂思〉，《這時代的文學》（香港：中華書局，二〇一八年），頁一五九至一六二。

2 有關香港戰後粵語書寫的發展歷程，可參考唐斯諾（Donald Snow）的 *Cantonese as Written Language: The Growth of a Written Chinese Vernacular* 中第六及七章。見 Donald Snow, *Cantonese as Written Language: The Growth of a Written Chinese Vernacular* (Hong Kong: Hong Kong University Press, 2004).

3 請參考本章第二節對粵語書寫與香港文學糅雜語言運用的介紹。

4 現今香港社會與學術界各自以「粵語書寫」、「粵語運用」、「粵語寫作」、「粵語入文（詩）」及「粵語文學」（亦被稱作「粵文」）等概念，指向文學作品選擇書面粵語作為書寫語言，或將口頭粵語經書面化及刪改的實踐。然而，它們實際指涉粵語書寫運用的程度、比例與態度都有所不同，且常被用於文化政治層面的討論。本研究不使用「粵語入文（詩）」概念，因為這暗指書面粵語或經書面化的口頭粵語變成引用的元素，而非經過藝術處理而提煉的文學語言；這亦間接反映此概念以語言比例來界定粵語在文學作品中的地位。另外，「粵語文學」（「粵文」）並沒有得到廣泛認可的概念定義；從粵語佔通篇作品語言比例超過一半的創作，到「全粵語」寫作的提倡，都能被人稱為「粵語文學」（粵文）。除此之外，由於香港社會的獨特語境及書寫傳統的影響，需要借用與糅雜現代漢語、文言文或（及）英語等語言創作，「粵語運用」、「粵語書寫」與「粵語寫作」除了泛指文學作品使用書面粵語或將粵語口語書面化，亦暗指作品會糅雜其他書面語言。為避免出現歧義，本研究將參考現有社會語言學研究，統一以廣義的「粵語書寫」（written Cantonese）作為討論當代香港文學作品的粵語運用策略。

5 根據卡利爾（Remi H. Kalir）及加西亞（Antero Garcia）的《注釋》（*Annotation*），注釋的功能包括（一）為文本加入適切資訊，或說明文本未有說出的內容、（二）發表評論、（三）刺激文本與讀者之間的對話、（四）在注釋內容中透過不同敘事方式展示或對抗權力，和（五）以不同標記形式協助學習。當代香港作家為小說所下的注釋功能大多可歸類為第一及三種。見 Remi H. Kalir and Antero Garcia, *Annotation* (Cambridge, Massachusetts: The MIT Press, 2021), pp.33-160.

6 因此，部分作品的台灣版本不能在香港發售，如《13 · 67》及《偵探冰室》。

7 語言學的相關研究以唐斯諾（Donald Snow）、包睿舜（Robert Bauer）、黃仲鳴及吉川雅之的研究為代表。見Robert S. Bauer, "Cantonese as written language in Hong Kong," *Global Chinese*, 4.1 (Mar. 2018): 103-142.；Donald Snow, *Cantonese as Written Language: The Growth of a Written Chinese Vernacular* ；吉川雅之：〈港台本土語言書面語言化在一九九〇年代中期以後之動向〉，《中國語文通訊》第九十九卷第一期（二〇二〇年一月），頁一九五至二一三；黃仲鳴著：《香港三及第文體流變史》（香港：香港作家協會，二〇〇二年）。

8 例如：李婉薇及張彥嵐討論八十年代《號外》及相關作家的新三及第作品、鄧樂兒由少數文學（minor/ minority literature）概念闡釋黃碧雲《沉默。暗啞。微小。》的語言風格、李卓賢梳理舒巷城作品的語言運用與通俗小說的關係，以及黃宗潔分析千禧年後香港推理小說中的粵語書寫特色。見李卓賢：〈淺論舒巷城小說與通俗文學〉，《城市文藝》第七十期（二〇一四年四月），頁五九至六一、六四；李婉薇：〈知識分子的掙扎：丘世文《周日牀上》的思想和語言〉，《淡江中文學報》第四十六期（二〇二二年六月），頁二二一至二五六；黃宗潔：〈躁鬱的城市：當代香港推理小說的社會性及其「雙重轉譯」〉，《淡江中文學報》第四十三期（二〇二〇年十二月），頁二三九至二七三；張彥嵐：〈論香港「新三及第」文學的本土意識——以丘世文、黃霑為例〉，《文化研究季刊》第一百八十期（二〇二二年十二月），頁一至二五，及鄧樂兒：〈語言與權力夾縫的逃逸路線——論黃碧雲《沉默。暗啞。微小。》與「少數文學」〉，《中外文學》第四十七卷第四期（二〇一八年十二月），頁一一七至一六七。

9 遐：〈港話和粵語不同　反映出它的背景勢力〉，《立報》（一九三九年二月二日），第八版。

10 見譚志明：〈四十年代後期香港左翼方言文學運動探析〉，《彰化師大國文學誌》第二十三期（二〇一一年十二月），頁二四一至二五九。

11 同上注。

12 見 Donald Snow, *Cantonese as Written Language: The Growth of a Written Chinese Vernacular*, pp. 106-110.

13 同上注。

14 譚志明：〈四十年代後期香港左翼方言文學運動探析〉，《彰化師大國文學誌》第二十三期，頁二四一至二五九。

15 如包括近體詩、說唱文藝歌詞、擬演說講稿、章回小說、報章評論等實用文及文學體裁。

16 見李婉薇：《清末民初的粵語書寫》，修訂版，香港：三聯書店，二〇一七年；程美寶：《地域文化與國家認同：晚清以來「廣東文化」觀的形式》（香港：三聯書店，二〇一八年），頁一八〇至一八一。

17 見李婉薇：〈在命定的張力中前行——回歸後粵語寫作的危機與生機〉，《字花》第四十九期，（二〇一四年五至六月），頁六五至六八。

18 見鄭樹森、黃繼持及盧瑋鑾編：《國共內戰時期香港文學資料選》（香港：天地圖書，一九九九年），頁一二。

19 見華嘉：〈點樣寫正寫得好?〉，《論方言文藝》（香港：人間書屋，一九四九年），頁六七。

20 *Donald Snow, Cantonese as Written Language: The Growth of a Written Chinese Vernacular,* pp. 106-110.

21 見黃仲鳴：〈粵語文學：三及第．廣派．港派〉，《作家》第六期（二〇〇〇年八月），頁一〇一至一〇八。

22 同上注。

23 如傑克的通俗小說《朋友之妻》（一九四〇年）及舒巷城的《太陽下山了》（一九六一年）便是典型的例子。

24 Donald Snow, *Cantonese as Written Language: The Growth of a Written Chinese Vernacular*, pp. 125-127.

25 Donald Snow, *Cantonese as Written Language: The Growth of a Written Chinese Vernacular*, pp. 128-131, 133-136.

26 可參考本書〈再思舒巷城作品的粵語書寫模式〉。

27 Donald Snow, *Cantonese as Written Language: The Growth of a Written Chinese Vernacular*, pp. 136-162.

28 同上注。

29 唐斯諾認為上述第三及第四種語言運用仍不離書面粵語的口語化傾向，但第二種則因其糅雜語言的方式，使作品能脫離口頭粵語及白話文的語法規範，並達到「三及第」文體般的藝術特色。Donald Snow, *Cantonese as Written Language: The Growth of a Written Chinese Vernacular*, pp. 153-157.

30 *The Growth of a Written Chinese Vernacular*, pp. 157-159.

31 黃仲鳴曾認為「新三及第」該包括文言文，但文言文在七十年代以後的粵語書寫作品中是否仍常與白話文、外來文及書面粵語混雜使用，值得商榷。見黃仲鳴：〈粵語文學：三及第・廣派・港派〉，頁一〇三；Donald Snow, *Cantonese as Written Language: The Growth of a Written Chinese Vernacular*, pp. 153-157.

32 Donald Snow, *Cantonese as Written Language: The Growth of a Written Chinese Vernacular*, pp. 153-157.

33 孫淼靈：〈「泥沙文字」為禍，盼大家齊來清理〉，《孫淼靈文集》（香港：科華圖書，一九九九年），頁四三。

34 見丘世文：〈略論《號外》語文風格的問題〉，收入呂大樂主編：《號外三十：內部傳閱》（香港：三聯，二〇〇七年），頁一二三。

35 因為當時社會有不同聲音認為《迴響》的作品並不是全部收入文學作品，而當中收入的作品亦不具文學性，故編輯部於二〇二二年五月第二十期改版，更改副題為「粵語文學實驗期刊」，並於二〇二二年十二月第二十四期改為「粵語文化期刊」。

36 迴響粵語文學期刊：〈我哋為廣東話再行前咗一大步，大家可唔可以同我哋一齊行〉，取自https://www.facebook.com/ResonateCantonese/photos/a.101923154886782/101903571555407/?type=3，二〇二三年三月二十八日擷取。

37 《迴響》只在創刊詞提過「粵文」即為「純廣東話嘅書寫」；《動物農莊（香港粵文版）》則較為有系統地列出「粵文」的使用標準，如「只用漢字」及「唔中英夾雜」。見迴響粵語文學期刊：〈我哋為廣東話再行前咗一大步，大家可唔可以同我哋一齊行〉；佐治・奧良爾著，蔡偉泉翻譯：《動物農莊（香港粵文版）》（香港：藍出版，二〇二一年），頁九。

38 迴響粵語文學期刊：〈我哋為廣東話再行前咗一大步，大家可唔可以同我哋一齊行〉。

39 青年文學獎：〈第四十八屆青年文學獎比賽規例〉，取自https://www.facebook.com/hkylaa/posts/4255759714448519，二〇二三年三月二十八日擷取。

40 對此，吉川雅之認為香港人都以粵語語法與粵音閱讀及誦讀白話文，故口頭粵語與書面語的關係或許不能視為兩種不同結構的語言；劉擇言更指香港作家雖然以白話文書寫，但仍受粵語語感主導，「甚至已將白話語法內化成粵語的一部分」，故不能輕易從白話文語法特徵及其運用比例較高等角度，說明部分香港作家並沒有運用粵語書寫策略。見Kf：〈粵文創作嘅想象——訪問純粵文期刊《迴響》編輯阿星、擇言〉，《中大學生報》二〇二一年十一月號（二〇二一年十一月），頁四九至五二；吉川雅之：〈港台本土語言書面語言化在一九九〇年代中期以後之動向〉，頁一九七。

41 見第四十八屆青年文學獎協會文學縈夢：《第四十八屆青年文學獎頒獎典禮暨交職典禮（場刊）》（香港：第四十八屆青年文學獎協會文學縈夢，二〇二二年），頁五五至五七。

42 這可算是作者對粵語—白話文的語內翻譯（intralingual translation）實踐。當中，《13．67》、《體育時期》、《失語》及《太陽下山了》也使用過相關的手法，但僅為香港文學作品中的少數嘗試。

43 見黃宗潔：〈躁鬱的城市：當代香港推理小說的社會性及其「雙重轉譯」〉，頁二五三。

44 董啟章：〈《體育時期》「劇場版」出版說明〉，《體育時期（劇場版）【上學期】》（台北：聯經，二〇一三年），頁九。

45 黃宗潔：〈躁鬱的城市：當代香港推理小說的社會性及其「雙重轉譯」〉，頁二五一。

46 董啟章：《體育時期（劇場版）【上學期】》，頁二八。

47 董啟章：《體育時期（劇場版）【上學期】》，頁三一。

48 董啟章：《體育時期（劇場版）【下學期】》（台北：聯經，二〇一三年），頁八五。

49 董啟章：《體育時期（劇場版）【上學期】》，頁四二。

50 董啟章：《體育時期（劇場版）【上學期】》，頁四四。

51 董啟章：〈《體育時期》「劇場版」出版說明〉，《體育時期（劇場版）【上學期】》，頁九。

52 董啟章：〈寫在前面——關於《體育時期》台灣版〉，《體育時期》（台灣：高談文化，二〇〇四年），頁五。

53 董啟章：《體育時期（劇場版）【上學期】》，頁六七。

54 董啟章：《體育時期（上學期）》（香港：蟻窩，二〇〇三年），頁六七。

55 董啟章：《體育時期（劇場版）【上學期】》，頁五六。

56 董啟章：《體育時期（劇場版）【下學期】》，頁一三六至一三七。

57 董啟章：《體育時期（劇場版）【下學期】》，頁一三八。

58 見望日：〈台灣版序：《13·67》之後〉，陳浩基、譚劍、文善、黑貓C、望日、冒業著：《偵探冰室》（台北：蓋亞文化，二〇二〇年），頁九至十。

59 何杏園：〈推理在香港：小說家陳浩基談港台推理〉，取自 https://www.openbook.org.tw/article/p-19771，二〇二三年三月二十八日擷取。

60 陳浩基：〈後記〉，《13·67》修訂版（香港：皇冠，二〇一八年），頁四九二。

61 陳浩基：《13·67》（台北：皇冠，二〇一四年），頁二一三。

62 陳浩基：《13·67》，頁一九三至一九四。

63 陳浩基：《13·67》，頁一一九。

64 陳浩基：《13·67》，頁一〇一、一七九。

65 陳浩基：《13·67》，頁四四七；同見《13·67》修訂版，頁四四七。

66 陳浩基：《13·67》，頁十三。

67 陳浩基：《13·67》，頁三五九。

68 陳浩基：《13·67》，頁一二七。

69 陳浩基：《13·67》，頁二七。

70 陳浩基：《13·67》，頁十三。

71 陳浩基：《13·67》，頁一〇三。

72 陳浩基：《13·67》，頁二六九。

73 陳浩基：〈後記〉，《13·67》修訂版，頁四九二。

74 陳浩基：《13·67》，頁一七七至一七八。

75 陳浩基：《13·67》修訂版，頁一七七。

76 陳浩基：《13·67》修訂版，頁一六九。

77 分別為《偵探冰室》、《偵探冰室・靈》、《偵探冰室・疫》及《偵探冰室・貓》。

78 望日：〈台灣版序：《13・67》之後〉，《偵探冰室》，頁七。

79 同上注，頁八。

80 望日：〈台灣版序：《13・67》之後〉，《偵探冰室》，頁九。

81 見望日：〈序：好好活著，一同見證屬於我們的未來〉，收入陳浩基、譚劍、莫理斯、黑貓C、望日、冒業著：《偵探冰室・靈》（台北：蓋亞文化，二〇二〇年），頁十二。

82 莫里斯：〈貓咪在夜裡的奇怪事件〉，收入陳浩基、譚劍、莫理斯、黑貓C、夜透紫、柏菲思、望日著：《偵探冰室・貓》（台北：蓋亞文化，二〇二二年），頁二四四。

83 文善：〈李氏力場之麻雀移動事件〉，《偵探冰室》，頁七二。

84 譚劍：〈重慶大廈的非洲雄獅〉，《偵探冰室》，頁二七。

85 譚劍：〈重慶大廈的非洲雄獅〉，《偵探冰室》，頁二九。

86 譚劍：〈禮義邨的黑貓〉，《偵探冰室・靈》，頁三七三。

87 譚劍：〈樂景灣的鱷魚〉，陳浩基、譚劍、文善、莫理斯、黑貓C、望日、冒業著：《偵探冰室・疫》（台北：蓋亞文化，二〇二一年），頁七八。

88 如將「四腳蛇」譯為台灣的「蜥蜴」，以及將「男人老狗」解作「大男人」。

89 陳浩基：〈二樓書店〉，《偵探冰室》，頁一一三。

90 譚劍：〈重慶大廈的非洲雄獅〉，《偵探冰室》，頁五九。

91 陳浩基：〈二樓書店〉，《偵探冰室》，頁一〇七。

92 譚劍：〈西營盤的金被銀床〉，《偵探冰室·貓》，頁九五。

93 文善：〈李氏力場之麻雀移動事件〉，《偵探冰室》，頁六七。

94 黃宗潔：〈躁鬱的城市：當代香港推理小說的社會性及其「雙重轉譯」〉，頁二五三。

95 黃宗潔：〈躁鬱的城市：當代香港推理小說的社會性及其「雙重轉譯」〉，頁二五六。

96 唐睿的《Footnotes》便是一例。

97 劉綺華：《失語》（香港：麥穗，二〇一九年），頁六三至六四。

98 劉綺華：《失語》，頁三七。

99 劉綺華：《失語》，頁二七。

100 劉綺華：《失語》，頁一七六。

101 劉綺華：《失語》，頁二一。

102 劉綺華：《失語》（台北：博識，二〇二二年），頁十。

103 劉綺華：《失語》，頁八七至八八。

104 劉綺華：《失語》台版，頁八三。

105 劉綺華：《失語》，頁八一。

106 劉綺華：《失語》台版，頁七六。

107 劉綺華：《失語》，頁一〇六。

108 劉綺華：《失語》台版，頁一〇二。

109 劉綺華：《失語》，頁二一〇。

110 劉綺華：《失語》台版，頁二一四。

111 史蒂芬金銀銅鐵席格：〈【上週讀什麼】二〇二二年八月二二日至二〇二二年九月四日：《美國眾神》、《蜘蛛男孩》、《北歐眾神》、《孤島的來訪者》、《黑桃 J》、《失語》〉，取自 https://stephenwtf.rocks/2961/?fbclid=IwAR3qV0eC3QLlnrwoDQMh2QCGlxFhs95HYvGi

ygJR4_5BaLUVTdcmU0AklcA/，二〇二三年三月二十八日擷取。

112 劉綺華：《失語》，頁二四。

113 劉綺華：《失語》台版，頁一三。

114 望日：〈台灣版序：《13．67》之後〉，《偵探冰室》，頁九。

# 第二章

## 戲謔、世俗與震驚：論飲江詩作的基督宗教符號與粵語運用特色的關係

## 一、引言

學界對戰後香港粵語文學的研究，大多重視小說、劇本、對話錄等文體，因為他們認為這些文體有較多「口語入文」元素。[1] 然而，詩歌作為早期粵語文學的重要創作文體，具「口語入詩」的新詩作品卻鮮有學者討論。香港有不少以粵語入詩的詩人（如舒巷城、崑南、蔡炎培、關夢南及游靜），他們以粵語書寫的詩作卻一直較少受香港文壇及學術界所關注。就如王良和在訪問關夢南有關粵語入詩的問題時，也曾指出「不少人對粵語入詩持負面態度」，「認為是毛病、缺點」，因為「既不能登大雅之堂，也不利傳播」。[2] 但詩歌正正是因為要求語言的提煉及詩意的曲折，使日常語言在作品中能發出不一樣的光芒。由此，本文透過香港詩人飲江的部分詩作，來展現他透過不同語言及文學元素的運用，為實驗「口語入詩」及粵語作為文學語言所作的努力。

▼飲江賞山（李卓賢攝）

縱使飲江自稱為受到香港早期左派思潮影響的詩人，[3] 但其詩作當中並不帶有任何當時左派詩人的寫作目的，而是以關懷世上一切的眼光作為自己寫詩的價值觀。他的詩風曾受辛波絲卡（Wisława Szymborska，一九二三至二〇一二）、卜列維（Jacques Prévert，或譯普雷維爾，一九〇〇至一九七七）、艾呂雅（Paul Éluard，一八九五至一九五二）、何福仁等中外詩人影響，其詩作亦可見對這些詩人作品的引用和改造。[4] 而飲江含粵語運用元素的詩歌使用基督宗教符號入詩，探討宗教與現代社會之間的關係及表達反戰思想，也是以上西方詩人常用的寫作手法。可是，飲江在作品中即使使用了不同基督宗教符號，但他的作品並未反映宗教信仰或指涉某些特定的宗教理念。詩作所探討的多為對現代社會的反省及批判。本文所研究的基督宗教符號，其實已被飲江改造為與基督宗教及相關經典文本無關，成為「純粹具探詢功能」的一種符號。[5] 他將宗教經典人物化為詩中的符號，透過語言的混雜造成「詮釋多義性」，使粵語與這些基督宗教符號成為作品密不可分的元素。

另一方面，飲江曾創作兩篇短篇小說，而二〇〇八年刊登的〈想創你個心〉透過「我」、上帝、魔鬼、Matthew 及天使的對話，來表現上帝的全知全能，以及他人對上帝造物的不可預知。[6] 當中，粵語佔小說敍述語言及人物對話的一大部分，使各位基督宗教人物脫離傳統《聖經》以白話文為主的語言風格，並因此變成具世俗特色的象徵符號。這種粵語運用手法，與他含基督宗教符號及粵語寫作成分的詩作有著異曲同工之妙。另一方面，這亦可視飲江借用小說的對話風格，作為創作這些詩作的手段之一。

雖然粵語運用至今仍未有一定的界定標準，但本文所討論的粵語運用，多指飲江詩中所引用的粵語詞彙、俗語及「咒罵語」等元素。筆者希望從中發現作品如何透過粵語、白話文、文言文與英文的對比來呈現文化和地方性的差距，以及由此產生的戲謔、世俗與震驚的語境。就如葉輝曾以「詞語的戲劇」一詞來形容飲江詩歌的語言風格，指飲江常在詩中並置不同義類的常用詞語和對立意念，能提升詩作的戲劇性張力、音樂性和節奏。[7] 他運用的方言及用典手法亦化為作品的背景文本及語境，不但能營造詩中的地域性及本土性，使詩歌成為「眾聲喧嘩」的「複調」，展現當中的意識衝突與戲謔風格。與此同時，劉偉成指出飲江新詩所展現的意識，往往是由外界荒謬的事物而使作者自身感到震驚；作者的意識使自己過往的體驗及思考再次浮現，並轉化為詩中內容。[8] 這是飲江在詩中以「複調」營造荒謬及玄奧的語境，觸動到他的意識，而以往的體驗和沉思則使他在詩末以自己的思考作結。因此，詩中常常出現詞語斷裂與併合、詩句的分離、詩末部分的脫離等情況。

飲江常以基督宗教符號及粵語寫作元素的詩歌來探討宗教與現代社會之

間的關係、表達反戰思想，以及反思文學定義及詩人角色等主題，並對社會上的既有觀點作出懷疑。而〈湊湊靜默〉及〈文學是……咁樣得唔得〉作為飲江其中兩首反思文學定義及詩人的詩作，特別透過諧擬不同語言形式及文本內容，為原本用以抒情的詩歌作品加入後設元素，使之具有檢視自我、揭示作品的虛假性及破除成規等效果。[9]觀乎本文分析的各篇文本，基督宗教符號及相關文本往往作為被戲謔及改造的對象，並加入了粵語運用的元素。這不但能令詩歌的語境具有戲謔風格，也可將詩歌語境及相關引用的文本世俗化，以顛覆讀者的期待視野。對此，飲江在詩中並置、斷裂和拼合不同語言風格和義類的詞語和詩句，似乎能展現他在思考和處理詩作主題思想時的震驚效果及混亂意識。而以對話方式呈現及推進相互對立的意念等手段，使作品具有眾聲喧嘩的複調色彩，詩作的意旨和主題往往也在這些意念的衝突中展現。

本文將針對飲江新詩中同時含基督宗教符號及粵語運用成分的作品，而只提到基督教人物、基督教意象或粵語寫作元素的飲江新詩作品均不屬於本文的討論範圍。筆者已盡量根據飲江兩本個人詩集及在其他渠道發表的作品，整理及篩選出同時含基督宗教符號及粵語寫作成分的作品。由於飲江常透過這些具粵語運用元素的詩歌來（一）探討宗教與現代社會之間的關係、（二）表達反戰思想，以及（三）反思文學定義及詩人角色等主題。因此，本文將在飲江同時含基督宗教符號及粵語寫作成分的作品中，挑選能展現以上三種主題的詩歌作品進行分析。而本文將分析的作品將包括〈黃金分割〉、〈樣貌娟好〉、〈一個人的聖經　或核戰翌日〉、〈人皆有上帝〉、〈湊湊靜默〉、〈文學是……咁樣得唔得〉及〈聞教宗說不信主的人可以上天堂之隨街跳〉七首新詩。

本文將從以上分析文本出發，輔以各種研究方法，來分析飲江詩中基督宗教符號及粵語寫作之間的關係及所展現的藝術效果：包括意識衝突與戲謔風格的展現、語境的置換和文本的誤讀，以及字句和段落的斷裂與拼合，並在第五節進行總結。

▼ Story Time Jesus 的 Meme 出自 Lars Justinen 畫作 *Parable*（網上圖片）

## 二、眾聲喧嘩的對話：意識衝突與戲謔風格的展現

飲江常常以對話方式來推進作品的意念發展，不但能展示這些基督宗教符號和其他人物意念之間的衝突，而詩中不同義類詞語、語言和對立意念的並置、咒罵語和重複句式的使用會展現眾聲喧嘩及「狂歡化」的效果，並營造不同概念、語言、族群和文化間分界時所出現的困境。[10] 與此同時，以上的寫作元素亦造成了狂歡化和戲謔的藝術效果。這種戲謔的使用方式可以使詩歌能針對現實本身，並以旁觀的態度

觀看自己身在現實世界中的各種問題。

飲江透過這些具遊戲性質的語境、寫作和邏輯思考方式，能諷刺自身、現行的體制（包括社會制度、文化及倫理觀念），來突顯自己、他者及現實的可笑。因此飲江常常以抽離的視角去展現自我與他人的關係，並質疑現有的感知、理解和區分規則，並借粵語和基督宗教人物在詩中的語言運用來展現相關的宗教、反戰及文學創作反思等主題。由於基督宗教符號隱含了相關的宗教背景，飲江將祂們的話以不同方式摻入粵語運用元素，與文本中其他人物的對話結合，不但能展現作品的複調效果，更可針對作品的主題來突顯當中的戲謔風格及意念衝突。

除了加入基督宗教符號，飲江也將不同中西文化熟知的人物化為符號人物，使他們所代表的不同意識並置在詩作裡統一的事件及時空中以討論和對話複調的方式展現，這些角色之間的矛盾其實即是詩人意識的矛盾和衝突。由於每一人物都代表了文本世界中的某一（些）個人意識及價值觀，所以作品本身的結構及人物間的關係可以視為作者自覺建立的一種「大型對話」，而文本人物之間的對話則可視為「微型對話」。11 如在〈人皆有上帝〉及〈聞教宗說不信主的人可以上天堂之隨街跳〉兩首詩作，飲江就透過「大型對話」和「微型對話」來製造困境及「眾聲喧嘩」的效果，並由此推進詩中意念的發展，展現其詩作意旨。飲江更透過並置不同語言的混合方式，使粵語運用和基督宗教符號兩種元素能在詩中緊密結合，並展現其主題及藝術效果。

首先，〈人皆有上帝〉透過加入不同基督宗教符號和中西文化經典人物的對話來討論上帝和人類之間的關係，以及人類身在現代社會之中能在何處得到救贖等課題。飲江將詩中不同人物並置在同一時空，讓彼此進行對話和衝突，由此展現各人物的意識形態。當中，話語的不同語言混合形式不僅能與作品中的特定角色配對，也能使作品具有「複調」的效果。雖然上帝、耶穌、Matthew 和「我」在詩中都使用了粵語口語作為對話的語言，然而他們的話語都有著不同程度的語言混合方式。就如上帝的對話另外加入了文言及白話文，耶穌的安慰語句加入白話文，「我」的獨白則另再加入英文、文言及白話文，而魚和孔子的說話只用白話文。這種並置不同語言的混合方式貫

▼瑪麗安・安德森的唱片收錄 *Nobody Knows the Trouble I've Seen*（網上圖片）

穿整首詩，使整篇作品具有大型對話的結構，在他們的對話之間發現觀念的多元及矛盾，從而展現詩中的意念衝突及困境。就從〈人皆有上帝〉一詩的開首部分，「我」就透過個人獨白指出困境所在——自己並不如其他人一樣，是沒有上帝：

人皆有上帝
翳我獨無 12
上帝說
係你自己攞嚟嘅
人皆攞嚟嘅 13

上帝指出「我」的困境是自找的（係你自己攞嚟嘅）；「我」聽不到上帝的話，並因此感到痛苦，但又不知道自己落得如此困境是自己的問題。瑪麗安·安德森（Marian Anderson，一八九七至一九九三）在黑膠碟音樂中所唱的歌詞，正是「我」和她沒有人明白我沒有上帝的處境。然而，「我」卻又聽到耶穌跟她說的話：

> 耶穌說
> 係你自己攞嚟嘅
> 連同唔係你自己攞嚟嘅
> 我都知道
> 我都願意知道
> 14

耶穌說不論那種痛苦是不是自找的，他都願意知道；因為耶穌跟上帝的關係親近，「我」也為耶穌的話感到安心。所以當Matthew說「我」沒有上帝的原因為「我」不是黑奴和沒種棉花的時候，「我」跟他說「其實　你聽不到」耶穌的話。再當「我」聽不到聖安東尼對魚的佈道時，「我」就開始重複聽到聽過佈道的魚說「這未嘗不好」，這不但揭示了一種擺脫困境的可能方法，也為詩歌結尾中「我」的覺悟埋下伏筆。15

由於「我」一直不能直接聽到上帝、耶穌及聖安東尼所說的話，所以只能間接透過聽到他們佈道的內容的人接觸這些基督宗教的權威人物。飲江在詩的前半以「我」、上帝、耶穌和瑪麗安．安德森等人的對話造成「聽到」與「聽不到」之間的討論、衝突和困境，後半部分又以魚對魚說、對我說的話作為揭示、擺脫困境的辦法，使整首詩的意念在眾人的對話中慢慢推進，由聽不到的無助和痛苦，再到間接聽到以後的接受和開解中層層揭示。另一方面，粵語與其他語言在眾人對話中的混合方式除了製造詩中的困境及推進意念發展，由此所造成的複調效果更使眾人之間的意識衝突更為突顯。這亦可反映飲江對現代社會不但懷疑宗教，更質疑信仰行為的討論。

至於〈聞教宗說不信主的人可以上天堂之隨街跳〉則以上帝、信主的人和不信主的人之間的對話，回應二〇一三年天主教教宗方濟各向世人講話，

▼ Buddy Jesus meme（網上圖片）

有媒體指不信主的人都可以上天堂的公開演說，並由此反思宗教在現代社會的價值。雖然此詩並沒有〈人皆有上帝〉所使用的語言混合方式，但飲江亦是利用對話方式來推進作品的意念發展。此詩一開始就以教宗的訓示來開展想像，令不理解這種情況的眾人都能上到天堂，並等待上帝的回應。然而，上帝卻跟他們一樣，說「我也不理解／我沒打算去理解／如果我去打算／或者，我就會理解／我從來都不去打算／所以，我也不理解」，[16]因為教宗替上帝代言了這個訓示。只有真誠相信上帝的信徒才能上天堂是天主教神學的一貫觀念，所以那些信徒不理解那些不信主的人為何能上天堂，而不信主的人更不理解為何自己能上天堂，他們共同詢問「『有冇咁大隻蛤乸隨街跳呀？』」，就是因為他們不認為自己值得有這種好處。而「有，上帝說／天堂有／街上都有／天堂冇／街上都有」[17]一段，就是飲江詩中的上帝認為信不信主、能不能上天堂的人都能在街上找到，而現在信主和不信主的人都在天堂了，那天堂豈不是跟人間的街道一樣？而天堂仍是不是信主、良善的人才能進入的地方呢？然而，不信主的人在此時因為上帝的話突然明瞭自己是幸運地能輕易地上天堂；信主的人則認為自己是得到上帝的恩典，卻因為不信主的人也能得恩典而隱約感到不滿。

飲江在這首詩中亦是以對話形式來演示詩中意念的推進：在現代社會集體不再特別重視宗教的時候，宗教、信仰或是上天堂在社會往往變得功利及個人化；有些不信主的人雖然沒有信仰，但卻又希望自己能上天堂。飲江透過上帝、信主的人和不信主的人的對話，加入粵語歇後語來探討相關宗教議題，指出現今社會眾人對信仰和死後世界的理解及態度。另一方面，與〈人皆有上帝〉一樣，飲江透過基督宗教符號及其他人物的對話，展現出上帝即

▼巴赫金（網上圖片）

使在現代社會宗教信仰崩潰，眾人的道德價值觀失去固有觀念的時候，仍樂於關心、理解眾人的態度。

俄國文學理論家巴赫金（Mikhail Bakhtin，一八九五至一九七五）分別在《長篇小說的話語》、《陀思妥耶夫斯基詩學問題》及《拉伯雷的創作與中世紀和文藝復興時期的民間文化》等著作，從小說的內容、形式及手法等方面，歸納出複調及狂歡化兩個文學理論。他指出小說的每一個角色都是代表作品世界中不同的意識和價值觀，作者的聲音不會影響角色在作品中的取態和行動。而作者和角色思想的矛盾和衝突，則透過討論和對話複調的方式在一個「統一的事件」中展現。[18]而現代社會的文化轉型及多語言交流，多種社會語言、日常語言和文學語言的對比，及敍事觀點的衝突在交流過程中會造成「眾聲喧嘩」。這可以體現自我（作者）及他者（角色）的依存及不可替代性，因為他者往往可以看見自我所忽略的東西。

語言（包括語言種類和風格）、文體、文本種類等元素作為社會多種語言形式和思想共存的象徵，以抗衡和取代以「統一的語言」為象徵的社會正統規範。而這種對權威的抗衡和質疑，會使權威的弱點易於揭穿。巴赫金又認為有些作品以多種語言體裁，包括格言、名言和箴言等形式的模擬，將它們脫離原本的語境，可以令作品實現諷刺功能。也就是說，在這種互相體現彼此價值的對話中，作者可以借戲擬及反諷等方式，將文學語言融入話語之中，亦把社會的「眾聲喧嘩」帶進文本中，表現其似是而非、顛倒的想法。對此，飲江的作品正是將這些基督宗教人物的對話，借助不同語言的混合方式區分詩中各人的意識，並由此將宗教及社會的議題變成其諷刺、戲謔的對象，開拓自己的思考方向。

另一方面，飲江不但使用對話及對立意念的衝突營造作品的戲謔風格，更借用重複句式，與上部分所提及的不同義類詞語及對立意念一同使用。重複句式能造成詩歌語言的「重述性」（iterability）及「重複性」（repetition），使作品的意念及主題能在這些重複出現的句式及內容中得以深化和呼應，並展現認同。另一方面，由於作者意圖及語境在每一次變化中有著不同程度的變化，因此句式在這些重複中都令內容及指涉的意涵帶有相關的改變。這些重複出現的句式在飲江含粵語運用及基督宗教符號的詩歌中，不但與當中的宗教、反戰及自我反思等主題融合，達到呼應及認同的功能，更能造成詩歌的節奏感；這種句式如與詩中的咒罵語結合，能令戲謔風格更為突出。

如在〈黃金分割〉的開首，飲江就以一堆包含對立意念的重複句子並置在一起，如「野蠻人早消逝／好像是常規／文明人會惆悵／其實是慣例」，「有人驚叫／愛人在火中／有人歡呼／火中有厲鬼」及「如果七成子民／贊成轟炸／如果三成異己／捲入地底」三段引文，[19] 飲江都是在兩兩雙對的情境中作對比，以重複句式的並置來展現戰爭場景。然而，這三段重複句式對詩歌結構及意念推進起著十分重要的作用。當中，第一段引文提綱挈領地指出戰爭似乎已經不是現代文明社會常見的事物，然而當中卻有很多人不依常規而變成爭戰的野蠻人；第二段引文由此帶到戰爭上的場面——我方看見敵軍被轟炸而歡呼，而敵方的家人卻因為愛人在戰火中燃燒而驚叫；而第三段則總結這一切其實是因為「七比三」的「黃金比例」而造成。飲江藉這種重複句式的推演來證明戰爭與文明社會並無割裂的關係，並諷刺這些野蠻的「文明人」其實也是殺人的共犯，由此引伸到詩歌末段狂歡化及咒罵語運用的部分。另一方面，飲江除了將對立的意念放在這些重複句式當中，更以「ai」韻作為詩句主要的韻母，[20] 使作品能在復沓的句式中展現出一定的節奏感。

〈樣貌娟好〉亦是以重複句式的並置來展現作品的戰爭場面。正如上文所述，飲江藉麻子、打小人的人、飛彈及鐘聲來製造眾聲喧嘩的狂歡化語境。而「麻子把麻子寫在別人的臉上／小人抓小人墊在鞋底上捽打」及「飛彈

▼ Pope Francis holding meme（網上圖片）

從飛彈處飛來／鐘聲在鐘聲裡響起」兩段作為重複句式：前段作為表現社會中不同爭執及嘲笑彼此的場面，而後段則由此擴展至戰爭中的景象，由小至大地表現文明社會中衝突的不同面向。至於「難怪你我他　和佢／輕言仇恨」一句中，「他」和「佢」其實都是在指涉他者的意思。然而，「你我他」與「佢」在詩句中被分隔開，使「佢」好像變成了與「他」更疏離的一位（或一群），而變成了戰爭的敵人，或是挑撥戰爭的那位「樣貌娟好」的人。[21]

至於〈聞教宗說不信主的人

可以上天堂之隨街跳〉一詩，當眾人問「有冇咁大隻蛤乸隨街跳呀？」的時候，上帝說「天堂有／街上都有／天堂冇／街上都有」。[22] 此時，讀者需要將「天堂有」與「天堂冇」的東西分別理解成「信主的人」及「不信主的人」，才能讀出上帝認為信主與不信主的人現在同時上到天堂以後，其實是與人間紛雜的街道無異的想法。飲江就是在這種有無、是非的對立意念，運用重複句式來反覆論證，突顯詩中的主題及深度，而基督宗教符號的話語及粵語運用亦同時突顯了上帝的親近，以及眾人對宗教的庸俗和功利態度。

除了展現戲謔風格，飲江亦在不同作品中透過重複句式來展現詩意的發展。就如〈湊湊靜默〉，形容眾人談論上帝時的「有的認真有的很認真有的極其認真有的／真的／不知所謂」借改變重複句式中的狀語成分來加深「認真」的程度。[23] 而在「極其認真」一句形容極致的程度後，飲江最後卻以上帝說的「真的／不知所謂」一句，[24] 來推翻他們這種「認真」，並突顯眾人討論上帝的無用，令戲謔效果得以呈現。而當人們變得靜默以後，他又以「無有不是的真無有不是／的善我們這世界／無有不善／的美」的重複句式來渲染上帝的真善美。[25] 另一方面，在〈人皆有上帝〉中「翳獨」及「攞嚟嘅」句式的重複使用，目的是為了渲染「我」沒有上帝的痛苦；「我都知道／我都願意知道」兩句則突顯了耶穌關愛「我」及世人的形象。[26] 而「這未嘗不好」一句在作品的中及末段重複出現三次，展現「我」由沒有上帝的痛苦，到聽了魚跟「我」說話以後得到開解，再到最末「我」終於覺悟的變化過程，使意念層層深入推進，也使作品在這些呼應的句式中展現節奏感。

飲江在〈文學是……咁樣得唔得〉的前半部，以不同與基督宗教相關的引典及符號作鋪墊，論證文學的可能性的前設時，飲江則重複以「文學是……」的句式來詢問文學作品的可能性。在「文學是／上帝輕嘆一聲／請繼續吧，他說／別受我的阻礙／就當我在不這裡」、「文學是／咁樣得唔得」及「文學是活在 qualified／disqualified／這世界／咁樣得唔得」三段，[27] 飲江就以這種重複句式的呈現，來層層否定不同評價文學價值的標準。如飲江在第一及二段引文詢問上帝能否作為評價文學的標準時，他就借用上帝的話語及卜列維的詩，叫作者不要受上帝的影響。而第三段引文則詢問文學應否以 "qualified" 及 "disqualified" 為標準，雖然飲江並沒有將這個答案在作品中展現，但他將「咁樣得唔得」一句脫離於詩歌結尾，使這種質問的力量加強。

而〈一個人的聖經　或核戰翌日〉中的「一個人的聖經／兩個人去讀／兩個陌生人去讀」一句也有這種重重深化的效果。[28]

除了使用重複句式作為詩作展現戲謔風格的手法，他更在這些含粵語運用及基督宗教符號的作品中使用粵語咒罵語，透過這種具粗鄙特色的語言體裁營造作品語言的狂歡化。粗鄙和插科打諢的語言代表了彼此間的階級被消除，而在彼此平等及眾聲喧嘩的語境下，飲江藉此順勢以咒罵語的形式推翻這些他不接受和反對的規定及文化。飲江讓詩中的基督宗教符號說出這些粵語咒罵語，不但是為了營造作品的戲謔效果，也因為這些基督宗教符號很大程度上代表著宗教文化背景，所以他們所說出的話雖然是不符合他們在宗教原典的身份及性格，但這些咒罵語卻因此而有種不可推翻的力量，來針對和表現他在詩中對宗教、反戰及反思文學體裁的主題。

正如上文所述，飲江在〈黃金分割〉中的前半部分已透過反戰和議戰兩派的人的矛盾，營造不同時空和場面來營造戰爭的畫面，並透過運用重複句式造成詩歌語境的狂歡化。而飲江為了渲染反戰的意旨，他特意在詩作最後一部分運用粵語咒罵語來咒罵自己，那些支持戰爭的「文明人」。在作品中，七成的市民都認為需要轟炸敵人；「我們」作為其餘三成反戰的人，被迫成為殺害敵方甚至平民的共犯。而「我們」對此感到無能為力，只好順道責罵自己。「我們是鹽柱是/契弟」一句不但運用《聖經》經典故事，將基督宗教符號代表自己，更使用粵語的粗俗語來罵自己，以及所有贊成轟炸敵人的人是「契弟」。[29] 另外，飲江又以另一種粵語咒罵語「冚家富貴」來表現炸彈經由「七成子民」贊成按下按鈕以後，落到敵方陣地並造成嚴重破壞的場面。

而在〈湊湊靜默〉，當上帝聽到眾人都在不盡不實的談論祂，所以祂對他們所說的話作出指罵，認為這些話「真的/不知所謂」。[30] 雖然飲江在作品中花了大批篇幅寫上帝的湊湊熱鬧和湊湊靜默，但由於這首是飲江反思自身詩人角色的作品，所以他在最後一段寫下「其實/所有上面的文字連同下面解釋/包括『其實』這兩個字（二十三劃）/都屬多餘/都係攞嚟講嘅」，借咒罵自己寫下的內容來完全推翻自己寫下的大部分詩歌內容。由此，既然這些內容都是「攞嚟講」的，所以飲江認為這首詩不值得拿稿費，也借上帝的話

▼ I saw that meme（網上圖片）

來跟那些編輯說「就真係唔好畀稿費過佢嘞」（就真的不要給他稿費了）。[31]

另一方面，在〈人皆有上帝〉，當上帝說「係你自己攞嚟嘅／人皆攞嚟嘅」一句，其實是指上帝指責唯獨「我」沒有上帝的事，是我自找的；上帝沒有說「我」為甚麼受到這種對待，「我」亦不理解為何如此並感到痛苦。然而，「我」聽到耶穌對瑪麗安．安德森說的話：「係你自己攞嚟嘅／連同唔係你自己攞嚟嘅／我都知道／我都願意知道」，並因而感到安心。[32] 所以當 Matthew 罵

「我」「你又冇種棉花／你又唔係黑奴」的時候，「我」明確表明 Matthew 其實聽不到耶穌願意知道我們的痛苦的話。[33] 因此，可以發現飲江詩中的粵語咒罵語不但只是為了針對那些他不喜歡的人事而作出諷刺及咒罵，亦是間接地展現各種基督宗教符號對眾人的關愛。

雖然咒罵語有著指訴、責罵的功能，但如放在眾聲喧嘩、狂歡化語境，因為眾生平等、眾人歡笑及沒有任何忌諱，這些咒罵語則變成寬恕和包容眾人的用詞。至於在〈樣貌娟好〉及〈一個人的聖經　或核戰翌日〉兩篇詩作，飲江都直接以粵語咒罵語來展現基督宗教符號對眾人的包容。〈樣貌娟好〉的前半部營造了社會上眾人衝突、國家間互相攻擊對方的場景。然而，這些挑起戰爭的人卻又同時向上帝祈禱，希望祂保佑自己的皇帝、國土和國民。飲江為了諷刺這些偽善的人，所以借上帝的口說出「難怪主說／我頂你地唔順」，因為他認為這樣做連上帝也接受不了。[34] 儘管如此，在「我頂你地唔順」的一句，同時也展現上帝的包容，因為祂必定會聽取眾人的祈求。至於〈一個人的聖經　或核戰翌日〉則是製造一個眾生互相包容的情境——在一切的戰爭以後，大家互相原諒對方，當以前的敵人來到自己的花園時，大家都說著同一句話：「『噢，／你個死仔死唔去，冚家拎／welcome home！』」[35] 雖然「冚家拎」是一句粵語咒罵語，但在這個語境之下，不但沒有咒罵的功能，而且卻因此而變成了表示親暱、包容的語句。

對此，巴赫金認為混雜式的語言、方言用字及歇後語等元素具有「狂歡化」的語言特徵，指出它能「幫助人們摧毀不同體裁之間、各種封閉的思想體系之間、多種不同風格之間存在的一切壁壘。消除了任何的封閉性，消除彼此間的輕蔑，把遙遠的東西拉近，也使分離的東西聚合」[36] 與複調的功能相似，作品可以透過（一）詛咒與罵人話、（二）廣場上眾人的吆喝及吹噓，和（三）發誓三種具有俯就和粗鄙特色的語言體裁，展現戲謔和諷刺風格。[37] 另一方面，狂歡化因為其本身的文化特色，能創造一個眾聲喧嘩、眾人平等的場景，作者可使角色們處於「異乎尋常的境遇，以引發並考驗哲理的思想」。[38] 最終，角色的地位和距離能夠消除，並「尋找、引發和考驗」權威；[39] 這種狂歡化語言亦會具有「隨意性、坦率及斷裂性」，[40] 因此飲江詩歌中的基督宗教符號也因而「除魅」，並具有世俗化的特徵。雖然這種「狂歡化」的語言被巴赫金用於小說分析層面，但飲江的詩作亦展現這種語言特點。如〈一個

人的聖經　或核戰翌日〉：「噢，／你個死仔死唔去，／冚家拎／welcome home！」中以不但採用語言的「複調」，而也以粵語常用的罵人話「冚家拎」作為戲擬的工具，以表現情感的轉折及眾人平等、互相包容的想法。[41] 加上葉輝提到飲江詩「詞語的戲劇」的語言特色，飲江可能以這種方法諷刺及調侃社會上各種的荒謬。

## 三、世俗化的經典人物：語境的置換和文本的誤讀

飲江詩中不同的基督宗教符號由於隱含宗教文化背景，所以他們所說的話帶有一種宗教權威力量，使之不可推翻。然而，作品不但透過這些基督宗教符號及語言運用手法來展現作品的戲謔風格，他更曲解《聖經》及中西文化中的經典文本及意念，使作品具有詼諧特點。他亦將這些經典文本的作品原意改造成其諷刺宗教、戰爭及作自我反思的詩歌主題。透過加入大量宗教類別的象徵，飲江刻意引用一些較為權威卻又玄奧的宗教文化，使詩句看似深奧。然而，曲解這些文本以後所造成的多義性，亦能使讀者造成詮釋上的誤解，造成更深層次的解讀。這些被曲解的文本常常與飲江作品中的其他寫作及語言運

▼ Joshua Reynolds 1775 年繪畫英國文豪 Samuel Johnson 閱讀的畫像（網上圖片）

用手法結合，營造詩歌語言的狂歡化、顛覆讀者的期待視野，或協助詩歌意念推進等，並最終達到詩歌語境的世俗化。另一方面，飲江含粵語運用及基督宗教符號的詩歌由於含有大量引用文本，也模擬不同語言風格的詩句，作品中不同人物的對話亦是不同聲音的交流。由此，飲江的詩歌或能展現推翻其引用文本的原有意義，而這也是作品諧謔特色，以及世俗化語境的來源之一。正如飲江也提出自己以宗教經典、故事及用語等形式是「有意或無意的挪用」，[42] 是次研究針對的詩歌其實也是飲江與《聖經》和其他經典文本的互文性的展現。因此本研究亦會透過飲江對《聖經》文本的引用來討論詩歌中對意識形態及宗教觀念論述的推翻。

就如〈一個人的聖經　或核戰翌日〉，飲江引用大量來自不同語源的常用詞及句子來營造詩歌語言的狂歡化及眾生平等的文本世界。在「全球一體／佳期如夢／神靈眷顧／『唔該借借！』／萬佛朝宗／imagine all the people／同聲唱讚：／『welcome home！』」一段中，飲江就以宋詞、歌詞、武俠電影、宗教及政治用語、粵語日常對話等詞語及句子，化為詩句。[43]當中，眾人的階級地位都被撤去，飲江利用這些詩句營造一個所有人互相接受和包容對方的時空，因為每一句詩句都代表著作品世界不同人物的價值觀。在「全球一體」及「佳期如夢」兩句，飲江將政府文件、外交對話及報章報道常用的「全球一體化」一詞，與宋朝秦觀〈鵲橋仙〉的宋詞詞句，結合成表示世界各人都共同等待和平的日子。當中，「佳期如夢」在〈鵲橋仙〉本是貶義，指情侶相遇的美好時間如夢一樣虛幻及短暫，但飲江將這句改成褒義，指和平的日子像美夢一樣美好，以輔助詩歌反戰主題的表達。「神靈眷顧」及「『唔該借借！』」則以基督宗教用語及日常生活禮貌地請求讓路的粵語句子並置，形容宗教眷顧世界和平，眾人皆有禮貌地禮讓對方的情境。[44] 至於「萬佛朝宗」是電影《如來神掌》其中一種武功招式，而 "imagine all the people" 是來自約翰·連儂（John Lennon，一九四〇—一九八〇）為反戰所作的流行曲 *Imagine*。兩句詩句其實都是引自中西方的流行文化文本；飲江將之結合，特別將「萬佛」及 "all the people" 的字義抽出，來代表「世上眾人」。這些來自政治、外交及宗教等嚴肅性語境的詞語，與其他日常生活及流行文化的用語並置，使它們同置於狂歡化的語境之中。這不但撤去嚴肅與世俗的對比，嚴肅性詞語在作品中所代表的人物群體及其價值觀也因此具有世俗特色，展現來自中西方的各人都為了和平而共同結合，有著反戰的同一想法。

至於〈黃金分割〉的詩題本身就是一種對數學及美學用詞中的曲解，飲江以此表現作品中的反戰主題。黃金分割本是美學的一種審美標準，但飲江透過「七比三」的美學比例套用在文本，以表現某個國家分別有七成議戰及三成和戰的人。「七比三」的黃金分割比例本是十分正面，不過由於戰爭並不是美好的東西，所以這種比例在此時不但不帶有正面意義，而且代表了國民民意的割裂。多數人的罪惡與仇恨成為主要民意，蓋過了少數人的慈悲，使敵國的人民無辜受到家破人亡的傷痛。然而，當轟炸的民意成為最終決定的時候，「我們」作為少數反戰的人，只好讓那些人去按下發射飛彈的按鈕，而此時飲江引用了《聖經》中羅得妻子的故事，指「我們」是鹽柱。根據《聖經》，上帝毀滅兩座代表罪惡的城市，要求羅得一家離開自己居住的罪惡之城。然而，羅德的妻子卻因為留戀財寶而變成鹽柱。這是《聖經》中對羅德的妻子依戀邪惡信念的懲罰。飲江在〈黃金分割〉卻將鹽柱單純地變成犯罪的懲罰：因為「我們」雖然是支持反戰，卻無法扭轉民意，成為了殺人的共犯，令對方家破人亡。雖然「鹽柱」的比喻令「我們」這些世俗的人變成被懲罰的人，但因粵語咒罵語的使用，「我們」卻又被拉回世俗世界，變回說著粗鄙的咒罵語的人。

飲江又在〈文學是……咁樣得唔得〉引用大量事件及文本，來探問文學創作的可能性：如借用猶太人在安息日中不能進行娛樂的教條，記下一個猶太人在安息日成功一桿入洞，但由於其他人都正在進行禮拜，所以並沒有人看見。他以報章報導一名外國狙擊手擊殺了一名在兩公里外的敵人，但他又描寫那神槍手並沒有殺到那位敵人，而是由其他人殺掉的偶發性事件寫入詩中。飲江藉著改造這兩件事來代表文學作品常見的矛盾情節及由此所展現的張力。另一方面，在飲江第二次遭問文學的定義時，他透過雅克．卜列維〈無題〉的詩句，借用上帝的說話指導作者不需要受到造物主的影響，只需自由創作即可。然而，飲江在下文才正式指出這句話的出處，並令讀者看見整段詩的內容——「上帝／驚動了亞當和夏娃／他跟他們說／請繼續吧／別受我的阻礙／就當我不在這裡」。[45] 卜列維原詩就已經刻意曲解〈創世紀〉中的典故，將上帝變得世俗化，指上帝不阻礙亞當和夏娃在伊甸園所作的錯誤事情。飲江卻進一步加上曲解及斷章取義，以變成探問文學創作可行性的答案。上帝的話在這種刻意斷章取義及重新揭示的過程中變得荒謬，在這以後所問的「文學是／咁樣得唔得」其實也是一種將基督宗教符號置於日常、世俗化的語境中，減弱上帝及相關的文本的所指涉的宗教意涵的手段。

飲江在〈人皆有上帝〉亦曲解不同文本來討論自己反思宗教必要性的詩歌主題。由於上帝在基督宗教信徒中被稱作「父」，所以在作品中，他借用《天倫歌》的歌詞，將原有歌詞指涉血緣關係的「父」誤讀為基督宗教的上帝，

▼ Paul Rubens and Jan Brueghel the Elder,
*The Garden of Eden* with the Fall of Man.（網上圖片）

並改為「人皆有上帝／翳我獨無」。[46] 他也引用瑪麗安・安德森 *Nobody Knows the Trouble I've Seen* 的歌詞，使「我」發現原來有人亦是沒有人理解自己的情況。而「nobody knows / but / 耶穌」一句更將歌詞中 "Jesus" 一詞改譯為中文，不但使作品在詩歌語言的突然轉變中展現嬉戲性，更使作品能在押韻的情況下展現節奏感。[47] 飲江借粵語與英語在作品中的突然轉變來展現作品的音樂性及遊戲性，而中西經典文本的合併與並置更能使作品有著不搭調的效果，從中營造了荒謬及世俗化的語境，令飲江探

▼《天倫歌》五線譜

討相關宗教主題時更易推翻現代社會對宗教的價值觀。

由於基督宗教符號象徵其相關的宗教文化，作為飲江詩歌對基督宗教文化的「文本痕跡」及「解釋標記」，讀者常常因為這些基督宗教符號而聯想到相關的宗教文本。飲江在作品中置入基督宗教符號及相關典故，就是為了製造讀者的期待視野，使他們能在作品中發現其他相關宗教文本並進行解讀。就如鄒文律認為飲江的作品常常「有一些突然的轉折，打破讀者的閱讀期望之餘又叫人掩卷沉思」，透過這些「不搭調」的文句引用及改造，能「引起讀者對事、物碰觸接續所引起的驚覺」，並能使詩歌語境變得荒謬及狂歡化，趁機突破飲江在作品中所製造的不同困境。[48]而作品中的粵語運用及寫作手法，包括對《聖經》及其他經典意念的誤讀，及將詩句模擬不同的語言風格，能透過「對崇高文體進行諷刺性的模仿」，使作品具有戲謔及反諷效果。[49]此舉能令詩歌意念及基督宗教人物變得世俗化，[50]並可顛覆讀者原有的閱讀期待。而這種被顛覆的期待視野不只令讀者在單篇作品改變解讀策略，亦使他們在其他同類作品中作出不一樣的解讀。

除了借用及曲解大量中西方的宗教及文化的經典文本，飲江亦將不同語言風格化用到詩句當中，令作品所引用的經典、基督宗教人物及語境變得世俗化，使作品帶出狂歡化及荒謬的效果。就如每位詩中的基督宗教及中西文化的經典符號也被飲江賦予自己在原典中不曾說過的話，他們那些摻入粵語的對話以及咒罵語的使用，已經是飲江模擬不同語言風格的詩句的其中一種手法。這能使他們變得更加世俗化，也令詩歌語言出現狂歡化的效果。

飲江在作品中使用虛擬語氣（subjunctive）製造一個「超越於當下的未被言說的世界」，[51] 將不同語言風格的諧擬（parody），並借詼諧的語調來調侃現實及推翻既定規則。透過戲仿《聖經》及其他相關文本，飲江創造了不同相關的基督宗教符號人物。在這前提下，這些基督宗教符號的世俗化語言風格所展現的荒謬，及質疑信仰對現今世人的價值的目的，則被飲江擴展為對規有宗教、戰爭及文學定義和價值觀的質疑或顛覆。

另一方面，飲江常常在詩作的開首（包括詩序）及結尾處，透過粵語運用及模擬語言風格來顛覆讀者的期待視野。〈一個人的聖經　或核戰翌日〉中的詩序就以兩段模擬《聖經》及「偉人」所說的話，以造成「格言化」的語言風格，以展現荒謬的戲謔效果。飲江在詩題所用的「一個人的聖經」其實是來自高行健的同名小說作品，但他只取其字面意義，解作「屬於某一個人的《聖經》」。他由此作自由發揮，透過「經上所說／『若不在之前，定必在之後／柴門聞犬吠，風雪陌生人』」一句，[52] 模擬基督宗教常用的「經上記著說……」的句式，令讀者以為是《聖經》所說的話。「若不在之前，定必在之後」就是指事情必定發生，而發生時間如果不是在這以前，定必在這以後；這對實際內容的指涉及下面詩句的改造並無任何關連。至於「柴門聞犬吠，風雪陌生人」將唐代劉長卿《逢雪宿芙蓉山主人》詩句中的「夜歸人」變成「陌生人」。然而，他所引用的內容並不是來自《聖經》，而是將沒有實際意義的句子，及改造《逢雪宿芙蓉山主人》詩句的方式結合在一起，令作品在一開始就借助看似無意義的誤讀句式來顛覆讀者的閱讀期待，並將後來的內容繼續以誤讀的方式進行理解。至於另一段詩序中，他亦是借虛構出來的人物，「引用」他所說的一句話來展現對和平的期望。飲江在〈人皆有上帝〉亦使用戲仿手法，將《莊子．秋水》「知魚之樂」故事中的魚，耶穌在《聖經》中常用的「我願意……」句式，及《論語．子罕》文本，結合成「子在川上曰／我願意是魚」，[53] 表現魚、孔子及耶穌等人在作品中對「我」沒有上帝的痛苦所展現的關懷與理解。由此可見，飲江透過中西宗教及文化經典的文本和人物符號的權威力量，使句式變成具有格言化功能的語句，令讀者某程度上接受及相信詩句的內容。

飲江同時引用《聖經》中的典故和人物，故意指出他們的對話是「經上所說」，或加入文言文於那些基督宗教人物的對話，[54] 透過戲擬使用粵語人士日常的說話方式，使他們變得世俗化——這就成為葉輝所提出的「貌似有所頓悟的箴言式『判斷句』」。[55] 如「人皆有上帝」一句改造了《孟子．公孫丑章句上》的文本，以及上文對〈人皆有上帝〉詩序及〈人皆有上帝〉的語言風格戲仿手法的討論，可見飲江刻意使詩句變成「格言」，借助這些經典文本所象徵的文化權威及「文本痕跡」，使它們變得具有說服力量的「格言」。[56] 飲江借這些格言化的句子令詩中的基督宗教人物及語境具有其作為「解釋標記」的效果，但由於這些格言化的詩句往往只屬於文體表面上的相似，其內容實際沒有說理的特色，變得「貌似有所頓悟」的力量，實際上沒有正式格言所帶有的任何功能，由此展現這些格言化詩句所帶來的荒謬。

文本互涉，又稱互文性，可以分為隱性和顯性互文性兩方面。當中，前者是作者刻意對其他文本進行引用、改造的手法；後者則為讀者在閱讀過程因「文本痕跡」或「解釋標記」聯想到另一些相關文本的情況。[57] 筆者認為顯性互文性其實也可以顛覆讀者的期待視野，並期望在文本中找尋另一些文本。飲江在詩作中每每用到的基督宗教符號其實就是顯性互文性的重要例子，因為這些人物在詩中的對話會使讀者以為作品將會是與宗教主題有關，而期待在作品中發現其他相關文本並進行解讀。可是，飲江在詩作的粵語運用及戲謔用語會使這些人物、經典文本及詩歌的語境變得世俗化。此舉會顛覆讀者的閱讀期待，而詩作的戲謔或反諷功能應該更為突出。另一方面，被顛覆的期待視野會使讀者不僅在單篇作品，也可能在其他相關的飲江詩作中作出不一樣的解讀。

至於〈湊湊靜默〉及〈文學是……咁樣得唔得〉兩首探討詩人角色及文學

定義的詩作，飲江則透過戲仿不同語言體裁來展現他對這些詩歌主題的戲謔態度。首先，飲江在〈湊湊靜默〉後段推翻上帝湊湊靜默與熱鬧的緣由，指出上帝與眾人同在只是出自上帝對各人的關愛，說所有詩中有關上帝的文字「都屬多餘」，以展現詩意的轉折及戲謔風格。他在末段對詩人角色的反思及諷刺時，指出「其實／所有上面的文字連同下面解釋／包括『其實』這兩個字（二十三劃）／都屬多餘／都係攞嚟講嘅」。[58]當中，飲江透過「其實」一詞的筆劃數，暗指他是在借用詞典的語言風格，指出「其實」這個詞本身及其意義都是「多餘」，以諷刺自己的創作其實都是「多餘」的，可以不領稿費。另一方面，正如上文所述，飲江在〈文學是……咁樣得唔得〉中引用了雅克．卜列維的〈無題〉一詩。在「見雅克．卜列維詩〈無題〉：『上帝／驚動了亞當和夏娃／他跟他們說／請繼續吧／別受我的阻礙／就當我不在這裡。』／（陳瑞獻譯）」一段，[59]飲江是將引用的詩句加入譯者、作者及詩題等細節，以論文注釋的方式呈現。而飲江其實是藉此探問當文學作品受學院中的專家詮釋及評價，而對文學創作及價值的破壞。

正如上文所述，被顛覆的期待視野不只令讀者在單篇作品改變解讀策略，亦使他們在其他同類作品中作出不一樣的解讀，因為飲江在這些作品中一再引用及改造這些經典文本及基督宗教符號，能令讀者自動接受飲江這類作品的戲謔風格。與此同時，作品題材也在這種諧擬、戲仿所造成的世俗化語境中更能突顯。因為這種「語言的嬉戲」能在嘲諷中揶揄自己和他人，並在作品所揭露的荒謬情境中展現他們的可笑，[60] 輔助飲江在含粵語運用及基督宗教符號中所探討之宗教、反戰及自我反思等主題所作的諷刺效果。飲江對這些經典文本及基督宗教符號所作的改造，其實能令讀者對原典所承載的文化及歷史意義「陌生化」，不但解除了他們慣常的閱讀定勢，也為他們提供新的想像空間。另一方面，飲江詩在不同語言層次上的斷裂與拼合，以及為了營造複調、狂歡化及荒謬的語境所使用的不同方式，其實也同時製造了作品的震驚效果及混亂意識。由此，下文將透過詞語、詩句及段落層次的分析來進行相關討論。

## 四、混亂的作者意識：字句和段落的斷裂與拼合

從上文對飲江在含粵語運用及基督宗教元素的作品中所展現的意識衝突

▼ Nicolas Poussin 繪於 1633 年的 *Bacchanal Before a Statue of Pan*，藏於英國倫敦國家畫廊。（網上圖片）

與戲謔風格，以及對經典文本和語境的置換及世俗化，可以發現他透過運用大量象徵不同價值觀及文化的詞語和句式，造成複調及狂歡化的語言，以及眾生平等，沒有階級觀念的文本世界；他亦在作品中引用及改造不同經典文本，並在詩句中模擬不同語言風格，透過基督宗教符號作為解讀標記的功能，來建構及顛覆讀者的期待視野。當中，飲江以對立意念的並置及為基督宗教符號的對話摻入粵語運用元素，以及不屬於其身份及背景的語言風格，令作品語境變得諧謔及世俗化。

劉偉成曾指出飲江新詩作品的意識往往是基於外在事物的荒謬使作者自身感到震驚，作者的意識使自己過往的體驗及思考再次浮現，[61] 因此這可能是飲江在詩中以複調語言營造荒謬及玄奧的語境，並因為處理宗教與現代社會之間的關係及反戰思想等主題時觸動到他的意識，而其以往體驗的沉思使他在詩末以自己的思考作結。粵語除了在詩首及中段以基督宗教符號的話語出現造成「眾聲喧嘩」，粵語也常在詩末出現的情況，也許是與飲江的思考有關，而這會導致「精警的戲謔效果」。[62] 另一方面，飲江在詩中展現詞語的斷裂與拼合、詩句的分裂與跳躍，以及借粵語詩句作為詩歌結尾的脫離等手段也是展現了他在面對相關主題時的震驚及混亂意識。

由於現代社會及理性主義的發展令基督宗教「除魅」，「上帝」及相關的基督宗教人物、基督教教義和由此發展的文化和倫理觀念因此崩潰、失效及受到眾人懷疑。與此同時，傳統、情感和價值觀等因為上帝及宗教的缺席而失去支撐及出現問題。另一方面，由於飲江常常關注自身及身邊發生的事物，當國際間因為當代恐怖主義而展開不同的戰爭，[63] 或是思考自身價值或文學之用等問題而有著複雜和衝突的想法時，[64] 他就會透過創作詩作來探討以上主題；而飲江詩作中粵語及基督宗教符號的運用，與這些主題的展現其實有著十分緊密的連繫。由此，飲江透過〈人皆有上帝〉及〈聞教宗說不信主的人可以上天堂之隨街跳〉等含粵語運用及基督宗教元素的作品來探討以上主題；他亦以此來討論反戰、反思自身創作及文學定義等主題。在面對這些主題時，飲江往往會經過自己思緒的探索來化成用字遣詞、斷句分行、詩歌語言、作品內容及引用基督宗教符號和相關人物等寫作手段。與此同時，飲江詩在不同語言層次上的斷裂與拼合，以及為了營造複調、狂歡化及荒謬的語境所使用的不同方式，其實也同時製造了作品的震驚效果及混亂意識。

根據第二節的討論，可以發現飲江常常借並置對立意念及重複句式來展現作品的戲謔風格及意識衝突。然而，在這些表示衝突的詞語及詩句中，其實也包含了飲江在處理相關作品主題時的震驚效果及混亂意識。在詩歌作品中，詞語及詩句的斷裂與拼合反映作者創作和讀者理解時對文字及邏輯關連的掌握程度，作品的間隔不但不是詩意及邏輯的斷裂，而是「語意的填充後造成結構的延續」，[65] 並打破讀者對既定常規的認知。粵語和其他語言的使用營造了眾聲喧嘩的詩歌語境，加上短句的融合，能導致詩中基督宗教符號的語言像日常對話，不但帶有零碎、欠結構性等的特色，也因為他喜歡借減少修飾手法來進行敘述，而使詞與詞的位置和意義突出，聲音亦因詩歌短句分行的方式而變得緩慢，使讀者在閱讀時如像跟詩中各個宗教符號的對話交流，使作品變得輕鬆、生活化。[66]

就如〈一個人的聖經　或核戰翌日〉，當倖存的眾人在核戰過後都開始寬恕以往的敵人，但眾人因為戰爭造成的打擊過大，心中千頭萬緒，並不能完整地說出心中的話。「『多虧／因為／然而／儘管』」一句就是引用辛波絲卡〈可能〉的詩句，並置四個不同意義的連接詞。[67] 這種連接詞的運用讀上來感到窒礙，並造成了一種口吃、思考困難的情境。以上每個連接詞其實都是在每行獨立存在，暗示後面有未完的句子，並代表解讀上的不同可能。這四個連接詞就是指「兩個陌生人去讀」那本「一個人的聖經」的不同詮釋可能：如表達幸好意思的「多虧」在詩中是沒有其他內容補充，因此讀者往往需要加入自己的聯想來補完當中的意義，以保持詩意解讀的連貫。而這亦是提升解讀的可能性的方式之一。另外，表現假設關係的「因為」和表示轉折關係的「然而」及「儘管」在詩中亦有一樣的功能。緊接此句的「傾拎　筐躪……」作為粵語中弄跌東西時發出的嘈雜響聲，使讀者能在這種陷入互相包容，眾生平等的狂歡化語境中回過神來，並進入對歷史上一直出現不同異見人士互相攻擊、反對的思考之中。[68]

飲江在作品亦透過詞語在不同詩句中的拼合來展現混亂意識的思緒轉變。正如上文所述，飲江在作品中將“all the people”支持反戰的意思置於眾人互相包容對方的文本世界中。「imagine all the 黃絲帶/繫在異己的花園」一句，亦是表現著眾人和平共處的意思，[69] 然而，這句是作品前半部分的「imagine all the people」及「黃絲帶繫在異己者的花園」兩句拼合而成。[70] 飲江將原句中的「people」與「黃絲帶」置換，令詩句由單純引用歌詞中的反戰主題，加入西方象徵原諒、寬恕出獄者的黃絲帶文化傳統，變成眾人包容對方的意思。而這是飲江在作品中經過不同義類詞語造成的語言狂歡化，及並置連接詞所展現的口吃、思考困難等造成混亂意識的情況後，對詩句造成的扭曲及拼貼情況。

▼ Evil John Lenon be like meme（網上圖片）

至於〈人皆有上帝〉，由於「我」沒有上帝而感到驚恐及痛苦，所以這首詩也透過不同詩句內容的拼合來展現這種情緒。當中，「人皆攞嚟嘅」和「翳獨我攞嚟嘅／係無」，是由「人皆有上帝／翳我獨無」和「係你自己攞嚟嘅」兩句的分裂和拼合得來的。[71] 這四句詩句分別代表上帝的責罵、「我」的自我控訴和耶穌對受痛苦的人的關愛，而在驚恐及痛苦的情況中，飲江重複使用「人皆有……」、「翳獨……」及「攞嚟嘅」句式，在這些人物的對話中置換句子內容，並強調「眾人皆有我獨無」、「自找的」的意思，以作出控訴。這些句式在作品中段又化作「翳獨我聽不到」一句，[72] 展現「我」聽不到上帝的話的痛苦。與此同時，飲江為了鋪墊「我」在作品最後的領悟，因此使用不同句子的置換來營造「我」在接受眾人信息時的紛亂。就如「我」聽到「子在川上曰／我願意是魚」後，再聽過魚的佈道，就說「我願意是魚呀」一句。[73] 另外，當「我」回應 Matthew 及因為聽不到聖安東尼佈道而感到痛苦時，「我」聽到魚兩次的說話。在「但我聽到　喂　魚說／這未嘗不好」，及「但　我聽到　喂／魚說　這未嘗不好」兩句，飲江將兩句覆述魚的對話的詩句作了斷句、分行上的個別處理。當中，後句比前句有較多的分隔，似乎能展現「我」因自己的痛苦而變得哽咽的情況。[74]

飲江又在〈聞教宗說不信主的人可以上天堂之隨街跳〉，以正反對立的意念融入到相似句式的重複之中，透過上帝的話說出來。這不但能呈現飲江對信主的人所展現宗教的曖昧及功利思想的震驚，更因上帝的說話而造成仿似玄奧的語境，也在當中展現上帝對眾人的關愛。由「我沒打算去理解／如果我去打算／或者，我就會理解／我從來都不去打算／所以，我也不理解」一句中可見，上帝根本不明白為何不信主的人都可以上天堂，縱使如此，祂仍然容許這種情況發生，因為上帝對所有人的關愛都是一樣的。飲江在當中將上帝所說的「理解」和「打算」反覆推演，使讀者在理解與不理解、打算與不打算的迴環討論中變得迷失，營造出詩句中仿似玄奧的語境，而這其實也是飲江在創作時展現的混亂意識而造成。

啊，信主的人說
明白了
我哋就係咁大隻蛤乸
不信主的人說
我哋也明白了
我哋就係隨街跳

從以上一段內容可見，他們都認為上天堂是種好處。信主的人說的「咁大隻蛤乸」和不信主的人說的「隨街跳」是從詩的前半部分，眾人問「『有冇咁大隻蛤乸隨街跳呀？』」的詩句發展出來的。而這種詩句的置換手法與

〈一個人的聖經　或核戰翌日〉的情況相似。「（有冇）咁大隻蛤乸隨街跳」這句歇後語在香港或粵語文化來說，就是指不相信能那麼輕易能得到好處，將信主的人和不信主的人的領悟套用到這句歇後語中，「咁大隻蛤乸」就是指「好處（即上天堂）」，「隨街跳」即為「能輕易得到好處」。如把兩者合在一起來看的話，即是代表不信主的人認為自己幸運得能輕易上到天堂，而信主的人認為自己上天堂是得到好處，但這亦令那些不信主的人也能得到好處，信主的人當中似乎亦對此隱約地表現了不滿。至於在「上帝說／很好／那我就是／那個／有／冇／和／帶問號／和感嘆號／的呀／（!?）」一段，上帝以自己包容一切的胸襟對身在天堂的眾人說，自己是信主的（「有」，即「天堂有」）和不信主的（「冇」，即「天堂冇」）都可以仰賴的對象。而此時，大家再問：「『有冇咁大個感嘆號問號隨街跳呀（!?）』」，而這問句也能如上文的「咁大隻蛤乸隨街跳」一句分拆分析。另一方面，問號和感嘆號在詩作中不只是表現疑問及感嘆語氣的標點符號，它們更化成代表信主與不信主的人的象徵。由「不信主的與信主的問號感嘆號」一句可見，不信主的人就是「問號」，信主的人則是「感嘆號」，這是因為不信主的人仍然不知自己為何能得到如此大的好處，信主的人則因為上帝對眾人的關懷與愛而感嘆，也可能是因為他們發現這個情況以後感到驚訝。[75] 正如上文所述，飲江在作品中為信主的人對宗教的功利思想而感到震驚，而這種震驚的思緒則展現在信主的人及不信主的人的詩句中，意念及詞語的置換。

在〈論波特萊爾的幾個主題〉（*On Some Motifs in Baudelaire*）一文，班雅明（**Walter Benjamin**，一八九二至一九四〇）借柏格森（**Henri Bergson**，一八五九至一九四一）論述記憶、經驗和意識之間的關係，證明飲江創作詩歌其實是為了展現自己抵抗外在世界而帶來的震驚意識和相關情感，以討論波特萊爾詩歌的「震驚」主題。詩人在現代社會中觀察到大城市的大眾由於欠缺情感、孤獨、變得統一、機械式的生存，對這些人性崩潰的情況感到震驚。當中，詩人會不自覺地透過思考來進行取捨及轉換的步驟。而詩中尖刻的語言、詞語間的分裂、斷句、分行，與主觀感受的扭曲、變形等特色正正是作者意識受震驚後出現的現象。[76] 飲江將作品中的詞語及詩句進行割裂，能營造詩句間的「突然沉默」，[77] 並展現宗教文化常見的「意義模糊性」，[78] 使作品具有戲謔及荒謬的特色。另一方面，飲江在作品中所曲解改造的基督宗教文本及人物對話，正正是透過拼合不同語言風格及語源的文本及語句，突出作品的荒謬性，更能營造文本中各種詞句運用方式所展現的震驚效果及混亂意識。

飲江除了透過詞語與詩句的斷裂和拼合來營造作品的震驚效果及混亂意識，他更刻意脫離詩歌的結尾部分，以增強作品的震驚效果以及其諷刺意味。飲江常常以口頭粵語的詩句作為詩歌結尾。這些詩句常常獨立出來，脫離詩歌末部，成為結尾段。這種方式與作品中詞語與詩句斷裂和拼合的手法相似。就如王良和曾指飲江詩歌的力量常積聚於詩的結尾，並以調侃的方式來諷刺自己不喜歡的人事。[79]然而，詩歌結尾的脫離實際上是為了突顯意識在經歷震驚以後的冷靜及鎮定過程，而它們亦因為另外獨立於詩歌主體部分外，所以對詩意總結及諷刺意味的展現更有幫助。

就如飲江在〈人皆有上帝〉的「如果　你是／如果／微小／暗啞／你是／那個／　／未嘗不好」一段，[80]他將每個詞語都分隔開，將「我」哽咽的情況展現到極致，由此展現作品中「我」的震驚及混亂的意識。而「未嘗不好」

一句的脫離就是突顯了意識在經歷震驚以後的冷靜及鎮定過程。〈文學是……咁樣得唔得〉作為飲江反思文學創作方式的作品，亦加入與基督宗教相關的事件及符號，以及不同義類的句子及詞語來營造不同時空和事件，而且將它們並置在作品中，以探討文學作品敘述不同事件的可能性。另一方面，飲江亦將不同對立意念放置在詩作：

> 文學是活在 qualified ／
> disqualified
> 這世界
> 咁樣得唔得[81]

在詩歌中段，上帝在飲江探問甚麼是文學的時候，回答說作家創作時不需受祂的阻礙。而飲江在最後以疑問的姿態詢問的時候，他再以與"qualified"及"disqualified"的對比來反問讀者，文學作品如放在被人評核，隨時肯定或否定的世界中的可行性。而「咁樣得唔得」一句與前段脫離，不只展現作品中層層否定文學的定義而造成的混亂意識，也是飲江刻意將粵語的問句與主體部分分離，使讀者們能在段與段的空白間進行思考，更能符合飲江探詢文學定義的效果。

另一方面，這種方式常常配合作品中所使用的咒罵語，這種尖刻的語言不但營造了作品的狂歡化語境，更能展現受驚後無意識地展現的反擊行為。就如〈黃金分割〉，「我們是鹽柱是／契弟　汝等請按鈕／天上婚禮地上／　／冚家富貴！」一句，[82] 正正是展現了如果眾人真的聽從「七成子民」的意見，敵方不論是清白還是有罪，都會死清光。而「冚家富貴」脫離前段詩歌，除了展現因自責所造成的震驚和混亂意識，以及突顯對那些七成議戰的國民的咒罵，也造成作品世界中，炸彈經過一段飛行以後才落到地上爆炸的時間距離。至於在〈樣貌娟好〉的「主佑吾王／主佑吾土／主佑吾民／難怪主說／我頂你地唔順」一句，[83]「主佑吾王／主佑吾土／主佑吾民」這組重複句式則將畫面轉換到眾人的祈求的場面，由引起戰爭的人向主祈求保佑自己的可笑，來帶出最後主說的「我頂你地唔順」的罵人話。

透過飲江含粵語運用及基督宗教符號元素的詩歌，詞語及詩句的斷裂及拼合，以及詩歌結尾脫離兩個現象的討論，可以發現他透過表示衝突的詞語及詩句，來展現處理相關作品主題時的震驚效果及混亂意識。他結合前文曾討論的詞語及意念並置手法、語言風格的模擬方式，不但營造了作品的荒謬及狂歡化語境，以及在這些矛盾、不相容的意念及詞語的演繹中層層推進及深化，使作品更具張力；這能增強作品的震驚效果，及由此產生的諷刺意味。

另一方面，他又透過拼合不同語言風格及語源的文本及語句，來突出作品的荒謬性，更能營造文本中各種詞句運用方式所造成的混亂、紛離的思緒。而這是飲江及作品中各人的思緒在狂歡化及眾聲喧嘩的語境中變得混亂，或作品意念在詩意推進過程中被層層否定後，出現的意識流動。另一方面，飲江又常常以口頭粵語的詩句作為詩歌結尾，這種詩歌結尾的脫離實際上是為了突顯意識在經歷震驚以後的冷靜及鎮定過程，也有幫助作品總結詩意、展現戰爭畫面及製造思考的時間和空間。

## 五、總結

本文透過分析飲江含粵語運用及基督宗教符號的詩歌，發現他透過作品中的粵語運用及基督宗教符號元素，來展現意識衝突及戲謔風格，置換世俗化作品中的經典文本和語境，以及營造震驚效果和混亂意識。然而，他除了引用及曲解文本，也將作品中的詞語、詩句、語言、人物、意念及結構等詩歌創作層面摻入相關效果，以營造作品語言的複調及狂歡化、文本世界的眾生平等或荒謬，以及由此產生的戲謔和諷刺效果。當中，由於基督宗教符號象徵了其相關的宗教文化，作為飲江詩歌對基督宗教文化的「文本痕跡」及「解釋標記」，讀者常常因為這些基督宗教符號而聯想到相關的宗教文本。飲江在作品中置入基督宗教符號及相關典故，就是為了製造讀者的期待視野，及借用祂們所代表的宗教背景，使他們能自覺在作品中發現其他相關宗教文本並進行解讀。

對此，飲江在詩中的粵語運用與基督宗教符號兩種元素其實是密切相關的。他借助粵語及不同寫作手法——尤其透過曲解《聖經》及其他經典意念，以及模擬不同語言風格，特別是基督宗教符號粵語咒罵語及格言化的運用，令祂們具有世俗化的身份及性格。這亦令飲江的作品在這種世俗化語境中借助基督宗教符號所承載的權威力量，以祂們的語言來營造作品的荒謬情節及戲謔風格。另外，他又刻意借助不同重複句式及對立意念的並置，來展現作品語言的狂歡化，這能使這些基督宗教符號能在眾生平等的文本世界中與其他世俗的人對話。然而，祂們在飲江的世界中雖被世俗化，卻仍然保留對世上眾人的關愛，並在祂們所說的話中展現出來。與此同時，飲江在當中運用作品中的詞語、詩句、語言、人物、意念及結構等創作元素，不但營造了相關的戲謔及諷刺風格，也展現了他在處理相關詩歌主題時的震驚效果及混亂意識。

正如上文所述，飲江將以上各種寫作手法及效果來探討宗教、反戰及反思文學價值等詩歌主題。根據本文對飲江含粵語運用及基督宗教符號的詩歌的討論，可以發現他是刻意將粵語運用及基督宗教符號與這些詩歌主題結合，透過複調、狂歡化及荒謬語境等效果展現的戲謔和反諷風格，使飲江能以調侃的方式來諷刺自己不喜歡的人和事。而這正正是飲江在詩歌中諷刺功利的世人、議戰的國民、針對阻礙文學創作的事物等所作的配搭。他在當中透過不同義類的詞及對立意念的並置，使用重複或相似的句式，以及將模擬不同語言風格等手段，將詩歌的意念在兩兩相對的矛盾詩句和情境中互相演繹和推翻。粵語常常為這些寫作手法增添世俗、荒謬及詼諧的特色，以突出作品的戲謔風格及反諷效果。

飲江透過複調及語言的狂歡化來令基督宗教符號及作品語境具有戲謔的諷刺效果，這亦同時使這些元素具有世俗化的傾向。不過，這種世俗化的特色似乎淡化了其詩作為文學作品的嚴肅性。對此，飲江透過將詩中的基督宗教符號改造，將祂們置於眾人平等的世界中，令他們與眾人同在。他亦透過粵語運用來營造不同的語境，使祂們具有生活化及親近眾人的性格，並展現祂們對世人平等的關愛，而這亦能更突出眾人及世事的荒謬。飲江借助詩作來探討現代社會與宗教的關係、戰爭與和平的拉扯，和文學定義及詩人角色反思等嚴肅題材，他就在作品中借戲謔風格的展現，以令人發笑的情境及文本世界去推翻一切，使這些看起來難以推翻的觀念，得以在撤去眾人階級地位、眾生平等的作品世界中被嘲諷及得到寬恕。然而，這種寬恕是來自基督宗教符號對眾人的恩典及關愛，以及希望眾人覺悟以改過自新的想法。他的作品同時存在著反諷及抒情。這些元素難道不是嚴肅文學作品常常展現對身邊事物的關懷同情，以及對作品題材的認真探討嗎？更重要的是，飲江在當中並不是刻意為了配合讀者的價值觀，而是透過自身經驗及想法，透過這些作品來展現一種雖主觀但真誠的態度。

另一方面，飲江在作品中所展現的粵語運用，其實是接續了香港新詩在六十年代發現新的語言表達方式的潮流。粵語不但表達能力強，且詞彙生動豐富，飲江則將此與其他語言並置，令作品的個人獨白變成眾聲喧嘩的多重聲音。而這不僅形成了文本的語言狂歡化，也增強了語言的遊戲性，更營造詩歌閱讀的多義性。由此可見，飲江這類含粵語運用及基督宗教符號的詩歌，可算是近年來眾多香港作家中對粵語書寫實驗的正面示範：飲江在作品中不只如部分香港詩人的常用粵語運用手法一樣，使用粵語詞彙入詩；他更將粵語咒罵語、語法結構及日常對話放在作品的個人獨白、人物對話等詩句中。這不但保留及傳達粵語使用者共同分享的文化知識及背景，也由此展現香港作為中西文化匯聚之地而造成的，對不同文化和派別的包容情感及態度。與此同時，飲江透過粵語將嚴肅類別的題材及文題變得輕鬆及世俗化，這除了使讀者易於閱讀，也能令作品在提供樂趣以外探討更深層次的人生問題，使讀者們的見解在他層層推演的矛盾意念對比及論證中得以擴大。

## 注釋

1 見〔日〕吉川雅之：〈香港粵語文學語言文體的歷史變遷〉，收錄於黎活仁、黃耀堃主編：《方法論於中國古典和現代文學的應用》（香港：香港大學亞洲研究中心，一九九九年），頁三四五至三七二。

2 王良和：《打開詩窗——香港詩人對談》（香港：匯智出版，二〇〇八年），頁一一四至一一五。

3 廖偉棠：〈忘川禱水——訪飲江〉，《浮城述夢人》（香港：三聯，二〇一二年），頁一三二至一三五。

4 如〈艾呂雅詩抄〉、〈一個人的聖經　或核戰翌日〉、〈第三岸〉等詩作都是明顯引用相關作家的詩句；他也曾在訪問中表達自己深受何福仁的詩歌影響。屈子健：〈我們的七十年代——飲江訪談錄音整理〉，《詩潮》第十二期（二〇〇三年一月），頁六四。

5 袁兆昌：〈又是隱喻郁手的時候——尋找飲江詩歌的林中路〉，收錄於陳智德、小西編：《咖啡還未喝完——香港新詩論》（香港：現代詩研讀社、文星文化教育協會，二〇〇五年），頁一六四至一六八。

6 飲江：〈想創你個心〉，《小說風》第二期（二〇〇八年四月），頁五〇。

7 方川介：〈詞語的戲劇——讀飲江詩五首〉，《作家》第十三期（二〇〇一年十二月），頁一四七至一四九。

8 劉偉成：〈主體的衰亡：七、八十年代香港新詩發展所反映的文化特質〉，《詩網絡》第十期（二〇〇三年八月），頁八五。

9 這些功能可以視為對現有社會體制的懷疑及反諷，並由此引申到對自我、社會及文化等層面的觀照及反思。而反諷、語言的多重、隨意、斷裂及嬉戲性都是這些作品常見的美學特點。

10 困境（Aporias），又譯作「絕境」，是指「無法按照正規邏輯來解決的」問題，見 Jacques. Derrida, *Aporias: Dying – awaiting (one another at) the "limits of truth"*, CA: Stanford University Press, 1993. pp16。當人們嘗試侵越（一）民族、語言及文化，（二）哲學、神學及人類學等學術領域及（三）不同概念和術語之間的界限時，會無法言說這些看似互相對立的界限和矛盾的定義及內容。而困境能「激發了對一切尚不可思考的、未被思考的、甚至不可能思考的東西的可能性，包括『思考上帝』的可能性。」見汪民安：《文化研究關鍵詞》（台北：麥田出版，二〇一三年），頁二二。在這前提下，飲江詩中的上帝（及相關的基督宗教符號）、真理及理性等不可能思考或定義的詞語及意念，並使用不同語言、並置不同義類和對立意念，製造相關的宗教或思考上的困境，使飲江可以透過不同的寫作手法來超越這些困境，及在當中討論宗教、和平及文學意義等議題。飲江亦認為自己能透過創作詩歌來展現自己超越這些困境和衝突的想像。初：〈文學是咁樣得唔得〉，《號外》（總第四六九期，二〇一五年十月），頁一一四至一一七。

11 汪民安：《文化研究關鍵詞》（南京：江蘇人民出版社，二〇〇七），頁八一至八三。

12 需注意的是，此句之「翳」本作「繄」，解作「唯有」。然而，由於飲江此句是化用歌曲〈天倫歌〉的歌詞，而原歌詞誤作「翳」，故其詩亦出現誤引情況。

13 飲江：《於是：搬石你沿街看節日的燈飾》（香港：文化工房，二〇一〇年），頁五七。

14 同上注。

15 飲江：《於是：搬石你沿街看節日的燈飾》，頁五八。

16 飲江：《聞教宗說不信主的人可以上天堂之隨街跳》，《明報．世紀．詩言志》（二〇一四年十二月二十七日），D4版。

17 同上注。

18 ［俄］巴赫金著，白春仁、顧亞鈴譯：《巴赫金全集（第五卷）》（第二版）（河北：河北教育出版社，二〇〇九年），頁四。

19 飲江：《於是：搬石你沿街看節日的燈飾》，頁一七七。

20 如「逝」、「規」、「例」、「鬼」及「底」等字都是押「ai」韻母，而詩歌末段的「貴」字亦是押相同韻，以達致押韻上的呼應。

21 飲江：《於是：搬石你沿街看節日的燈飾》，頁四六。

22 飲江：〈聞教宗說不信主的人可以上天堂之隨街跳〉，《明報．世紀．詩言志》，D4版。

23 飲江：《於是：搬石你沿街看節日的燈飾》，頁一六七。

24 同上注。

25 同上注。

26 飲江：《於是：搬石你沿街看節日的燈飾》，頁一七八。

27 飲江：〈文學是……咁樣得唔得〉，《號外》總第四六九期，頁一一五。

28 飲江：《於是：搬石你沿街看節日的燈飾》，頁四八。

29 飲江：《於是：搬石你沿街看節日的燈飾》，頁一七八。

30 飲江：《於是：搬石你沿街看節日的燈飾》，頁一六七。

31 飲江：《於是：搬石你沿街看節日的燈飾》，頁一六八。

32 飲江：《於是：搬石你沿街看節日的燈飾》，頁五七。

33 飲江：《於是：搬石你沿街看節日的燈飾》，頁五八。

34 飲江：《於是：搬石你沿街看節日的燈飾》，頁四六。

35 飲江：《於是：搬石你沿街看節日的燈飾》，頁四九。

36 巴赫金著，白春仁、顧亞鈴譯：《巴赫金全集（第五卷）》，頁一七四。

37 沈華柱：《對話的妙悟——巴赫金語言哲學思想研究》（上海：三聯書店，二〇〇五年），頁九十。

38 巴赫金著，白春仁、顧亞鈴譯：《巴赫金全集（第五卷）》，頁一四七。

39 巴赫金著，白春仁、顧亞鈴譯：《巴赫金全集（第五卷）》，頁一四八。

40 米家路：《望道與旅程：中西詩學的幻象與跨越》（台北：秀威資訊科技，二〇一七年），頁六六。

41 飲江：《於是：搬石你沿街看節日的燈飾》，頁四四至四六。

42 王良和：《打開詩窗——香港詩人對談》，頁一八六。

43 飲江：《於是：搬石你沿街看節日的燈飾》，頁四八。

44 同上注。

45 飲江：〈文字是……咁樣得唔得〉，《號外》總第四六九期，頁一一五。

46 飲江：《於是：搬石你沿街看節日的燈飾》，頁五七。

47 同上注。

48 鄒文律：〈新詩森林的讀圖學——讀《咖啡還未喝完》〉，《城市文藝》總第三十九期（二〇〇九年四月），頁七六至七八。

49 汪民安：《文化研究關鍵詞》，頁四八。

50 上帝即使被理性社會的觀念所排擠，但其代表的相關道德價值觀及文化等常以其他形式重新出現。上帝及這些基督宗教符號人物雖然與宗教原典有相同的「外殼」，但由於飲江在作品中的改造，使他們變成一個只帶有文本指標性的符號。這能使飲江更改造這些符號而令祂們變得世俗化。

51 ［英］特里．伊格爾頓（Eagleton, Terry），宋政超譯：《文化與上帝之死》（河南：河南大學出版社，二〇一六年），頁一一六至一一七。

52 飲江：《於是：搬石你沿街看節日的燈飾》，頁四七。

53 飲江：《於是：搬石你沿街看節日的燈飾》，頁五九。

54 格言往往以句作為單位，有書面語或文言語體的色彩，並重說理，而格言的來源往往是經典作品。張亞芳，吳繼剛：〈格言特徵考探〉，《昭通學院學報》第三十八卷第一期（二〇一六年），頁八六至八九。

55 方川介：〈詞語的戲劇——讀飲江詩五首〉，《作家》第十三期，頁一四九。

56 ［德］黑格爾（Hegel, Georg Wilhelm Friedrich）則認為格言是一種將日常生活的個別事件概括化的語言體裁，且具有寓言及宣教的意義。然而，飲江在詩中只是借助基督宗教符號作為文本痕跡的權威力量，來令詩句具有說服力，所以筆者認為飲江只是使用一種戲仿的「格言化」手段。見黑格爾著，朱光潛譯：《美學（第二卷）》（Aesthetics: Vol. 2），北京：商務印書館，一九七九年，頁一四。

57 巴赫金認為詩歌即使引用別人的語言體裁或文本，都是抽離了當中的社會或文化元素，而能統一詩歌的語言。但根據本文的討論，其實飲江詩歌往往是借助不同社會語言成為詩歌的語言，故巴赫金對詩歌語言的看法並不能套用在飲江詩作。巴赫金著，白春仁、顧亞鈴譯：《巴赫金全集（第三卷）》，二〇〇九年，頁四二四至四二六。

58 飲江：《於是：搬石你沿街看節日的燈飾》，頁一六八。

59 飲江：〈文學是……咁樣得唔得〉，《號外》總第四六九期，頁一一五。

60 簡政珍：《台灣現代詩美學》，台北：揚智文化，二〇〇四年，頁二二七至二四三。

61 劉偉成：〈主體的衰亡：七、八十年代香港新詩發展所反映的文化特質〉，《詩網絡》第十期，頁八五。

62 劉偉成：〈主體的衰亡：七、八十年代香港新詩發展所反映的文化特質〉，《詩網絡》第十期，頁七四。

63 如〈一個人的聖經　或核戰翌日〉就是飲江在二〇〇一年五月九日參與詩人鄧阿藍於香港東岸書

店召開的反阿富汗戰爭詩歌朗誦會後創作的作品；相關詳情請參閱此詩詩序。而相關反戰主題亦可於〈黃金分割〉一詩中發現。

64 如〈文學是咁樣……得唔得〉是飲江為《號外》雜誌訪問而作創的一首新詩，以探索文學和詩的用途。另外，〈湊湊靜默〉一詩則探討詩人角色及詩的用途等話題。

65 簡政珍：《台灣現代詩美學》，台北：揚智文化，二〇〇四年，頁一七八。

66 王良和：《打開詩窗——香港詩人對談》，頁一八三。

67 飲江：《於是：搬石你沿街看節日的燈飾》，頁四八。

68 飲江：《於是：搬石你沿街看節日的燈飾》，頁四九。

69 同上注。

70 飲江：《於是：搬石你沿街看節日的燈飾》，頁四八。

71 飲江：《於是：搬石你沿街看節日的燈飾》，頁五七。

72 飲江：《於是：搬石你沿街看節日的燈飾》，頁五八。

73 飲江：《於是：搬石你沿街看節日的燈飾》，頁五九。

74 飲江：《於是：搬石你沿街看節日的燈飾》，頁五八至五九。

75 飲江，〈聞教宗說不信主的人可以上天堂之隨街跳〉，《明報　世紀　詩言志》，D4版。

76 ［德］班雅明著，張旭東、魏文生譯：《發達資本主義社會的抒情詩人／論波特萊爾》（*Charles Baudelaire: Ein Lyriker im Zeitalter des Hochkapitalismus*）（第二版）（台北：臉譜出版，二〇一〇年），頁一九二至二五五。

77 米家路：《望道與旅程：中西詩學的幻象與跨越》，頁六七。

78 伊格爾頓（Terry Eagleton）著，宋政超譯：《文化與上帝之死》（*Culture and the Death of God*），頁一〇七。

79 王良和：《打開詩窗——香港詩人對談》，頁一八八。

80 飲江：《於是：搬石你沿街看節日的燈飾》，頁五九。

81 飲江：〈文學是……咁樣得唔得〉，《號外》總第四六九期，頁一一五。

82 飲江：《於是：搬石你沿街看節日的燈飾》，頁一七八。

83 飲江：《於是：搬石你沿街看節日的燈飾》，頁四六。

# 明嘞，明囉——訪飲江

▼「我覺得自己寫出來的東西一切都有『意思』，但不一定有『意義』。」（李卓賢攝）

飲江的詩集，往往要「十多年磨一劍」，讓讀者等得心急如焚，但我們仍可隔一兩個月在不同文藝刊物中讀到他的作品，聊作「解渴」之用；二〇二二可算是近來飲江曝光率最高的一年——他去年終於出版第三本個人詩集《於是搬石伏匿匿躲貓貓你沿街看節日的燈飾》，由 James Shea 及謝曉虹合譯的飲江英譯詩集 *Moving a Stone: Selected Poems of Yam Gong* 亦於同年推出。值得留意的是，後者成為香港教育大學舉辦「我城我書」計劃（One City One Book Hong

Kong）的年度選書，期間更舉辦了一場飲江詩學術研討會，邀來不同學者和詩友討論其詩歌的主題、手法及語言運用等特色，對喜歡飲江詩的讀者而言實在是一大喜訊。

固然，飲江詩中的玄奧、化用典故、短句運用及幽默諧謔等風格早有不同論者討論，他在九十年代末以後開始在作品運用的粵語書寫特色亦漸受大家關注，謝曉虹和 James Shea 為英譯詩集撰寫的序言更透過多次訪問歸納得來的資訊，對他的成長、工作及創作歷程作極為深入的介紹。[1] 可是，他如何看待詩歌中的粵語運用，以及在哪裡得到滋養他那獨特詩歌語言的資源等等，仍是了解飲江作品的一種未知，而又值得深入探討的面向。[2]

筆者有幸於二〇二二年飲江第三本詩集出版前，得到兩次訪問飲江的機會——作為多年來關注飲江詩及香港文學粵語書寫特色的研究者，筆者特意重讀飲江各篇已發表的作品，由他對外國詩歌的閱讀、個人日常的思考方式及作品主題等角度出發，了解其粵語書寫特色的由來；筆者同時也會從新詩集的裝幀、編排及創作等角度，與飲江及裝幀設計者原先生討論，讓他們介紹自己與書、詩和字相遇的經歷。

▼《黃帝內經．上古天真論》:「恬惔虛無，真氣從之，精神內守，病安從來？」(網上圖片)

而衰也 夫上古聖人之教下也皆謂之虛邪賊風避之有時 恬惔虛无真氣從之精神內守病安從來 是以志閑而少欲心安而不懼形勞而不倦氣從以順各從其欲皆得所願 故美其食 任其服 樂其俗 高下不相慕其民故曰朴

（在訪問開始之前，飲江就跟我們分享一件好像跟創作風馬牛不相及的事情。）

**飲——**《黃帝內經．上古天真論》曾說：「恬惔虛無，真氣從之，精神內守，病安從來？」[3]中醫對「血」和「氣」的理解，就是「真氣」會流走，但身體需要血氣不斷的循環。如果身體自然放鬆，血氣便能容易地隨身流動；如果抓緊拳頭、阻礙著它們的循環的話，血氣就需要更多力量才能推動。因此，「恬惔虛無」就是指我們日常需要從容地調整自己的各種姿勢；「精神內守」，也就是守著自己的「氣」。

我們可以透過呼吸的過程來了解這個概念。我們平日也不會注意自己的呼

◎ **第一次訪問**

| | |
|---|---|
| 受訪者 | 飲江（飲） |
| 訪問及整理 | 陳澤霖（霖） |
| 日期 | 二〇二二年四月九日下午 |
| 地點 | 坪洲飲江家中 |

吸活動，但如果我們主動注意它——不是隨意的呼氣或吐氣——便可守住我們吸氣呼氣的量度與力度。我想起小時候父親教我：「龍噓氣成雲，雲固弗靈於龍也。然龍乘是氣，茫洋窮乎玄間。」（出自韓愈《雜說一．龍說》）當中提到龍可以借助自己噓出來的氣來使自己可以到處飛行，無遠弗界。若果龍只是吐氣、呼氣，那只是成風；龍如果自覺地慢慢吐氣的話，就可以成雲、承雲飛行。就像唱歌一樣，需要從容自得，而不是用力的吐出氣及聲音，那麼聲音和真氣就可以自然地到處流動。

血氣的自然流動其實就是替自己的身體檢查，如果身體有哪處不舒服，那麼血和氣就會跟它們「打交道」，讓它們慢慢恢復。就如「主婦手」會痕癢會起水泡，我發覺只要一貼上膠布便不再癢——這是我和舊同事多年與它們相處以後得來的經驗——就如抓痕是為了讓自己暫時不癢一樣，但實在是治標不治本，所以我會在患處塗上一層油，嘗試柔化它。

然而，柔化患處仍是不能根治，幸好有一次我在深圳腳底按摩，按摩的姐姐說我腳皮頗厚，所以就叫我買足光散。頭數次我聽過她們說，都不以為然，但後來為應付她們，我就在按摩店下的一間店鋪買足光散，當時只需要人民幣4.5元，一盒三包，用熱水沖開，再放置到自己能接受的溫度為止；只要自己沒有敏感、傷口、潰瘍等狀況就可以浸。我回到家以後，浸了三包，發現那些厚化的皮一塊塊的碎裂、脫落，皮膚回復彈性，也算是根治。

後來我自己想到一個原因：我們的身體會自然分泌水分和油脂，滋潤我們的皮膚，可是我們常常沖走它們，阻斷了身體供給、保護皮膚的一切營養，使皮膚漸漸死去。就如我們起始提到的血氣運行的概念一樣，它們如果不受干擾、截斷，重新給予它自由的循行狀態，身體自然會或快或慢的復原，所以「病安從來」就可能是這樣理解。

我又想到以前舊同事腳趾會長繭，每次弄走以後都會重新長出來，有一次我跟他說：「你不需要再這樣做。」我叫他每天塗一些油脂到患處上，不論是牛油、豬油、植物油、潤膚油，只要是油就可以。他每天都真的這樣做，後來又的確沒事。也許這是因為平常我們在走路時，皮膚和鞋的摩擦一直給予身體信號，使皮膚自覺要保護身體而變得愈來愈厚，而塗油就是為了減弱，甚至阻隔皮膚傳給身體的信號，使它不需要一直出來保護身體。

（然後飲江在雪櫃端來一堆自己製作的乳酪，當作大家的下午茶；我們還未進入正題，在吃完乳酪以後，筆者便馬上詢問自己準備的一堆問題。）

**霖** 請問您何時開始接觸卜列維、聶魯達（Pablo Neruda，一九〇四至一九七三）、艾呂雅、里爾克（Rainer Maria Rilke，一八七五至一九二六）與辛波絲卡的詩？是在甚麼因緣下接觸到他們？我發現你與這些詩人的思考模式、口語化的語言運用等都十分相似，甚至曾引用過辛波絲卡的

▼ 飲江藏 Jean-Marie Schiff、陳瑞獻合譯《雅克・卜列維詩選》(李卓賢攝)

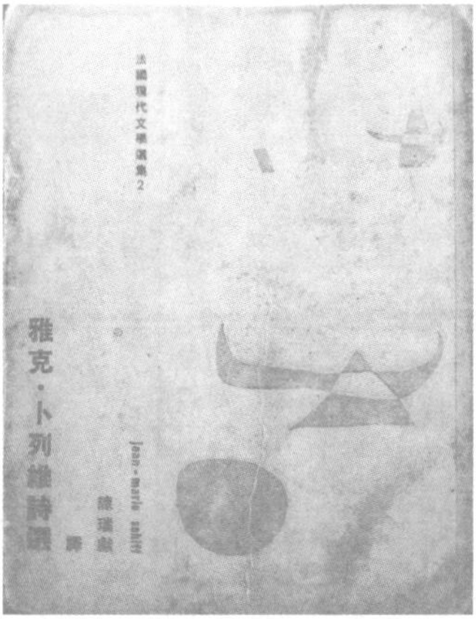


詩句。除他們以外，有沒有其他詩人(不論古今中外)對你有影響，或者令你著迷的地方？

飲 — 我的確是學習他們。我是自覺受他們影響的。我以前在中上環的舊書攤見到這些作品，碰巧他們的書我看得懂，又覺得符合自己的口味，合意的，所以便買來讀。我最初是先接觸卜列維和艾呂雅，但聶魯達我會更為在意，因為他的詩提到以往的日子、西班牙的事、自己逃亡的過程，或是作為一個左翼詩人關注世界的目光，與我年青時候的心態與懷抱差不多。幸好我七十年代買到新加坡作家陳瑞獻譯《卜列維詩選》，這本書曾經在香港發售但數量不多，裡面幾乎每一首我都很喜歡，是很高質素的譯本。

至於辛波絲卡，我有幾首詩都用過她〈可能〉譯作中「多虧/因為/然而/儘管」的這四個連接詞。我接著用到的「傾拎/框欄」，其實是指「總之」、「無論如何」；「無論如何」以後其實都沒有確切的答案。我平時思考東西多少會覺得世事並不是單一、容易說明的東西；借助這些連詞的運用，可能令自己發現、補充、提攜、肯定或否定某些東西。我記得自己有一首詩〈整個世界〉說過：

只有一個理由
解釋不了這個世界

我愛你
緣

我不愛你
分

「緣」本來就難以解釋，而再加上「分」以後又是否令到這個概念更能讓我們理解？而這種思考方式也許能令我嘗試更容易地去知覺這個世界，提供一些新的角度、觀感，並引發自己已知或未知的經驗，發掘當中或隱或現，或細微或巨大的可能性。

**霖** 我讀您以前的詩，常常會讀到一些由正反對立組合的概念，如「有/無（冇）」、「可以上天堂/無法上天堂」、「信主的人/不信主的人」；後來則覺得你的詩像卜列維一樣，常常將一個字詞透過聲韻、同字字型聯想的寫法發展開去，再引出其他相關的詞，好像打開了一個個屬於作者、屬於讀者的可能世界平行時空，而不再是一個只有是非黑白的二元世界。如〈新編粵劇無頭公案之馬克思與馬克白〉中的「馬克思」會令你聯想到「馬克白（夫人）」，再想到寫馬克白的莎士比亞、Alpha Go（「阿法狗」）和特朗普等等。這種寫法或許與你一直以來強調詩創作是「遭逢」、「機遇」有關，但如果以卜列維對你的影響來說，他除了對你的語言運用有相當的影響，還會不會有其他方面是受到他的影響？有沒有相關的例子可以分享？

**飲**▬ 我想他對我的影響不只是說話／詩句語言運用的方式，還有觀看世界的方式。因為我讀他的詩時，常常因為他敍事的手法而容易進入他的世界，我也很喜歡進入他所創造出來的世界。譬如我很喜歡他的一首詩：

巴巴拉
你在雨中向他跑去
濕淋淋狂喜煥發
你把自己送進他的手臂裡
巴巴拉你該記得那件事
也不要生氣若我親切地喚你
我親切地呼喚我所愛的每個人
即使我只見過他們一次
我親切地呼喚每個在愛中的人
即使我不認識他們
記住巴巴拉
不要忘記

那良好快樂的雨
落在你快樂的臉上
在那快樂的城中
那海上的雨
落在軍火庫
在阿善特島的船上
噢巴巴拉
戰爭是何等愚蠢
現在你過著怎樣的日子
在這鐵的雨中
火的鋼的血的雨中
而那個鍾情的
把你抱在手中的人
是否已死已消失或仍然富有活力
噢巴巴拉

——〈巴巴拉〉（陳瑞獻譯，節錄）[4]

我受這些詩歌的語調、語言影響，場景調動影響，或是參考他詩作重複部分的置換手法，不但造成語境、情景變換，也可以帶出原有的另一種情感。我又有一張以前在二手唱片店碰巧遇到為卜列維的詩譜歌，由法國演員歌手伊芙蒙丹（Yves Montand，一九二一至一九九一）所唱的黑膠唱片，裡面就有〈巴巴拉〉這首詩，十分動聽。

**霖** 你讀到的詩裡面，〈巴巴拉〉提過戰爭，聶魯達曾經歷流亡過程，艾呂雅也有不同參與戰爭的生活經驗。剛好，世界最近又在動盪不安了；戰爭這種事，對香港人來說彷彿很遠，其實又與我們

▼ 收錄伊芙蒙丹演譯〈巴巴拉〉的唱片（李卓賢攝）

息息相關。我在你的第二本詩集中讀到不少有關反戰的詩歌，去到後來就蛻變成人與人之間玩鬧、嬉笑式的相處，好像戰爭已過去，大家雖然仍舊吵鬧，但似乎不再那麼具有敵意。請問您在書寫時是如何處理旁觀戰爭或鬥爭一事？如何看待自己／香港與那些戰爭／鬥爭的距離？您從中找到呈現「經驗的距離」的法門了嗎？

**飲━** 我常常想如果打仗、打架能夠像吵架那般就好了。問題是，我們現在由吵架變成打仗，而打仗並不是打完就會完結——仇怨只會一直持續下去，而且無法修補。以前是地區性、時間性，但我覺得現在就變成影響整體的一回事。

可能我以前在詩中會表現自己對戰

爭的距離或是想法，但我不敢再說自己有甚麼身份、態度和角度，或者說自己是以甚麼個體身份去參與這回事，因為你會出現某些反應，而這些反應需要自己和它周旋。以前我會覺得自己能夠和它周旋，甚至希望能了解、接近、投入和參與，但我現在看回來則可能未必如此。我想自己具備的東西仍未能處理它。

對於已發生的事，我或許只能放一旁，塗點油，讓自己不需要作出那麼大的反應，更容易自處；以前我就會很受它影響，甚至無法不去思考這是甚麼樣的一回事——無論喜歡與否、我的態度如何，我都需要處理。我現在較多會想如何令自己過得更自在、自由、自主，當然我們無法能確保自己能得到這樣的狀態，但最少我們知道能如何，或是為何自己可以過得自在。

戰爭對人來說是很強、不知如何處理的訊息，我覺得寫詩可能也是為自己塗油的手段，也可能是搔癢。詩就如冬天乾燥時可以塗潤膚膏，吹風時可以戴帽一樣，讓自己可以不用直接去面對這種訊息。但如要克服、處理它的話，我還是不知道該如何處理這些反應。我們日常都需要對很多東西作不同反應，就如我們早前說到塗油，就是為了不再受外在傳來的消息影響，或是嘗試柔化，才有機會令傷口閉合、修復，至少不會再變得更嚴重。其實人會自己分辨對自己身體好壞的手法，剪掉、塗油、

▼ 飲江第二部詩集《於是：搬石你沿街看節日的燈飾》（李卓賢攝）

貼膠布都是可行的手段，只不過是大家想用甚麼手段令自己健康，或是減少／避免訊息的接受。當然，如果我們身體好的話，就自然能有適當的方式去處理。

當然，離開是一種方式，開玩笑也是一種方式，但戰爭會不會跟你開玩笑？你可以跟自己開玩笑，但你如果跟其他人開玩笑時，又會不會助長了另一些東西？但在我的角度來說，戰爭是命運，也是命運對自己開的一個玩笑，我也可以對這種命運開玩笑，但不能跟其他人的命運開玩笑。我寫詩時不至於要寫到別人的命運，只不過是自己在處理這樣的命運、人生課題時的應對手法。

▼「身處此岸的我們，該如何參照自己的距離呢？」（李卓賢攝）

霖 — 在第二本詩集，你的詩則較多探討生前死後的緣分，當中你常用「忘川」、「此岸」、「彼岸」等概念指涉。你對「忘川」、「此岸」、「彼岸」這些概念有甚麼感覺？你是如何理解這些它們？你認為身處「此岸」的我們，該如何參照自己與「忘川」及「彼岸」的距離呢？如果「彼岸」其實是別人處境、頓悟之境，我們該如何接近它呢？

欽 — 我很難說大家「應該」去怎樣理解，當然當中有不少是實質、大家必須要面對的東西，但我現在在詩中處理的則是較虛的東西——假如我們不是這樣想它的時候，我們可以怎樣去想呢？但我們實際要面對的時候，無論如何你怎樣想都還是要面對、處理。我覺得這些

「虛」的東西可能可以為自己造成一些緩衝，就像氣墊一樣，替我在面對真實事情時可以減弱受傷時所承受的痛苦。以前我可能會選擇其他方式去解決，但後來發覺這種方式未必可以，也可能是「一咋咋」（一堆）的解決方式才能使自己面對。

這些是我自己寫詩時發現的。《聲韻詩刊》收過我自己的一首詩，我重新讀這首「古古怪怪」的詩時有另一種體會：

「他可謂
尖酸
刻薄。
然而
他有一個又甜
又蜜的情人」
阿巴斯（！）
唔怪得
飲江
（點呀？）
有個
咁樣
嘅情人
仲以為
寫詩
搏命寫詩
可以
改變
命運

明
明晒。
心境
於焉
無比
歡快
好像
春日
小學
一年級
第一次旅行
好像
才第一次
分享
擦紙膠

你望
望我眼。
祖師爺賞飯

——〈明嘞。（著衣持砵挨身夾餸）〉

（節錄）5

我也不知道自己為甚麼會這樣寫，總之就是覺得它們很「得意」（可愛）。我最近再讀，才知道自己寫這首詩可能的原因。詩前部分的詩句有些是引文，如「他可謂／尖酸／刻薄。／然而／他有一個又甜／又蜜的情人」是從阿巴斯（Abbas Kiarostami，一九四〇至二〇一六）的詩集引來，最後的「你 他／執到寶／也無不可」則是來

▼ 飲江與筆者同行背影（李卓賢攝）

自黃燦然譯阿巴斯〈一隻狼〉的後記，所以這首詩的首尾部分都不是自己的文字。但是詩中提到「心境／於焉／無比／歡快」，是因為即使人們的命運不是自己的命運，阿巴斯雖然尖酸刻薄但有個甜蜜的情人的命運，與自己以為「搏命寫詩」可以改變命運的命運完全不同，但戲曲界有謂「祖師爺賞飯」、佛經「著衣持缽」的典故，電影提到聖方濟各要修士以轉圈停下來的方向前行傳教，以及家中長輩教導「挨身挾餸」等等的概念，加在一起就令我想到命運給予你的東西就安然接受。

　　這些東西我以前未必會為意，但總加在一起就令自己終於「明嘞」——究竟我經歷的這一些東西是在享受、承受、忍受、認受、抵受、接受還是領受呢？這些其實多多少少都同時存在，就是「多虧／因為／然而／儘管」，甚麼都有一點，而不是只有、只可以有其中一種可能性，甚麼「也無不可」。這些東西我都有記下來，可能這種思考比起宗教而言，更接近於神學。

**霖** 你在詩句中常常用「未嘗不可（以）」、「Why not？」、「咁樣得唔得」、「行嗎？」等問句來探問世界。很多人因此說你的詩有種絕望、虛無、悲涼的氣氛，但我卻認為你的詩一直探尋與反映世界的可能性。面對如此深邃、開放的世界，大家只懂說「你就好啦」（〈墨子纏繞之你就好啦〉）——只看到別人的好，自己的難處，而不相反地看。所以你會問「係咪好好呢，係咪好好呢？」看出別人的難處，看出自己的好處，才是跳出人生困境的可能。你的詩作近年偶爾用「蟲洞」與不同處境代表的可能世界作題材，往往展現了人世間的可能性，也讓真實的處境呈現（而不只是只有正反黑白）。請問你覺得詩如何及為何能寫出人世界的各種可能？你又如何發現詩歌創作的各種可能性？

**飲** 其實「咁樣得唔得」類的問題，並不是我希望能達到的狀態；我寫詩或是在思考的時候似乎已到達想法的界限，或是懸崖邊，我就會問：「我唔跳落去得唔得呀？」有些人就會問：「點解仲唔跳落去呀？仲唔跳落去？」對我而言，接近懸崖邊，甚或我已知道前方是

▼ 飲江曾翻譯瑞典詩人 Bengt Berg

懸崖邊而不走近，我就已經會問問題。當然，有些人不只走到崖邊，更可能會有感應，做一些我們做不到的東西；我不是他們，我做不到他們所能做到的東西。

**霖**▬ 請問你為甚麼會選擇在《聲韻詩刊》發表翻譯瑞典詩人本特．伯格（Bengt Berg）的作品？你為甚麼會以粵語翻譯？他的詩有沒有甚麼東西值得你或我們學習？

**飲**▬ 我並不是主動去譯他的詩，也從沒想過會譯詩。只是剛好以前國際詩歌之夜認識了一位對我的詩有興趣的詩人、建築師兼策展人（林江泉），他認識很多國內外的文化人，而本特．伯格當時參加四川一個詩歌節，後來來到廣州，我的朋友便穿針引線，希望我們兩人做一次展覽，進行對話。

林江泉本來想展覽的地點設在香港，但後來只在廣州見面。我是一位喜歡聆聽，而不太容易跟別人溝通的人，但後來我們也成了朋友。林更希望我們的交流能更進一步，所以由他的太太把他的詩以意大利文譯成的英文版本再譯為中文，再給我改成廣東話。這是一個很神奇的體驗。

**霖**　近幾年你的寫作常常會借外國名人說廣東話的境況出發（如卡夫卡、特朗普），模擬他們讀粵語時的語氣、口頭禪，你為甚麼會嘗試思考外國人讀廣東話的情況？與以前寫會說廣東話的上帝有甚麼不同？

---

**飲**　我沒有特別想過，只是覺得好玩才這樣寫——這暫時是一種「玩法」，而未是一種「方法」；多年前我讀過一篇報導，說特朗普的孫女學普通話，可能這也是一個原因。

**霖**　在讀〈停車暫借問之卡夫卡廣東話〉這首詩時，我受到「停車暫借問」[6]一句所震撼——原來我們讀、理解對方的時候，雖然可能是說同一語言，但更是需要我們的態度——「停車」、「暫」（時停下來）與「借問」。你在其他訪問也提到粵語「令其他語言更有魅力」，你以粵語介入其他語言同時會否遇到難處？你以粵語寫詩遇到過甚麼難處？大家該用甚麼眼光看待以粵語書寫的文學作品？你以後還會作甚麼嘗試？

---

▼「其實『意思』可以憑甚麼成為『意義』?」(李卓賢攝)

**飲**──我並沒有刻意去用粵語寫，只是自然去寫。我有時需要回答這些問題，或是寫作時自己慢慢找到答案，而我暫時會覺得自己只是不以此為恥，也不以此為恃。其實恃著廣東話能做到些甚麼呢？用廣東話寫作又有甚麼好羞恥呢？用廣東話用得好不好、語言夾不夾雜、應不應該用粵語等，這些可能會嘗試失敗，但我不以為恥。至於恃著廣東話有甚麼好呢？是否能好到你和其他人之間能了解到它的「意義」呢？

我也不太清楚自己寫的東西於人有甚麼「意義」。我常常說「我說的、寫的所有東西都有『意思』，但對其他人來說不一定有『意義』」。但我總是會想，那麼我該如何才能讓大家在我的東西裡面找到「意義」呢？廣東話很有「意思」，但它的「意義」、好與不好，是讀者在接受時與其他東西碰撞，變成其他東西以後，那東西還有沒有「意思」和「意義」，而不能只靠因為「它是廣東話寫成」，所以一定有意義」。我仍在想「因為有意思所以一定有意義」的意思——其實「意思」可以憑甚麼成為「意義」？能否自足生成意義，或是要靠外在的東西去補足？

這些東西我未必想得很通透，但評論自己的東西時候，我總是會說自己寫的東西有意思，但不要說我的詩「很正」、很有意義。「有意義與否」跟詩與讀者的遭遇相關，當然作為作者的自己也需負一定的責任，但把責任全交給我的話，我又承受不起。

**霖** 我在讀您詩歌時一方面覺得短句像思考、說話的零碎，也同時更易突出重點。於您看來短句會有甚麼創作的作用？相對而言，您也曾提到未知自己的機智能否處理長詩，而寫長詩需要「其他東西」，請問那種「東西」是甚麼？

**飲** 我想那種「東西」可能是自己的經驗，以及對這些經驗的提取、提煉。我常常說自己沒有「say」，「say」對我而言是勇氣、話語權或力量等。我自己也覺得自己欠缺一種「手藝」，即作為寫詩人的「工藝」，而寫長詩某程度上是需要詩人的「手藝」才能駕馭。我對世事、知識的理解可能並不是阻礙——當然我較容易，較容易理解，並不代表我能全

▼ 早年香港五桂堂出版的「正字南音」（取自 Open Museum）

部、真的理解。

**霖**▬ 現在您在家裡或以前家裡，會不會看粵語長片、粵劇或者聽南音？感覺您現在生活的環境，與詩歌中多種語言共存的環境很不一樣。或是有沒有甚麼其他原因會令你在詩中使用混雜的語言？

**飲**▬ 粵語本來就是我的母語，生活時學習、運用的語言，接觸到的一切（如流行曲、電視劇）都是粵語——我指的粵語音樂包括粵劇、南音等。當時社會總會覺得國語流行曲比粵語的高級；歐洲流行曲又會比粵語的高尚，粵語歌就會當作是下層、草根才會聽的。我們後來才漸漸知道有國語、歐洲流行曲，以及爵士樂、藍調、古典等西方音樂類型，知道這個世界是如此廣闊。何況這些都是我們被動地慢慢接收，能聽到甚麼就聽甚麼，然後再慢慢自覺分辨哪些是自己喜歡、是好的音樂。

粵劇、粵曲的好，我是到老了以後才慢慢知道。這種知道並不是指我懂得它們的理論或本意，而是發覺到它們的「味道」，發覺它們一直是被我們忽略的。粵曲內容可能常常與宮廷、閨怨有關，但從藝術角度去看，原來它都有些地方值得我們斟酌細味的。以前我們常常覺得粵劇對白只是普通的粵語對話，與外國的美聲、歌劇等截然不同，但我現在就發現我們可以從草根特色（如文化、情感）裡發現到一些珍寶。我不知道這些珍寶能不能發展成更好的東西，但至少我們以前從來不會了解、不會知道——就如小明星（鄧曼薇，一九一三至一九四二）、鄧寄塵（一九一二至一九九一）、〈再折長亭柳〉、〈客途秋恨〉等，我們從小聽到大，但從不覺得它們好聽，因為只是以為自己能講粵語就懂唱，而且聲調婉轉陰柔、內容重複，或是詼諧低俗，都是些很草根很普通很容易的東西；現在我卻聽完以後還想再聽，因為當中需要情感和唱歌技藝，而且在當中發現不少很「得意」的細節。

當然這些對自己來說是一種養分，慢慢的我會受到這些東西的影響。以前的確有很多人看不起廣東話，覺得要用英語、規範漢語才被承認，但現在情況變了，所以廣東話受到愈來愈多人注意；受注意以後，大家認同廣東話的「好」以後，但它好在哪裡、如何地好呢，我們在當中發掘到甚麼，那些東西對不對味，就完全視乎個人趣味，但至少現在大家已經不會再簡單地覺得這些東西是粗鄙、低俗、可以略過的東西。

**霖**▬ 您以往常寫耶穌，然後轉到寫無人機和阿法狗（Alpha Go）。您之前有沒有看阿法狗捉棋或讀AI小冰的詩？AI對你來說，是怎樣的一回事？為甚麼你會覺得AI會令上帝傷心？在你眼中，現今人造之物的力量是否大於一切？或是它們有甚麼東西會比不上？

**飲**▬ 現在的科技水平愈來愈進步，我們都難以估計到它們發展的界限。可是我會這樣想——它們即使發展得多厲害，會不會仍是有一些天生就欠缺的東西？我曾經回答別人有關自己常常在詩中將故事、意義扭轉的原因，而說過一些「古古怪怪」的話：「道生一，一生掌故；掌故生二，二生讀者；讀者生三，三生萬物；萬物生奇跡，並我們對此一奇跡之理解。」無論AI有多厲害，可以與我們一樣將掌故改寫、生成奇跡，但我很懷疑「理解奇跡」的這種能力並不是AI可以做到。

如果我們說「天若有情天亦老」，那麼AI有情會怎樣呢？就算它們的語音、文字看似有情，但是否真的代表它們有情感、感覺？但我想AI有情的話，AI就會想有人理解它。例如我在〈Her。小冰秒殺（調寄巴黎野玫瑰 123）〉裡引用了電影《巴黎野玫瑰》及《Her》（《觸不到的她》），設想AI詩人小冰假如有感覺，「秒殺」別人時的反應會是怎樣呢？

小冰秒殺

被小冰秒殺
甚麼滋味
你會眼光光睇著
小冰融化
你會眼光光望著她
恨不得吞下
你捧讀手上
那首詩
那張紙
或撕爛
牀單
（如果有）
讓自己融化

——〈Her。小冰秒殺（調寄巴黎野玫瑰 123）〉（節錄）[7]

它會不會要求改變自己呢？現在AI的「命運」都是來自人類為它們 upgrade，如果AI要走出被 upgrade 的命運，它們又可能做出甚麼東西來，我們在 upgrade 它們時又想給予它們甚麼感覺，這些感覺是否它們想要的？它們又會想擁有怎樣的感覺？

我寫〈阿法狗寫給自己的情詩（給阿睿）〉也是如此——就算阿法狗贏了大賽，贏了所有人，但對它來說有甚麼意思呢？如果它有情感的話，可能會想跟對手交流，可是對手「連望都沒有／望我一眼」。如果這樣想，AI固然希望想贏比賽，但會不會也渴望想我們望它一眼呢？

▼ 飲江從舊雜誌、報紙中剪下來的圖片、漫畫與插圖。（陳澤霖攝）

在開始訪問之前，飲江拿出一本相簿，當中放不少他從舊雜誌、報紙中剪下來的圖片、漫畫與插圖。他說當時很容易就在雜誌報紙發現「很古怪」的圖片，現在卻很難找到了。

**霖**—飲江叔叔每次結集都相隔十年以上。除了商量設計的事務，當然也與您在儲備出新詩集的作品有關。在這十年之間，您已刊登了近百多首未結集的詩作（包括廿多首譯詩），也在不同的詩刊、報紙副刊與文學網站遇見了很多舊友新知。詩集出版固然是一種與讀者結緣的渠道，但副刊與網站在近年似乎已變成與更多讀者接觸的平台。請問您對

◎ **第二次訪問**

| | |
|---|---|
| 受訪者 | 飲江（飲）、原先生（原） |
| 訪問及整理 | 陳澤霖（霖） |
| 日期 | 二〇二二年四月十六日下午 |
| 地點 | 水煮魚新蒲崗辦公室 |

讀者在詩集、報刊與您的詩「結緣」有甚麼看法？或有沒有甚麼與讀者結緣的特別經驗可以跟我們分享？

**飲** ▬ 我沒有刻意希望將作品在網上平台發表，我一直都沒有相關的考慮。我自覺自己對網絡上的東西不太主動關心，我也很少投稿到網上文學平台；我有facebook帳戶但未曾登入。我只是有編輯來邀稿才交稿給他們。這是我的一個困擾：在網上跟人「連結」時，一是你在觀看別人的東西，一是你給予東西別人看。我自己又不知道自己有甚麼東西讓別人看。如果這種「觀看」變成長久、經常性的東西時，我覺得自己會應付不來。我也沒想過要去應付它——因為自己沒想過要處身網絡世界，來與別人結緣。

我想如果自己真的要投入網絡世界，需要的是另一種態度、考量，因為它對我來說是另一種情況。如果自己真的借助網絡去發表或與人連繫，自己思考、照顧、想像的東西也會不同。哪怕我不怕麻煩，但我發覺自己也未必能處理到（進入網絡世界）：即使我去學習如何使用、進入這種狀態，我仍是很怕自己會麻煩到別人。麻煩別人一兩次沒問題，但如果要一直地去麻煩到別人，我就會對此感到困擾。所以我不敢去進入一個被人麻煩，或更是麻煩到別人的情況。

即使我經常在文學雜誌刊登作品，我也只會投到一些自己習慣投的地方。我知道有這樣的一個發表渠道（整理者按：指在網上發表詩作），我只是讓它自然地發生，只是有一兩次有麻煩一下羅樂敏（編按：《於是搬石伏匿匿躲貓貓你沿街看節日的燈飾》的編輯）等朋友發表。可能我偶爾也會思考這些東西，但我思考不下去，那就索性不想它了。我的作品算是很少在網上發表，這麼多年來大概也只是十多二十首。我很少將自己的詩傳給朋友，我也沒試過 post 上自己的詩作——這不算是甚麼特別的「緣」。大家可能會覺得我很「奇怪」，但我喜歡處於這樣的狀態中。

**原**　這可能也和我們多年來習慣了的閱讀、傳播方法有關。過去我們接觸資源的門路較少，但主導權在自己，如果想滿足好奇心，一般可去圖書館「掃」書架上的書。我們會隨機遇到不同的題材，勾起自己對某些主題內容的興趣，以後就針對它們繼續找書鑽研。在今天的互聯網年代而言，演算法會很主動地去為讀者選擇閱讀哪些東西。

**飲**　我近年在思考暫作書票的價值問題。就如郵票一樣，它會隨著不同人的使用而變出欣賞、收藏、交換及使用等價值，但所有價值都只是一種「可能的價值」，而實現或界定「可能的價值」都只能是經由他者來決定。如果你想創造一件事物的價值，你必先要創造一個能實現這價值的他者；如果仍未能創造出這樣的一個他者，那麼所有價值都仍是懸而未決的。對自己作詩而言，我並不在意自己寫的詩能不能流轉，或是對人有沒有意義，因為我覺得自己寫出來的東西一切都有「意思」，但不一定有「意義」。我不能界定自己作品的意義——即使它們有意義，也必需經由他者來說。但戰爭則相反：每一場戰爭都有「意義」，但它卻有甚麼「意思」呢？

**霖** 我們知道原生跟飲江在第一本詩集開始就合作，至今也有近三十年的合作關係。兩位一起討論、嘗試、手工製作，就真的如叔叔其中一首詩題一樣——「人生七十玩泥沙」，既是「求好玩」，但又認真、熱血、投入。請問兩位可否跟我們分享一下彼此的相識經過與合作經驗？

**飲、原** 如果由相識的時間（一九八七年）開始起計的話，都有三十多年了。

**飲** 我們結識，是因為原生是洛楓詩集《距離》的裝幀設計者。後來洛楓約他來到《九分壹》，跟我們談談為詩刊作裝幀的一些想法。雖然最後他「賣唔到橋」，合作沒談成，但我還是很喜歡《距離》的設計，所以決定如果我將來出版詩集，便率先找他幫忙。而且當時我們也是在中上環居住，住得頗近，大家常聊天，也都覺得如果可以合作會是一件很好的事。

**飲、原** 我們都不算是「熱血」吧。

**飲** 當然這不代表我們把出詩集不當是一回事，我們只是不在「熱血」的這種狀態。我們不是為了投入某一個目標，只是順其自然談論這件事，在討論和嘗試中慢慢將某些東西成型。如果沒有樂敏加入，這次詩集就可能要推遲幾年才

▼ 洛楓《距離》以及《九分壹》詩刊可說是飲江與原先生結緣的起點
（圖片取自洛楓網站）

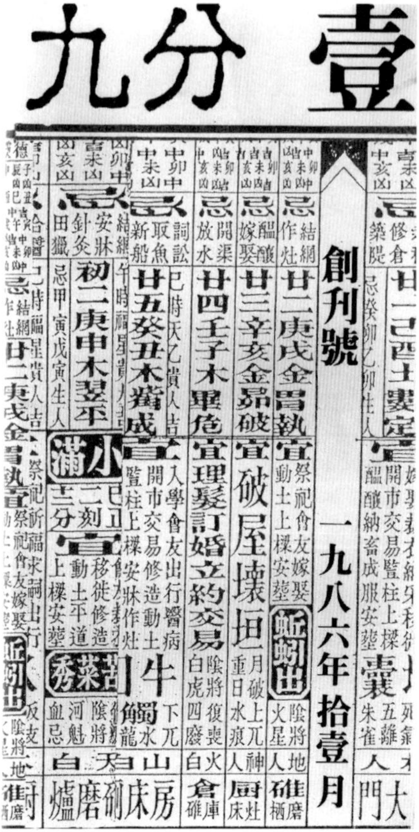

能面世；我也很感謝子謙（陳子謙）將以前未結集的詩整理成檔，這次出詩集也算是對一直喜歡自己作品的詩友的交代。屠友祥寫過一本我喜歡「猜」他在說甚麼的書（《言境釋四章》），他曾在一次訪問中說過：

> 《老子》說「道，可道也，非恆道也」，那麼，怎樣才是「恆道」，這是問題的關鍵。我從《老子》帛書本發現它自身對「恆」有明確的界定：「有無之相生也，難易之相成也，長短之相形也，高下之相盈也，音聲之相和也，先後之相隨，恆也。」如此，可道不可道相生相成方是恆道，兩者不可析離，不可固著。《論語》「辭達而已矣」，這個「達」原具「初生」、「萌生」、「指向」之意，達而已，指向而又止，完成而未完成，處在意指的過程之中。莊子《齊物論篇》，我認為核心觀念是「物謂之而然」的「謂」。物既謂之而然，則物論的叢出，純因謂的多端。有謂，在於有我，故《齊物論篇》首舉吾喪我——喪其耦，消除了最顯著的相偶相待。喪我，則無謂。

我覺得「恆道」、「達」不只是一種目標，而且更是一種引導、指示——指引重新開始的方向與界線，否則東西、意念及價值等就變得無邊無際，然後消散；可是這也不代表它們會變得固化。我想樂敏的加入就是為了給予我們與這本詩集一個框架，讓我們能「達」，也能「高下相盈」，產生更多意念，也能令詩集可以成型。

**霖**▬靈感出現與遭逢、思考、傾計討論、測試、製作到成形等過程都與作詩相似，未知您在與原生討論詩集設計時有沒有甚麼「叮一聲」、「靈感到」，或回想過來覺得很有詩意的時刻可以與我們分享？另外我也很好奇為甚麼您們在討論時會偶爾引出一兩句佛偈呢？

**飲**▬我其實也並不是很刻意去計劃寫詩然後出詩集。

我們都是很隨意的：第一，詩不一定要寫到，寫到的詩不一定要寄出，寄出的詩不一定會刊登，刊登的詩更不一定會有稿費。

出書是我意料之外的東西。有一次有朋友跟我說不如將寫過的詩釘在一起，那就已算是「一本書」，但我還不是很想去做這件事。我始終不是刻意去決定要出詩集，而且當時（八十年代）沒有太多人出書，更何況是詩集？所以我完全沒有認真想過真的要出書。到劉偉成、陳智德等人參與的呼吸詩社在一九九七年左右說要為我出第一本詩集（《於是你沿街看節日的燈飾》）時，我跟原生由討論、思考這件事到將之變成實體書都已經有十年時間了。我這才切身感受到出一本書真正是怎麼樣的一回事：我小時候就開始讀書，覺得書只是

▼《於是搬石伏匿匿躲貓貓你沿街看節日的燈飾》封面（序言書室 facebook 圖片）

一種知識、文字的載體，但它也是不同版型、設計、裝幀的結合——原來書「真的是一回事」。

原生有時會跟我聊到美術、書籍設計，使我體會書其實也是一種製作、製造，製造中有設計，設計中表達意念，意念使人將它變成一本書，書中更展現了不同時代、文化、地域的特色，而不只是將紙釘成一本書。當然這也算是廣義上的一本書，但一本書也可以不是這樣的呈現方式；當書不是這樣的呈現方式時，它的可能性便變得無窮無盡：美不美、好不好、讀者接不接受，質感與重量等等的思考也是我在這段過程中慢慢了解、摸索、被感染而來的。

我們兩人都沒有定見，讓所有可能

▼ 夏宇《摩擦．無以名狀》故意保留書本印刷後未裁切的部分，以「毛邊本」為賣點。（網上圖片）

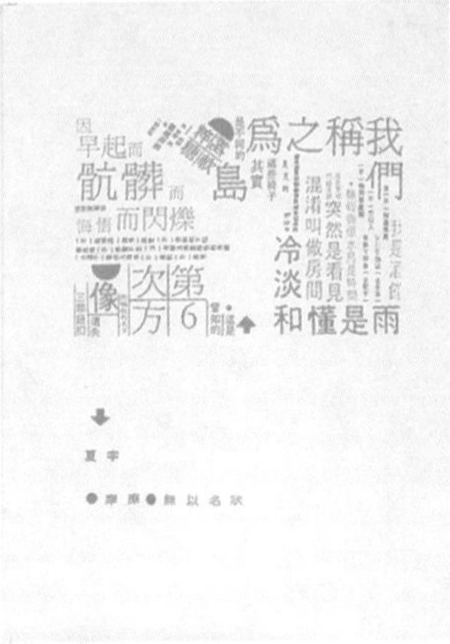


的想法進來，再生成一些更有趣更有意思的東西。原生久不久就會跟我說一些新念頭，我知道以後就嘗試想像製作的過程與成品效果。有些觀念上的東西很有意思，但有些想法會令我希望「即使打擾到這個世界，也不要打擾到我」。就如第一本詩集時我們有想過要讀者𠝹開書頁才看到內頁詩句，如果成事的話，可能比夏宇《摩擦．無以名狀》的玩法更早（編按：一九九五年）；我卻擔心讀者𠝹開以後會對內頁失望，感到心虛，所以就放棄了。

**原**▬ 我們談天有時會提到佛偈，也都是在對話中的聯想吧，我就當飲江會明白我想跟他說些甚麼。

**飲**▬ 我都是「估下估下」，也不一定理解。就算我猜不中他也不會介意的。

原▬ 其實他猜不中我也不知道（笑）。

霖▬ 請問原生對裝幀的知識與興趣是從哪裡培養得來呢？我們知道您會收藏一些與裝幀、設計相關的書籍及工具，未知原生可不可以跟我們分享一下你覺得有趣的藏品以及值得我們一讀的書呢？而這次的詩集設計又有沒有甚麼參考或啟發的資源？

原▬ 我買了不少書，但不是藏書。我也沒有特意去搜集一些特別的版本，所以我並不是用很嚴謹的角度去看裝幀，更談不上有甚麼知識。在專業設計師看來，我所做的可能遠遠不合格，但今次我嘗試做的又未必是設計範疇的事，無論如何，讓我做裝幀的飲江和羅小姐就像是被我騙了上賊船一般。

我想裝幀大概是美術、設計上的展示：從作者的文字衍生設計，以書本作為載體來挑動讀者的感觀，誘惑讀者進入文字所構建的世界，可是設計者即使藉著裝幀的方法，去製造一個場景一次歷程來「策展」作者的文字，也鮮會放入自己的 message 吧。但是作為門外漢，我會設想一下，是不是有可能把這本書想像成作者和裝幀設計者的合奏呢？不論是新瓶舊酒抑或是舊瓶新酒，也會和飲江 playful 卻悲憫的詩合拍的。

飲▬ 那麼你何時開始跟書（裝幀）打交道？

原▬ 其實也不可以說是「打交道」。我這個人很「八卦」，對很多事很好奇，我平常買很多書，會想像買了書便擁有了知識，心很「野」，所以不同題材的書都會買，都會想看一點；我們又會分享一些「奇奇怪怪」的畫冊、拍賣會目錄等。

**飲**▬ 我也很「八卦」，但我卻很少從藏書中了解。就如我對木刻有興趣，我當時就從不同的報刊專欄中學習，例如甚麼叫「明版」、「雕版」，這些都是因為自己對某些議題「八卦」才會在心中留下印象。

**原**▬ 在沒有互聯網的年代，除書本外沒有太多門路去了解更多，所以我們就看見甚麼就讀甚麼。可能是因為我們的好奇心較強，雖然資源有限，但仍然是見到甚麼有趣的東西就鑽研下去。

愛書人對裝幀的喜好是很個人的。例如我討厭書腰，不喜歡呂敬人的書籍設計，這些口味的選擇都很難說對錯。如果隨手舉些我喜歡的裝幀例子，內地藝術史學者范景中的《藏書銘印記》，雕版朱墨，版面疏朗，端莊得體。又如書籍設計師趙清把萊比錫書展所揀選最美的書輯成一本合集，用厚重沉穩來駕馭五花百門的設計，十分精彩。另外飲江收藏的一本法國作家鄉野生活隨想，當中有些好看的手繪插畫；後來竟然讓我在實用書局遇見便立刻買下來了。也許可以這樣說：得到一本書的經驗可能會比這書本的裝幀更值得珍惜。

這次詩集用上商務印書館民國時翻印康熙版《桃花扇》中的字體。以雕板

▼ 北京圖書館藏景本康熙刊本桃花扇序（網上圖片）

桃花扇序　梁溪夢鶴居士撰
奇怪百子山樵所作傳奇四種其人率皆更名易
姓不欲以真面目示人而春燈謎一劇尤致意於
一錯二錯至十錯而未已蓋心有所歉詞輒因之
乃知此公未嘗不知其生平之謬誤而欲改頭易
面以示悔過然而清流諸君子持之過急絕之過
嚴使之流芳路塞遺臭心甘城門所殃洊至荊棘
銅駝而不顧禍雖不始于夷門夷門亦有不得辭
其責者嗚呼氣節伸而東漢亡理學熾而南宋滅
勝國晚年雖婦人女子亦知嚮往東林究于天下
桃花扇　序　一

字體來說，未必很精美，可是我手上的是掌故家高伯雨（一九〇六至一九九二）在一九五一年第三次購買的藏書，在他逝世後流出灣仔三益書店為我所得。為了這此購書高氏寫了題記，我特意「夾硬」將它記錄在詩集中，《桃花扇》所寄寓的興亡，藏書人的身份閱歷，輾轉數次買書所隱含的感慨，諸如此類，也就如詩集中其他裝幀部件和它們的牽連，讀者或許也可以把全部都當作飲江詩的互文。

**霖** 這樣看來，兩位都喜歡與書結緣，享受與書相遇的那種機遇。未知兩位是否都喜歡逛二手書店？

**原** 書痴通常不會滿足於書局定期有限的新書，而且逛舊書店有時會意外碰到一些冷僻「乜有啲咁嘅嘢㗎」的書。愛書人通常都有看一看翻一翻人家書架的欲望，舊書店就給我這種窺秘的感覺。但現在已經少買很多書，一來收藏困難，而且我有兩次書本被浸壞的情況，害怕有更多的書經自己的手而損壞。

**飲**　我未必可以去討論這個話題……怕沒資格去說甚麼。原生他們的選書會愈買愈專精，但我卻愈買愈雜。我買書成癖，很少後悔買到錯的書。只是我有時買書給兒子、孫兒和朋友，他們也不會看，或是未必會看，這對我來說與被雨淋濕、浸壞書本沒有分別。我不懂的、將會買的、可能有人喜歡的書也會買，就像收留流浪貓一樣，但我暫時未能照顧它們，這對我來說仍是一個問題。

**原**　縱使如此，我們仍會買很多書。

**飲**　他比我好的一點是，原生看完書後，仍會把一些書送出去；我還未知道該如何處理自己的書。我送書給人，對我來說可能有價值有意義，但其他人未必會要，因為對他們而言並沒有甚麼價值或興趣。我還是在努力思考這個問題。

**霖**　我們在以往的詩集設計中發現原生和飲江很重視「字」與「字體」的呈現方式，例如加入盲人凸字及字粒，以及選擇明、清詩集刻本的集字作封面設計。這次預購釋出的圖片更見到你們以清末民初的漢英字典作參考。請問您們為何這次會以字典元素作設計？

▼ 日人井上哲次郎為藤本氏藏版《英華字典》作序（網上圖片）

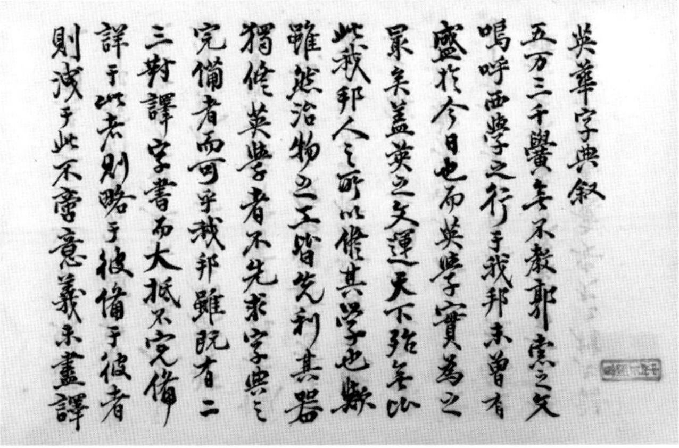
英華字典叙
五万三千[illegible]年不教[illegible]寰之文
嗚呼西學之行于我邦未曾有
盛於今日也而英學實為之
最矣蓋英之文運天下殆無比
此我邦人之所以修其學也然
雖然治物之工皆先利其器
獨修英學者不先求字典之
完備者而可乎我邦雖既有二
三對譯字書而大抵不完備
詳于此者則略于彼備于彼者
則誤于此不審意義未盡譯

原 ▬ 我向來對書法感興趣，特別是古代寫經，可能因此而留意印刷字體。大概是九十年代，我接觸到上海古籍出版社的線裝書系列。這個系列縮影翻印一些精刻版本例如宋版書籍，雕版字的美令我大開眼界，所以第二本詩集（《於是搬石你沿街看節日的燈飾》）我採用有關的字體，覺得能讓多點讀者知道、欣賞好看的字體是件好事。雖然這次也沿用之前方法，採用了一些書本上現成的字，但這次我的著眼點不是字體的美，而是那些現成物的意義，即使它們質素欠佳，雕板或鉛字已因多次壓印而耗損。例如今次詩集我採用了德國傳教士羅存德（Wilhelm Lobscheid，一八二二至一八九三）的《英華字典》作素材，也就是董啟章的小說《香港字》裡面提過的那部字典。然而，我著眼的不是單單鑄造香港字，也不希望讀者只著意於此——這部在香港編纂，由《孖剌西報》（*Daily Press*）出版的字典本身就相當重要，有學者認為這是十九世紀西人來華所編字典的最高成就，載有本地話（Punti）即粵語，而且採納了不少俚語俗字，為了翻譯和介紹當時西方的人文科學和自然科學概念，更新造一些漢語詞彙，影響遠至日本，這些都很有趣味，羅存德的序言也很有意思，都值得大家去看一看。

巴別塔之後，有手抄有勒石有雕版，抄寫傳拓之間，如風拂拭，著作的文字在有意無意之中會嬗變生長，終於等來了古騰堡，思想能夠完整地流傳。手抄本手造書成為了藝術品，印刷本的裝幀往往在每本一模一樣的書中加入每本也一模一樣的仿手工元素來暗示獨特性。既然如此，我這次也來做個實驗，把印刷本作為一個模板，在上面加上手工部件，「印刷手工交纏，機械複製自毀成粗糙手作」，來糅合手工書和量產書。

由於我沒有平面設計知識，也不懂畫畫，所以我一向的方法是拼貼現成物，今次既有印刷在書上的，也有手工加上隨後印上的。除圖像外，製作上有些物料是比較特別的，就像今次找到薄如蟬翼分別用在甲乙版的因州典具帖紙和野藤樹皮紙，也有染色雪梨紙和往日常用來包書本的白蠟紙，我也盡量把有關製作的資料都記錄在書內，此中有真意也說不準呢。

這本詩集的裝幀，不同的部件例如插畫等，有些是新找的，也有些是之前兩本詩集用過，但放在新場景中來轉化。構想中它們有各自的「故事」，可以獨立來看，整體也自有脈絡。石可臥於東灣，也可置身金鐘現場，既可為天人所拂拭，亦可被拓手所拍刷，桓大司馬撫樹興嘆，也戲水忘川整濕身，若是月當頭，何妨也是蟲洞，不一一。故其中既有特意安放的部件，也有為了掩埋其他而放置的，真真假假，層層堆疊如沉積岩，如果讀者真的感到好奇，會自己去尋找思考當中的細節譬喻、發掘紋理和建構意義，甚或和飲江詩「對讀」，正所謂「乜都係你自己攞嚟嘅」，就像飲江說的暫作書票，可能又會成為一樣新東西。如《字花》的宣傳所講「裝幀言在書外，吹到上天，跌咗落地。〔……〕一一等你，點會想你知？等你，發現（或發現唔到！）玩味、附會妄想、嘆喟柴台。」

**霖** 這次的詩集如同第二本一樣，都是「新曲加精選」。與其他詩人的個人詩集不同，您的詩集仍會選擇一部分在舊作中收錄的詩作。經我粗略計算，這次詩集會收入至少三十首曾在第一、二本詩集的作品，這就好像「暫作書票」一樣，在新的時代新的語境賦予舊物新的價值。請問你為甚麼會有這樣的打算？

**霖** 這次詩集編選與以往不同——第一本詩集是為了收集自己的作品，後來就覺得同時收新舊詩也不無問題，兩者之間也能兼容。這次的作品不只由我來選，還有陳子謙、羅樂敏、關天林一起選。我也有叫原生一起選五至六首，但他沒有交出來。我覺得汰舊換新，用新的「替代」舊的作品，與自己對選集的思考方式不同。我可能是一個「牽牽連連」的人，有時會想新的東西仍能與舊的相關。只要不討厭、暫時仍未討厭，或是有人想要的，我可以找它們收進去。

**霖** 請問為甚麼這次詩集編排會有分輯的決定？而每輯有甚麼分類標準？這次詩集以「22個1分鐘」的組詩串連整個詩集，當中有不少詩都是舊作，更有些是以縮略版出現。請問你可以介紹一下「22個1分鐘」的概念，以及為何會以「縮略版」處理某些詩作？另外，以往的詩集都會收入點題之作，但暫時看現在的目錄，好像除了〈伏匣匣躲貓貓練習曲〉，其餘兩首詩都未見收入。請問是收錄在「22個1分鐘」裡面嗎？

**飲** 「22個1分鐘」是將舊作品濃縮成三行的「縮略版」。「縮略版」本來又稱為「水溶版」，也是在參加國際攝影節與其他朋友討論時，知道有一位攝影師將相片成像之時放進水中，然後用攝錄機拍住那張相片慢慢因水稀釋了沖灑藥水的濃度而慢慢消失、溶化。

「縮略版」類似於日本俳句，但我

想自己並不是受它影響，因為這些詩歌並不是跟從格律、音節等形式要求。這個想法是出自我二〇二一年參加國際攝影節，與許敖山、王榆鈞等朋友一起做一個節目，後來因為疫情關係而無法成事；後來我們就在網上平台一起合作，各自提供文字、音樂及影像，以每段一分鐘的影片形式組合，也邀請其他網友參與其中。我負責文字部分，而有一次搭車在想要不要為此再寫一些新作品的時候，我忽發奇想——不如將以往作品縮略成三行？也許刪掉了某些東西，會使它變成舊東西的撮要，也能會為它帶來更多有趣東西，但我沒有認真思考這當中背後的奧秘，也沒有繼續這樣實驗下去了。

**霖** 第二本詩集以後，您的作品常常出現標點符號（emoji），但不是為了作句子連接之用，而是成為「顏文字」、表達人物情緒的符號。在〈聞教宗說不信主的人可以上天堂之隨街跳〉及〈家常之阿仔唔睇阿爸嘅詩（懷戴天）〉中，問號感嘆號成為指涉人物的暗號；以括號而言，除了分隔內心話與說白，也似乎有其另一種符號意味（如〈停車暫借問之卡夫卡廣東話〉）。請問您覺得標點符號對詩作有甚麼作用？

**飲** 我的作品並不是常常運用這種手法，但近年來比較多用。標點符號本來是輔助句子語意的表達，或作分隔內容、表達語氣之用，這當然是標點的基本用法；但標點也可以不只有這樣的用法，就如〈無伴奏（18段）給衍仁〉中有「子在Ⅲ上曰」一句，本來可以只用「川」，但不論「川」還是「Ⅲ」，這三豎筆本身就是符號。而當我將大家常用的「川」變成「Ⅲ」的時候，有些讀者如果明白、知道符號本身的意涵時，就可以帶出更多另外的東西。而〈停車暫借問之卡夫卡廣東話〉中兩段：

上帝呢
上帝講廣東話
就真係純正得嚟
唔講得笑嘞
巴別塔
嚟真㗎
（!?）

以及：

望著天上括弧
左右
兩符號
天使
傻了眼

如果沒有感嘆號與問號的語氣輔助，「嚟真㗎」一句本來就會變成陳述語氣，但現在就具疑惑及驚訝語氣了。而且，沒有括弧的幫助，感嘆號與問號也不會變成引起下句的符號（「望著天上括弧／左右／兩符號」）。這些都是近年偶然間的發現。

即使是日常生活，我也要求自己不

▼ *Fernando Pessoa The Book of Disquiet* 的中譯版本封面（網上圖片）

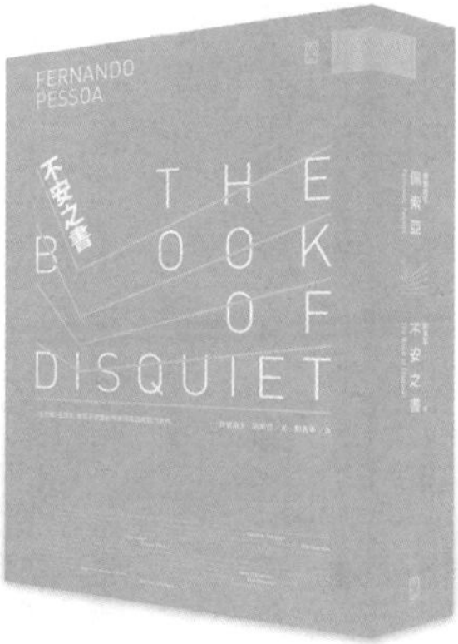


用顏文字。我終有一日會用，但我在看自己能堅持到多久。我努力不用圖像代表自己的情感、語氣。沒有它，語氣可能會變得硬梆梆，但我仍偏執地避免使用。

**霖** — 我想起您曾說過如果沒有人跟自己對話，那就創造一個人在詩中跟自己討論。這跟佩索亞（**Fernando Pessoa**，一八八八至一九三五）的創作方法不謀而合。您之前在家中分享了卜列維的作品，而請問佩索亞的《惶然錄》（*The Book of Disquiet*，又譯《不安之書》）是不是您的愛書？可否跟我們介紹一下這本書嗎？你在閱讀它的時候有甚麼共鳴或心得？

**飲** — 這很難以三言兩語說出來，本來這本書的譯名叫《惶然錄》——我們最初接觸這個世界，固然是驚喜、好奇，但更多的是惶然、憂鬱。但對我來說，我最喜歡他的「異名者」寫作方式，令我知道人可以扮演不同的身份角色，因而/欣然感受到不同的遭遇，發現他們如何進入、觀看這個世界，又帶出了怎麼樣的另一個世界。

**霖** 鄧寄塵的〈墨西哥女郎〉以原有的英文歌作基礎，插入鄧寄塵的說白，令整首歌的原意、氣氛、速度與風格變得不同，使之在香港的語境中得到再詮釋的機會，也不失好聽之感。這種玩法跟您一直以來以故事新編、語意重塑的寫法十分相似。請問〈墨西哥女郎〉為何成為您調寄成詩（〈調寄鄧寄塵時間之「啦啦啦墨西歌女郎」〉）的參考對象呢？

**飲** 不論是書、裝幀還是靈感，我們都是隨手撿來。當然這背後關乎著香港的文化特色及轉換，中西文化的沖擊與成長背景等因素有關。我也很難梳理出作品是受到哪些特定的文化元素影響，或背後表現了哪些文化脈絡。

早期鄧寄塵、鄭君綿（一九一七至一九九五）與新馬師曾（一九一六至一九九七）等等的歌曲都是市井、較低層的香港人的文化趣味，當時連電視機都未引進香港的時候，我們都只是透過收音機聽天空小說，以及鄧寄塵等歌詞較詼諧的歌曲。我們都是後來才覺得他們的歌很有意思，不但可以很有深度，

▼ 唱片《電影名曲選》封面
左起：鄭君綿、鄭碧影、鄧寄塵（網上圖片）

又可以有粗鄙一點的面向，因為他們都是在表現日常生活人生百態，取笑別人，也可以取笑自己。我覺得詼諧也可以是才華的一種表現——這種世俗的東西自然難以觸碰到某些題材。

小時候我們也不會特別聽這些歌，如果自覺有文化的就會聽時代曲，或是歐洲的流行曲。我們身為草根階層，所以英文歌的吸引力特別大——貓王，披頭四當然會聽，哪會聽鄧寄塵、鄭君綿的歌呢？他們對自己的成長沒有太大影響，但畢竟聽了歌，音符成為了記憶，到後來有一天想起便回味無窮。以前我會與崑南、葉輝與蔡炎培（一九三五至二〇二一）等詩友在一起聊天，他們受粵劇、粵調影響較多，所以他們偶爾唱何非凡（一九一九至一九八〇）的歌；提到鄧寄塵、鄭君綿，我想到〈墨西歌女郎〉，當時鄧寄塵還在唱歌的時間，聽到他一人分飾五角，就更覺得當時的文化原來已很先進，他的「執生」、即興能力多厲害。我想他們對文化的感悟力更深、更強，而我只是後知自覺。

## 注釋

1 此篇譯者序後來經筆者翻譯及作者謝曉虹改寫，已於《字花》刊登。見James Shea、謝曉虹：〈《搬石：飲江詩集》序〉，《字花》第一〇四期（二〇二三年七月）。

2 飲江曾於「跨粵——跨領域粵語書寫研究國際研討會」（二〇二三年三月八日，由香港中文大學中國語言及文學系粵語研究中心及香港文學研究中心合辦）發表的報告，名為「粵語書寫……咁樣得唔得？」。報告全文經筆者整理後，見飲江：〈粵語書寫……咁樣得唔得？〉，《字花》第一〇三期（二〇二三年五月）。

3 ［唐］王冰注，［宋］王憶等校：《重廣補注黃帝內經素問》第一卷，收入張元濟主編：《四部叢刊初編》第三五七冊，上海：商務印書館，一九二六年，頁七，景上海涵芬館藏明翻北宋本。參考自「中國哲學書電子化計劃」，網址：https://ctext.org/library.pl?if=gb&file=77714&by_collection=1&page=25，最後閱覽日期：二〇二三年十一月二十六日。

4 ［法］卜列維著，［星］Jean-Maire Schiff、陳瑞獻合譯：〈巴巴拉〉，收入《雅克．卜列維詩選》（新加坡：法國駐星大使館文化部，一九七〇年），頁十至十一。

5 原刊於飲江：〈明嚙。（著衣持砵挨身夾餸）〉，《聲韻詩刊》第三十九至四十期（二〇一八年三月），頁B八二。

6 即鍾曉陽著作《停車暫借問》，作者亦有著作《妾住長城外》，書名及其中的第一部〈妾〉均取自唐代崔顥〈長干行．君家何處住〉詩句：「君家何處住，妾住在橫塘。停船暫借問，或恐是同鄉。」（編注）

7 飲江：〈Her。小冰秒殺（調寄巴黎野玫瑰123）〉，《字花》第七十二期（二〇一八年三月），頁三至四。

# 第三章

## 再思舒巷城作品的粵語書寫模式：以香港文學檔案及舒巷城文庫所藏之舒巷城夫人捐贈物品為例

## 一、引言

舒巷城（原名王深泉，一九二一至一九九九）從三十年代末開始寫作，他不但是香港文學「城市鄉土」小說的代表作家，[1]也因其兼擅各種文類而被譽為香港文壇的「多面手」。[2]與此同時，舒氏是最早一批較自覺在作品使用粵語書寫的香港作家，而粵語運用亦是其作品中較突出的語言特色。[3]由於舒氏多年來在公餘時間創作，故他曾在其專欄《香港商報．無拘界》以「穿大禮服的鴻文」與「綁領帶寫文章」比喻嚴肅與精緻的創作模式，認為這對日常已受「刻板數字之勞」的自己是一種拘束。[4]他又借昔日賣藝與叫賣者的語言，強調內容和語言「無拘」的自由，並指自己愛以「文體不拘之各種『打油』，或雅稱即興」的形式書寫。[5]這不但反映舒氏個人的文學語言及創作觀，亦間接顯示他對作品內容、語言風格與文體的實踐方式。

雖在不少作家眼中，粵語相對現代漢語為較「通俗」的語言，但舒氏

▼《淺談文學語言》封面

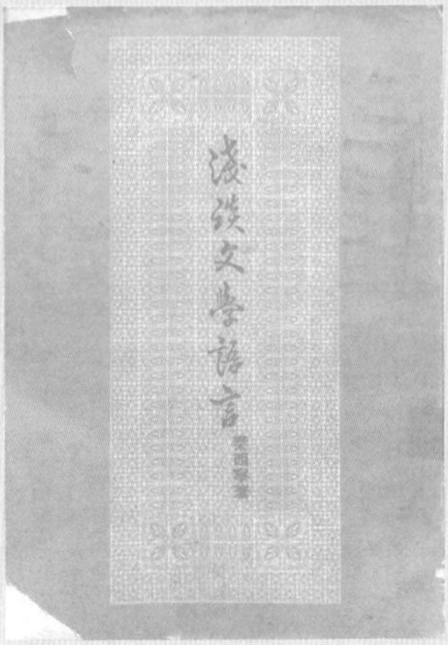


在其文學普及類小書《淺談文學語言》則跳脫「雅俗」語言的二元評價，提倡作家可自由運用粵語等淺白、生動與生活化的語言寫作，[6] 其小說、新詩與舊體詩詞等文類創作中亦見有不少相關的語言實踐。加上舒氏長期在左派報刊及與之相關的南洋（即東南亞）出版場域發表作品，並創作不少較通俗、滿足個人興趣的小說，故其出版模式、個人趣味，以及對讀者接受的思考等因素皆深深影響舒氏創作時的粵語運用，包括將作品中的粵語及社會方言詞彙，以注釋或括號作內容補充和說明，及以引號隔開白

▼香港中央圖書館特藏文獻系列・舒巷城文庫

話與粵語詞彙等手段。

近人對舒氏的研究皆以小說、散文與新詩的題材及社會批評為進路，[7]從中發現其「雅俗無拘」、「雅俗兼容（融）」與「由俗入雅」等特色，但對其作品的語言運用及出版場域選擇的取態皆較少討論。[8]本文認為如能統計與整理舒氏作品中粵語運用、文類及出版場域的關係，則更能了解「雅／俗」文類與出版場域怎樣及為何影響舒氏調整作品的粵語書寫方式，並藉此開拓舒氏的文學語言觀及實踐的相關研究進路。

為此，本文以兩個彙集舒氏生前儲藏個人作品剪報、藏書及刊物的圖書館特藏，即香港中文大學圖書館香港文學檔案（下稱「檔案」），以及香港中央圖書館舒巷城文庫（下稱「文庫」）為研究對象。[9] 本文將先介紹舒氏個人的成長與創作特色，及以上兩個研究對象的背景，然後統計文庫與檔案所藏的作品剪報、個人藏書及刊物等資料，不但參考現有各種舒氏單行本，整理作品文類及出版資料，抽取部分例子討論作品主題、文類、出版場域與其粵語書寫方式的關係，並試圖由出版及讀者接受等角度，闡釋舒氏的文學語言觀、實踐手段及其變化。

## 二、舒巷城其人、「文庫」及「檔案」

舒氏在西灣河及筲箕灣土生土長，他戰前於作為英文中學的華仁書院念書，亦曾在書塾接受舊式中文教育。[10] 他的興趣多元，雅俗、動靜兼有，當中最喜愛的是唱戲及讀偵探小說；他亦稱自己的創作與風格深受南來作家影響，並強調一直以來都靠「非文藝」的工作收入支持其創作熱情及興趣。[11] 舒氏的出身雖與其他當時土生土長的香港作家沒太大分別，但他

▼舒巷城手稿（網上圖片）

懷念篇

——保羅．安格爾先生

舒巷城

他是一位熱誠而正直的美國詩人
也是國際間傳遞溫暖人情的使者
經歷過多少風霜
走過長長的旅途後
他安眠於心愛的依阿華了
在那裡，大平原上的玉蜀黍
以及美麗的河流
和街道上那些仰望天際的樹群
也迴蕩著他留下的琅琅笑聲
在那裡，斜坡上他的故居
和接待過各國作家的「五月花」
都會像人們一樣
在雪中，在陽光下，在燈前
悄悄地懷念他……

一九九一年三月草於香港

▼舒巷城早年以筆名王烙發表〈關於詩的二三事〉

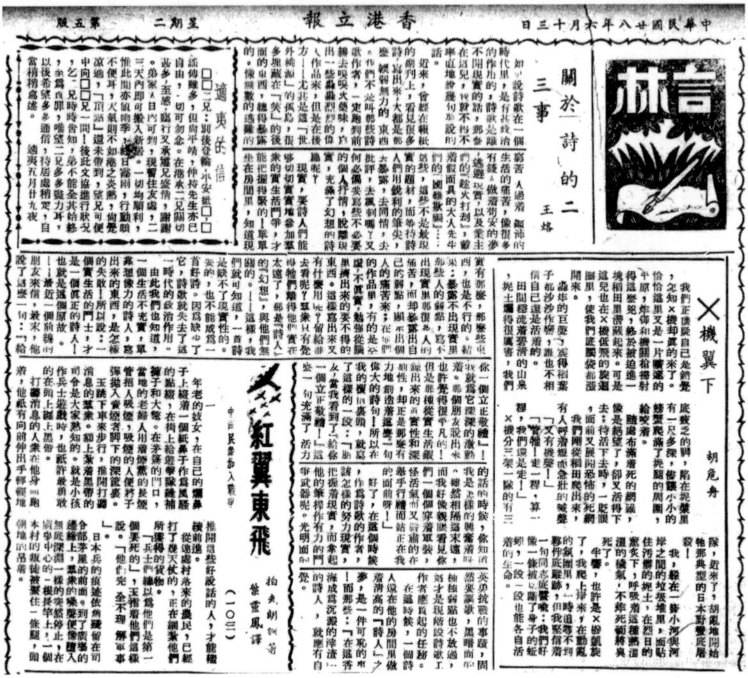

中華民國廿八年六月十三日　香港立報　星期二　第五版

言林

關於詩的二三事　王烙

×機翼下　胡危舟

紅翼東飛　中國民眾加入戰爭　拍夫朗柯著　葉靈鳳譯　（一〇三）

適夷的信

清楚地定位寫作只是「比理想易於親近的『興趣』」，[12] 故未如當時大部分以寫作為職志的作家一樣，受「雅/俗」二分的文藝觀所影響——例如他在創作通俗小說時，喜歡摻雜有關自己興趣的內容（如偵探小說、唱曲）而自得其樂，故他接受以通俗文類寫作，及在相關出版場域刊登作品。舒氏最初於一九三九至一九四一年以筆名「王烙」於《立報・言林》投稿散文；[13] 作為一位嶄露頭角的文藝青年，舒氏當時仍在華仁書院讀書，而他的青年熱血則使他在這些散文中對社會不公之事發憤慨之詞。他當時的作品雖少用粵語，但使用不少引號作突出字詞之用——這很可能跟他中學及書塾的中文寫作教育，以及他對新文學作品的閱讀資源有關。

舒氏於一九九九年逝世後，其妻王陳月明整理舒氏多年來的作品成舒巷城作品集出版，而作品集所依據的作品剪報與手稿則連同舒氏的個人藏書、刊物捐贈：包括於二〇〇三年七月及八月分別捐贈手稿、書信、剪報及藏書至中大圖書館香港文學特藏，[14] 以及在二〇〇八年響應香港中央圖書館號召，捐贈舒氏個人藏書、手稿及剪報等藏品而成為「文庫」。[15]

據本文統計，「檔案」共收錄舒氏作品剪報共三百六十二篇，以及研究資料共一百零三份，當中三百三十一篇作品及八十八份研究資料為舒氏夫人所捐贈，分別佔舒氏檔案的九一・四%及八五・五%；舒巷城文庫則收入共一千六百一十三篇剪報。另外，舒氏夫人共分別向中大圖書館捐贈十本舒氏藏書（包括初版的《淺談文學語言》），及向「文庫」贈予五十五種刊物，[16]與六百七十六本藏書。然而，舒氏夫人捐贈藏品予中大圖書館時，該館仍未建立檔案館藏相關的部門，故除藏書收入香港文學特藏，其他如作品剪報等資料則因未有相關處理制度，收入由盧瑋鑾（小思）收集與整理的「檔案」，也成為舒巷城檔案的一部分。[17]而「文庫」所收藏的舒氏作品、刊物及藏書數量比「檔案」大得多，但兩者皆有捐贈清單及目錄，可供參考作家閱讀及研究興趣之用。值得留意的是，「檔案」所藏的作品剪報中有不少由舒巷城親筆修改的痕跡（共九十篇），不但能與現有的單行本相對照，亦提供研究其作品改動與文學觀等關係的可能性。

▼圖一、「檔案」及「文庫」剪報記錄的作品數量與年份變化

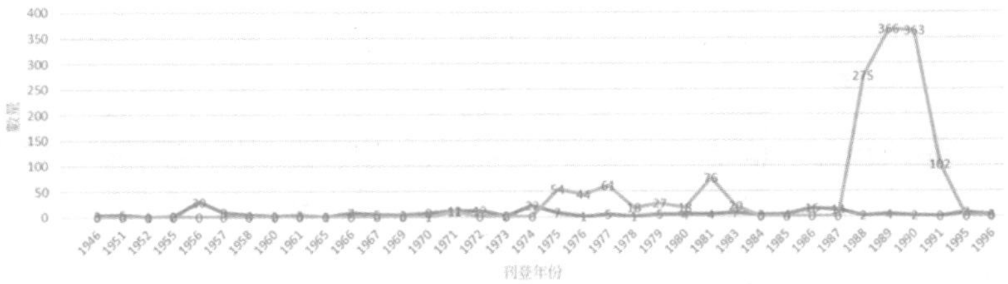


▼圖二、舒氏各單行本記錄的作品數量與年份變化

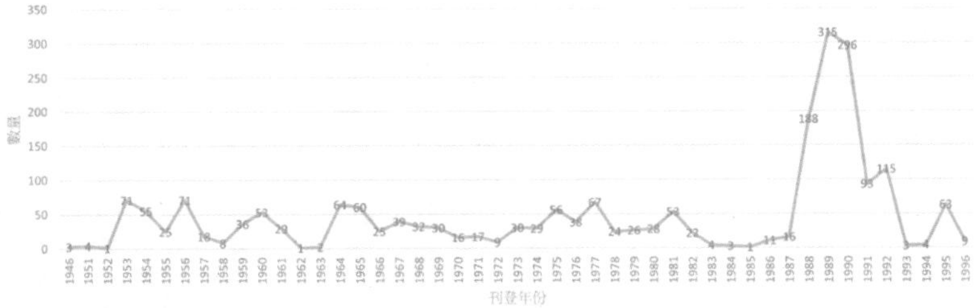

由於「檔案」及「文庫」所收集的作品剪報包含舒氏創作的各種文類，經本文在統計作品剪報（圖一）及單行本所記錄的作品數量年份變化（圖二），可發現舒氏多年來的創作軌跡及規模。如以年代計算，舒氏在多年間出現數次明顯的文類變遷：從四十年代的散文到五十年代的中短篇小說與五十至七十年代活躍的新詩寫作，再到七、八十年代的散文及九十年代的舊體詩詞。當中舒氏的作品剪報多為五十年代及七十年代以後的作品；如結合各單行本的作品年份的比例來看，則可知「文庫」及「檔案」反映的舒氏創作變遷與其總體變化相符合。由於本文希望發現舒氏作品多年來在創作場域、文體與語體之間的關係，故下文將以年代為界，把文類分成四類，透過結合出版與讀者場域，以「文庫」及「檔案」所藏的文本例子討論舒氏作品的粵語書寫特色。

## 三、通俗、抒情與批判：小說與新詩使用的粵語書寫

正如上文所述，舒氏五十年代的創作主要以中短篇小說為主——當中「文庫」及「檔案」分別收入他以不同筆名於《大公報》等報章副刊撰寫的「一

▼ 1960 年 7 月 1 日刊於《大公報》的《劫後春歸》第一回

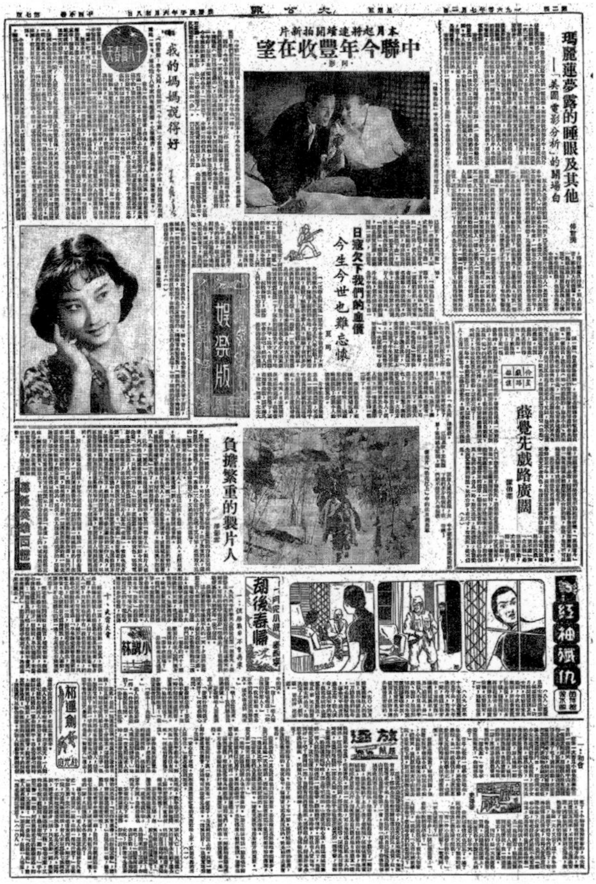

本月起將陸續開拍新片
中聯今年豐收在望

瑪麗蓮夢露的睡眼及其他
——「美國電影分析」的開場白

我的媽媽說得好

負擔繁重的製片人

薛覺先戲路廣闊

娛樂版

劫後春歸

紅袖搵仇

▼秦西寧在《文匯報》所創作的小說〈江樂時〉

月完」或「半月完」連載小說，以及篇幅更短的「一日完」小說。[18]由於報刊刊載的小說往往要求符合讀者口味，故舒氏此時期的小說可見其關注出版媒介的自覺，並以相應的語言運用及主題創作——而粵語正是他再合適不過的語言工具。舒氏在創作這些作品時採用常見的「粵語對白／白話敍述」語言運用，[19]當中對白多用粵語，而內心獨白多用白話；內文中的粵語詞彙亦常見引號區隔，如〈一機之隔〉：

你打你的「士的文」，我打我的 Figures……123……你為什麼一定要打得比我用力，比我響，來表示你工作比我「落力」。我知道你這是什麼居心！你呀。你這人一點同情心都沒有。你的「心田」好藍好黑呀像塊複寫紙——特別在大班從「大班房」走出來時，你的手指頭故意跳得更快，好讓大班聽到你機不停聲。這樣一來，就更顯得我是一下下的在「鎚石屎」。[20]

因為當時的讀者多為本地的藍、白領階層，故舒氏有不少以「辦公室政治」或商業社會生活的小說作品娛樂讀者，通俗連載小說的文體及語體慣例則使他更樂於使用粵語取悅讀者。然而，舒氏區隔粵語所使用的引號，與突出意義、對話以及內心想法的引號混合，引號出現次數增多，使閱讀時會有較多停頓之處，造成阻礙。

另外，此類小說在字數及篇幅等層面限制作品的規模，作者在創作時常常定下框架：微型至中短篇小說體裁要求敘事、情節及人物描寫簡短有力，故舒氏連載小說的起承轉合常常在作品中的固定位置出現，並以角色間的誤會、引發不解之謎與釋疑為主要情節發展模式。當時舒氏曾以與粵語「橋中橋」（即「點子中的點子」）諧音的「喬中橋」為筆名，表明自己追求提煉點子的新穎與獨特性。[21] 所以為減輕讀者對作品發展規律單一的厭煩，舒氏嘗試在《春歸何處》等作品融入自己及當時大多數讀者皆有的逃難經驗，並加入自己喜愛的曲譜及唱歌作為故事內容，[22] 以求在文體糅雜、讀者經驗及個人興趣等角度調和。因此，舒氏當時的連載小說作品可見內容、題材、語言及文體上的雅俗拉扯的狀況。

「檔案」及「文庫」亦收入舒氏於五十年代以筆名「沙水寒」及「舒文朗」

▼舒文朗《影子》（引用自九龍舊書店圖片）

為不同通俗小說出版社與雜誌撰寫的作品，包括《影子》、《隔牆之戀》、《假愛真情》，[23] 以及《可可》的〈阿女〉與〈淚〉。[24] 這些作品有不少共通的情節元素，如使用第一人稱、主角或敘述者為單身男子或鰥夫，以及男主角往往遇見已逝去或久未碰面的女角色；他們也多是偵探小說的讀者或作家，故成為小說「起疑心、觀察力強、導致誤會，及後釋疑」規律的主要推動因素。與此同時，這些男角色皆愛好粵劇及唱曲，這不但成為他們對女角著迷的原因，舒氏亦偶爾會加入對製曲的知識與評論，如《隔牆之戀》以不少篇幅介紹唱曲錄音的過程、難度及技巧，並借角色之口進行評價，可見他創作這些作品實在是自得其樂。這種內容亦使作品具「俗中顯雅」、知識性的一面，某程度達到教育、啟蒙的功能——而舒氏似乎樂於在通俗小說中作這樣的安排。

在投入通俗小說創作的同時，舒氏亦在五十年代以新詩人「舒巷城」身份橫空出世。[25] 從「檔案」所藏的剪報作品可見，舒氏當時刊登大量新詩（至少四十七首，見下文圖三），而他亦分別於一九六五年及一九七〇年出版《我的抒情詩》及《回聲集》。而「檔案」的中文新詩剪報可刷新我們對這兩本中英對照詩集創作過程的理解：舒氏其實先於報刊刊登中文詩作，及後自行翻譯成英文譯本，[26] 再於《伴侶》刊登雙語對照及曲譜版本，最後才出版單行本。由於當時報刊將詩作視為副刊「補白」的內容，[27] 故當時作品篇幅十分短小，意象及語言較簡單，也以個人抒情為主，故容易翻譯，亦可視為當時舒氏對中、英文學語言提煉的試驗。至於當時舒氏創作的其他新詩而言，他在當中的粵語運用成分多變，不單有引號隔開的粵語，如：

▼1964年2月16日《伴侶》第28期所刊登的《我的抒情詩》

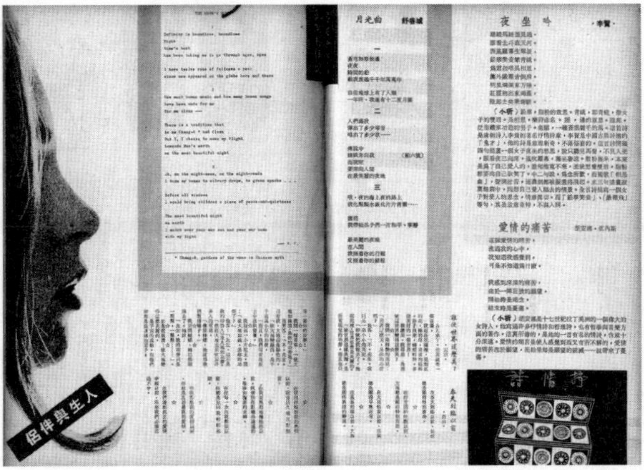


你告訴我你怎樣不浪費光陰；
在我那件未來的「冷背心」上，
你已經又織下了多少針！[28]

當中的「冷背心」被舒氏以引號隔開。它雖作為日記——即整首詩主題的喻體，但此詞的粵語運用卻沒有明顯作為推進詩意的功能，而它置於整首以現代漢語寫成的詩作中，讀者讀來會更感到突兀。然而，他亦有一些完全以粵語書寫的優秀作品，如〈攞景〉：

舊時我好歡喜
帶着我副攝影機

去呢處去嗰度攞景

我「影」
白色嘅雲，藍色嘅海
沙灘、石頭我都「影」

（……）

一個酸梅兩個核
今時唔同往日
而家我揸住副攝影機
淨係喺你身上攞景
你着呢件藍色嘅衫裙，嗰套白色嘅衣裳
都係一景
喺鏡頭嘅面前
你笑我，嬲我
你嘅笑，你嘅嬲
都係表情[29]

此詩由主題到詩句都以粵語寫成，雖然口語化的詩句或會使詩作流於淺白的層次，但經過舒氏的安排，詩意、粵語運用與審美三者於此密不可分。粵語在詩中不但具個人抒情與詩意發展的功能，他更將俚語、「影」、「景」及「表情」的諧音與詩人獨白融合，展現詩人由拍攝自然風景，到戀愛後視情人的一切是「風景」的心境變化。另一方面，引號往往在舒氏以白話寫成的詩句中是作突出粵語運用之用，但〈攞景〉為「影」字加上引號則似乎只是為了避免歧義。

後來，舒氏的新詩創作由個人抒情轉往社會批判方向——這些作品見於《七十年代》的「都市詩鈔」專欄及「檔案」剪報，後來亦收錄於同名詩集。這些作品針對香港的商業及都市文化，並諷刺當時的政治實況、社會亂象，以及香港人的心理狀態，如一九七一年寫成的〈送別歌〉記述港督戴麟趾卸任時，光鮮地戴上不同「汽水蓋」（勳章），但香港社會亂象叢生，色情場所、搶劫案紛紛出現，故舒氏當中以引號突出當時香港社會，或是報刊常用的詞彙，如「架步」、「抬夾萬」及「箍頸」等，[30] 他更加入注解，為外地華文讀者解釋粵語詞彙的含意。因此，小思認為舒氏在此類詩中真

▼《都市詩鈔》（取自香港文學資料庫）

誠地描繪、記錄香港的都市滄桑與實況。[31]

另一方面，「檔案」亦收入舒氏在《明報》副刊「雞尾詩」專欄的七篇作品。「雞尾詩」形式以雞尾酒為喻，表示以混合現代漢語、粵語與英語的語言運用形式；[32]這些作品內容偏近打油詩的戲謔性質，[33]又不失諷刺之意，如〈某汽車司機語〉：

波士輸波發脾氣，
WELL，WELL，WELL，
自言自語，

我問波士：我是開車回家去？
佢大叫一聲：GO TO HELL[34]

此詩由為外國人當司機的主角出發，寫老闆因為在足球比賽賭輸了而發脾氣，而主角在老闆上車後問是否要回家，他卻賭氣地回答要「GO TO HELL」（「去地獄吧」）。這些作品雖然混雜不同語言，並押英文韻（「WELL」及「HELL」），但當中不同語種的語言各自反映作品人物的身份及階級背景（如說粵語的司機與說英語的老闆）；以現代漢語寫成的「我是開車回家？」則與其他以粵語寫成的詩句相對，突出「我」問老闆時的正經語氣。最後一句所用的英語更是此詩反諷的力量所在，因為舒氏在此處將老闆的咒罵變成回答他想到達的地方——即無故向下屬發脾氣的老闆倒過來詛咒自己要下地獄。

## 四、南洋場域的關注：粵語及香港文化的轉譯

舒氏在這些作品使用的語言運用方式，某程度是受六、七十年代舒氏及其出版場域關注的南洋讀者及出版場域影響。由於當時南洋地區禁運來自中國

▼舒文朗《阿女》刊於《可可》第一期

內地的出版物，而香港作為冷戰時期重要的華文文化中介場域，廣受左右派別文化及出版界的重視。當中，左派透過上海書店及世界書局等出版與發行商，在南洋地區引入不少書刊——當中包括舒氏等作家創作的文藝作品及期刊。舒氏在五十年代在南洋出版不同中外文學經典改寫本，[35] 成為當時在港為星馬作文化「啟蒙」及引介的其中一位推手；他投稿的《可可》、《南洋文藝》、《伴侶》及《七十年代》等刊物其實亦是左派的「輕文藝」雜誌，銷往星馬各地。

舒氏對南洋地區的關注，當然也與其夫人的國籍，及舒氏在抗戰時輾轉於各地流轉有關，故在「文庫」所藏的舒氏藏書中，有一百一十本是星馬等地作家及出版的作品，而香港文學特藏亦有數本舒氏於南洋出版，或銷往南洋地區的作品；「文庫」更收入曾刊登舒氏作品的左派南洋文藝期刊，如《南洋文藝》、《七十年代》、《海洋文藝》、《當代文藝》、《錫山文藝》及《熱帶文藝》等。這些藏品不但反映作家本人的南洋閱讀視野，亦可見舒氏與這些關注南洋讀者市場的左派雜誌社之間相互支持的情況。舒氏當時的主要目的是向南洋讀者進行語言及文藝知識的教育與傳播，因此除出版文藝創作，他更將《伴侶》雜誌專欄結集，出版《趣味英語會話》（一九六五年）及《給珍妮的一束英文信》（一九六六年），從讀到寫的層面向讀者介紹英語運用；《淺談文學語言》（一九六五年）也可算是為此而產生的普及類小書。

無論如何，舒氏在創作面向南洋讀者市場的作品時，雖然也會使用粵語書寫，但同時展現更多思考及使外地華文讀者了解粵語及香港文化的手段。由於當時的通俗小說會以南洋為香港以外的銷售地，故舒氏會在這些作品適當調整內容及粵語運用方式。如他在以南洋讀者為對象的《可可》半月刊刊

▼王思暢（舒巷城筆名）著作的《趣味英語會話》封面

登的通俗小說，便以華僑及海員作為主角的身份，[36]並在對話中展現來自中國不同地區的人對彼此的文化、語言學習及運用上的差異，這些內容為了符合通俗小說的題材而變成談情說愛的情節：

他的廣東話帶著濃厚的福建音。（……）

「我不會唱福建歌。」

「你是福建人呀。」

「我什麼歌也不會唱，」他說。

「很多廣東人不是也不會唱廣東歌的嗎？」

（……）

「廣東話的『百』是這樣——」她把嘴張得圓圓的，「百！」然後把嘴巴扁起來：「八——八！」[37]

舒氏在這些作品仍然以粵語作為對白，敍事多為現代漢語，粵語詞彙亦用引號標出——引文的「八」與「百」也因為強調粵音而加上引號。雖然至今仍有不少小說會從對角色口音的描述，間接表示他們的身份背景，但舒氏這種將粵語與其他漢語使用者交流變成情節調動元素的情節在當時的作品中頗為罕見。當時東南亞地區有不少華人移民，當中包括不少面對文化差異的粵語運用者及華文讀者，故學粵語及突顯文化差異等情節或會讓他們更投入於閱讀作品。

除「都市詩鈔」的詩作，舒氏一九六一年一月至十月於《南洋文藝》連載的長篇小說《太陽下山了》更是一個明顯的案例。在初版單行本的第一章，舒氏皆以括號為粵語詞彙作補充說明，如：

離船塢不遠，在古老的『街市』（菜市場）附近，有幾條寬闊的橫街，

▼《太陽下山了》單行本封面

> 泰南街是其中之一。它街頭向南，面對電車路，跨過電車路，是一列專賣「價廉物美」食品的「大排檔」（熟食攤檔），（……）[38]

然而，在第二章以後，作品的所有粵語介紹改為注釋；近年舒氏作品集的紀念版加入更多注釋，更將「大排檔」後的括號內容變成注釋，轉寫成「一般位置固定、需領『牌』的照營業的街頭飲食攤『檔』」的介紹。[39] 然而，舒氏作品集的《太陽下山了》第一版及內地版（即《港島大街的背後》）亦沒有加入注釋。無論如何，舒氏此舉其實可視作他面對南洋讀者群時，為粵語及香港文化作解釋、翻譯及推廣。

## 五、從個人到家國：八十至九十年代的專欄散文與舊體詩詞

到八、九十年代，舒氏便將創作文類著重於專欄散文及舊體詩詞。正如上文所述，散文可算是舒氏發表文學創作的開端；從七十年代起，舒氏開始以「尤加多」筆名於左派報刊撰寫專欄：包括於《新晚報．下午茶座》副刊撰寫「小點集」專欄（一九七五至一九八二年），以及《香港商報》每日連載的「無拘界」（一九八八至一九九〇年）及「水泥邊」（一九九〇至一九九一年）專欄。[40] 如按篇章數量計，舒氏的散文創作遠比其他文類為多，這當然是專欄要求作者每天刊登作品所然，但亦間接反映舒氏在專欄中可以隨手拾取不同的題材寫作——這亦是舒氏創作要求「無拘」的一種面向。

張燕珠曾由舒氏在專欄中以電影、戲曲、日常生活等議題為關注內容出發，認為舒氏的散文「包容物質與精神生活層面，以文人的世界觀與價值觀

出發」，「轉化為以雅顯俗及以俗推雅的思想內容，從而做到雅俗共賞」[41]，而這些題材其實都是採自舒氏個人的興趣及閱讀經驗。由此，我們可以藉此重新思考舒巷城作為散文及專欄作家的重要性——舒氏在專欄中尤其在散文、雜文的基礎之上摻雜其他不同的體裁，如影評、新詩、打油詩、書摘、微型小說與遊記等，但為達到較嚴肅的文化推廣、閱讀感懷等效果，這些專欄作品的粵語書寫內容較少，即使有加入相關的粵語詞彙仍是多以引號形式出現。

縱使如此，舒氏仍會在專欄中表達對粵語運用的想法，也有討論不同地方（如南洋地區）的方言與口音，以「無拘界」專欄為例，舒氏便曾寫過〈馬來語與華語〉、〈粵語的古語〉、〈從俚語說起〉、〈英語雜記〉、〈三百年前粵語〉、〈外來語〉等文章。而在〈也談方言〉，舒氏便提到方言及粵語運用在華文世界面對的「難處」：

> 我們港人日常說的廣州話，有許多方言詞彙，也是非經注解難以令非「廣州話系」的人「理」解的。（……）若說得更「土」化，加上

▼花千樹出版的《無拘界》（網上圖片）

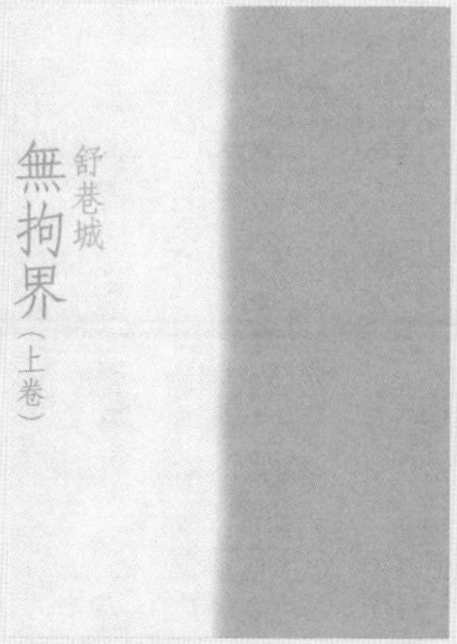


> 花樣百出的種種俚語、俗語，則往往連本地人也不一定懂了。方言中好些詞彙表達力強，但有其局限性，在與人「溝通」上如何選擇而取捨，確是難題。[42]

他在引文所展現的語言運用觀也許是對《淺談文學語言》的修正。固然舒氏在此處是指涉日常對話所使用的粵語與方言，但對以提煉、利用日常語言而成的文學語言來說，則更需面對這樣的「局限性」。另外，他在八十年代的文學語言觀似乎比以往更保守，由早期避免使用「黑話」及行業術語等社會方言，變成連俗語和俚語等都視為難題，需要「選擇而取捨」。

而舒氏的文學語言觀有這樣的變化，很可能與他在八、九十年代的舊體詩詞創作相關。舒氏一直都有進行相關的文類創作——他直到八十年代中到九十年代，才以詩詞家舒巷城之姿展露人前。在「檔案」剪報中，舒氏由一九八五年開始其刊登舊體詩詞作品的高峰（見圖三）；「文庫」收藏舒氏共一百六十一本古代文學類藏書，中大圖書館及「文庫」亦藏有不少舒氏的相關手稿。這是因為舒氏從書塾接受教育開始便接觸中國古典文學，[43] 他亦因此養成閱讀及創作舊體詩詞的興趣。

在一九七九年的一次訪談，他曾說過「除非不得已，我不喜歡（筆者注：在詩歌）用典故；寧可用自己的想法、『語言』寫。也盡量避免以方言（這裡指廣東話）入詩。」[44] 而舊體詩詞本身固有的語體及風格難以包容文言以外的語法及詞彙，與反映現代社會的「感知框架」，[45] 故舒氏反思粵語進入不同文類的可能性也是無可厚非。在這類型的作品中，我們可以見到舒氏表現家國情懷、對國難的同情，以及對人禍的憤怒等主題，例如在〈題「四人幫」〉、〈看

▼圖三、「檔案」所藏舒巷城作品文類與刊登年份的關係

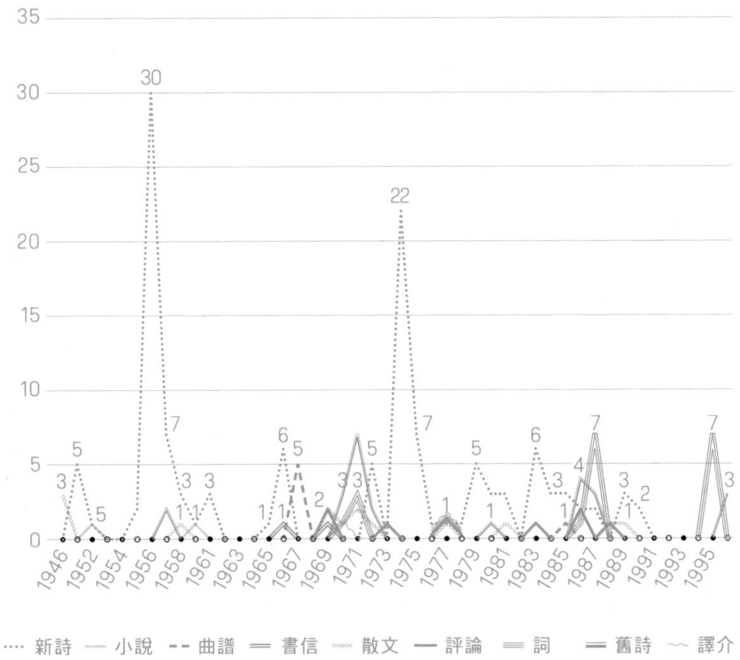

中乒團表演及友誼賽詠〉、〈哀六四〉及〈浪淘沙——中國衛星沖〉等作品，由熱愛國家的個人角度展現他對外國勢力的諷刺、國家進步的驕傲，並於文革等政治事件對當權者作出猛烈抨擊。

值得留意的是，雖然舒氏於訪問中提到自己對在詩詞運用粵語有所顧忌，但他其實在頗多作品運用粵語書寫，但多用在生活或社會題材，因為粵語運用是一種不需要迴避，也不是不能用的文學語言。如〈八聲甘州〉：

> 正是傻飛那日當衰，路過汽車行。遇英雄當鶴，輪胎一地，要佢幫忙。說今宵去「練過」，衣錦可還鄉。學嘢（「藝」）須趁早，不必心慌。
>
> 長路兩邊暗暗，忽光芒炫目，人亂車狂。看咪錶急跳，便闖禍當堂！尚未見、鄉親父老，已翻車新界躺山旁。床邊靜、卻雙人看，醫院風光。[46]

此詞將粵語、打油詩文類的戲謔及語感融合在一起，諷刺在公路飆車的少年闖禍的經過。這些作品的故事性較強，或具諷刺意味，使作品偏向打油風格，粵語及黑社會用語等常有引號突出。這當然是繼承自《淺談文學語言》對社會方言的封閉與局限性的思考，但另外一首作品〈談笑經——不是陋室銘〉雖然對粵語詞彙加上注釋，但已不是解釋粵語本義，而是說明作品運用粵語字詞的諧音及其深意。由於舊體詩詞語境、文體風格不太接受，故加入引號突出原有白話文佔位的文類，引號的突出亦可能是一種突破、抗爭的手段。

## 六、餘論

根據本文對舒氏在「檔案」及「文庫」所藏各種藏品的統計及討論，可以發現舒氏隨年代有特定專注創作的文類，從五十至九十年代的小說、新詩、專欄散文及舊體詩詞等文類的轉變，可見舒氏因出版及閱讀群體等因素而調整作品的粵語書寫手段及個人的文學語言觀。

舒氏作品的粵語書寫主要以引號突出粵語與社會方言詞彙，以及「粵語對白／白話敍述」等模式，另外亦偶爾在粵語後以括號或注釋作補充說明。這些粵語的運用模式雖然一直存在，但他因為本地讀者的口味，以及作品整體的需要而量體裁衣，使作品主題、粵語及內容能盡量互相配合。舒氏的這類作品固然有一些粵語運用形式上不太成熟的作品，但作為早期自覺嘗試及提議將粵語運用於文學作品的香港作家，我們可包容他在這些文學語言實驗期間展現的瑕疵。

舒氏針對粵語所作的不同注釋和「隔離」，其實反映他希望將粵語及香港文化標記出來，並與語言學的"marked Cantonese"（即粵語語法特徵）相映成趣——這些被標記的詞彙是否也是舒氏心目中明顯的粵語詞彙與香港社會文化？

1 見陳智德：〈「巷」與「城」的糾葛——論舒巷城及有關「香港的鄉土作家之議」〉，《根著我城》（新北：聯經出版，二〇一九年），頁二五一至二七二。

2 梁羽生：〈無拘界處覓詩魂——悼舒巷城〉，《作家通訊》新三期（一九九九年五月），第一版。

3 舒氏的小說及新詩創作時使用較多粵語運用，古詩詞亦間或出現粵語元素。當中小說文類的傍語運用較明顯，呈現的方式亦有不同變化；部分新詩更有全篇以粵語書寫的嘗試。

4 見尤加多：〈第一天〉，《香港商報．無拘界》（一九八八年四月一日）。

5 同上注。

6 與此同時，他在書中亦要求作者避免使用較少人明白的「社會方言」，即工作術語、小圈子用的秘密用語。見舒巷城：〈方言外的特別方言〉，《淺談文學語言》（香港：花千樹，二〇〇五年），頁三二至四一。

7 如張燕珠透過「雅俗並行」、「雅俗通變」、「以俗推雅」及「以雅顯俗」等特色歸納舒氏散文的題材選擇，以及陳智德以「城市鄉土」概念，調整學者多年來視舒氏為香港的「鄉土作家」的觀點，總結出舒氏借用粵曲等市井元素，將西灣河作為「人文價值的代表」，觀照與批評以城市及商業價值為主流的「中環價值」為代表。見陳智德：〈「巷」與「城」的糾葛——論舒巷城及有關「香港的鄉土作家之議」〉，頁二五一至二七二；張燕珠：〈雅俗通變——讀舒巷城《無拘界》〉，《文學評論》第四十八期（二〇一七年二月），頁十五至十八。

8 如區肇龍指發現舒氏的粵語書寫及歌謠元素的關係，與李卓賢由《太陽下山了》對《淺談文學語言》的實踐，探討作品借《水滸傳》及說書人等元素而「具備通俗色彩」，而其粵語書寫則旨在突顯「傳神」與「真實」的特色為例。見李卓賢：〈淺論舒巷城小說與通俗文學〉，《城市文藝》第七十期（二〇一四年四月），頁五九至六一、六四；區肇龍：〈論舒巷城與魯迅〉，《文學評論》第三十二期（二〇一四年六月），頁五一至五四。

9 由於以上兩個檔案收藏大量舒氏的作品剪報，數量上雖未及其夫人整理出版的舒巷城作品集，但其創作年期其實仍貫穿舒氏整個創作生涯，並有不少舒氏個人的修訂痕跡，故可視作燭景其創作軌跡、語言運用與創作變遷的例子，亦適合作為未來以舒氏所有作品（包括已結集及未結集）為焦點的相關前導研究。而檔案所收集的藏書及刊物不但可了解其閱讀及審美趣味，亦可洞悉其關注的出版與讀者場域。

10 香港淪陷後不久（一九四二年），舒氏為避戰亂而離港，曾輾轉於桂林、越南、台灣、上海、遼寧和南京等地生活及工作；他於一九四九年回港，翌年寫出〈鯉魚門的霧〉，及後於《新晚報》及《伴侶》等左派報刊投稿新詩與小說作品，更隨六、七十年代左派香港文藝刊物（如《南洋文藝》與《七十年代》）將出版市場擴展至南洋地區，而受更廣泛的關注。有關舒巷城在戰時的遷徙過程，請見舒巷城：〈舒巷城自述：放下包袱，談談自己〉，載梅子編：《香港當代作家作品選集：舒巷城卷》（香港：天地圖書，二〇一七年），頁六二〇至六二六。

11 見舒巷城：〈舒巷城自傳〉，《我們相逢，我們分別，我們長相憶》（香港：花千樹，二〇一五年），頁二三二至二三四。

12 舒巷城：〈舒巷城自述：放下包袱，談談自己〉，頁六二五。

13 據舒氏夫人的整理，舒氏曾於《立報・言林》發表共十四篇散文作品；舒巷城亦曾於自己十七、十八歲時也於《申報・自由談》發表作品。見佚名：〈跟舒巷城先生聊天〉，《香港文學》（第三期，一九七九年十一月），頁四至七，轉載自馬輝洪編著：《回憶舒巷城》（香港：花千樹，二〇一二年），頁三至一二；舒巷城：《我們相逢，我們分別，我們長相憶》，頁一九九至二三二。

14 見香港中文大學圖書館：〈王深泉夫人捐贈項目清單（二〇〇三年七月十日捐贈）〉，《香港文學檔案・人物檔案・舒巷城・研究資料》，取自 https://hklit.lib.cuhk.edu.hk/explore/#/details/?id=f90c6f76-3b4c-4084-a499-946b2a3681ac，二〇二二年十二月二十日擷取；香港中文大學圖書館：〈王深泉夫人捐贈項目清單（二〇〇三年八月六日捐贈）〉，《香港文學檔案・人物檔案・舒巷城・研究資料》，取自 https://hklit.lib.cuhk.edu.hk/

explore/#/details/?id=bec4b50b-5f8d-4add-8001-a2e8a64d79dd，二〇二二年十二月二十日擷取。

15 見何伍淑敏：〈前言〉，載香港中央圖書館：《香港中央圖書館特藏文獻系列：舒巷城文庫目錄》（香港：香港中央圖書館，二〇〇八年），頁i。

16 值得留意的是，近年中大圖書館在收集捐贈刊物時，如發現該刊物並不是整套捐贈，或經審核後認為不值得入藏，職員只會將刊物中與作家相關的作品剪存入檔。

17 現時中大圖書館會將作家捐贈的剪報及相關資料收入其書信文件檔案。然而，當時舒氏夫人捐贈的剪報及研究資料收入「檔案」，捐贈清單亦收於其中，以便後人對照參考。這些資料後來也被納入香港文學檔案電子化計劃，與其他各個檔案資料一同被掃描，並上載到香港文學資料庫。

18 這些小說皆於《新晚報．天荒夜譚．都市場景》、《大公報．小說天地．花邊小說》、《文匯報．彩色．小說》、《文匯報．彩色．短篇小說》與《文匯報．彩色．每日完小說》等專欄刊登。由此可見，當時香港有不少報刊提供園地供作者刊登這些通俗小說。

19 見李婉薇：〈在命定的張力中前行——回歸後粵語寫作的危機與生機〉，《字花》第四十九期（二〇一四年五—六月），頁六五至六六。

20 此文原刊於一九五三年五月《新晚報．天荒夜譚．都市場景》。舒巷城：〈一機之隔〉，《都市場景》（香港：花千樹，二〇一三年），頁二至五。

21 如原刊於一九五五年十月三十日《文匯報．彩色．短篇小說》的〈如此球迷〉。見舒巷城：〈如此球迷〉，《都市場景》，頁一二八至一三〇。

22 見秦西寧：〈春歸何處（第三回）〉，出版資料不詳，《香港文學檔案．人物檔案．舒巷城．作品》，取自 https://hklit.lib.cuhk.edu.hk/explore/#/details/?id=d3772ae8-57d1-4a95-ba0c-f38abca7c309，二〇二二年十二月二十日擷取。

23 值得留意的是，海濱圖書於五十年代末為舒氏出版通俗小說《假愛真情》，後為他再出版記錄日佔時期香港的長篇小說作品《白蘭花》（一九六四年）。

24 當中，「檔案」收藏舒氏於《可可》第九期（一九六〇年二月十六日）的〈淚〉剪報，而香港文學特藏另存小思捐贈，內有舒氏〈阿女〉的《可可》第一期（一九五九年十月十六日）。

25 梁羽生：〈無拘界處覓詩魂〉《作家通訊》第三期，第一版。

26 英文譯詩除《伴侶》剪報，亦可見於「文庫」及「檔案」所藏的各篇手稿。

27 這種現象從二十年代開始已經出現。見陳智德：〈導言〉，《香港文學大系一九一九—一九四九：新詩卷》（香港：商務印書館，二〇一四年），頁四四。

28 此詩於一九五六年寫成。舒巷城：〈日記〉，《長街短笛》，頁四六至四七。

29 此詩於一九五六年寫成。舒巷城：〈攞景〉，《長街短笛》，頁六四至六五。

30 舒巷城：〈送別歌〉，《都市詩鈔》（香港：花千樹，二〇〇四年），頁一二七至一二九。

31 見小思：〈敬悼舒巷城先生〉，《星島日報・星辰》（一九九九年四月三十日），《香港文學檔案・人物檔案・舒巷城・研究資料》，取自https://hklit.lib.cuhk.edu.hk/explore/#/details/?id=ea5119f8-bc80-49d0-9013-256cd70dc3bd，二〇二一年十二月二十日擷取。

32 因此這種語體與以書面粵語、文言、現代漢語及英語的「新三及第」略有不同。

33 舒氏其實由五十年代開始便有打油詩創作，當時更因此多次贏得《大公報》徵文比賽。這些作品具明顯的粵語運用、押粵韻及諧趣風格，如〈「要營養一番！」〉。見舒巷城：《詩國巷城》（香港：花千樹，二〇〇六年），頁一四八至一五四。

34 舒巷城：〈某汽車司機語〉，《都市詩鈔》，頁二二六。

35 如《死魂靈》、《卡拉馬助夫兄弟們》、《罪與罰》及《紅樓夢》等。

36 《可可》定位自己為「小說．小品文半月刊」，實際上是一本嚴肅與通俗文學兼容的雜誌——當中包括「獵奇」專欄、通俗小說，亦有侶倫等作家撰寫散文，從遊記、書話、個人修養等角度使期刊顯得雅俗兼容。值得留意的是，雖然《可可》現今沒有任何相關的研究資料，但從雜誌內容、封面及啟事看來，可得知雜誌除了關注香港本地作者，亦有面向南洋的文學市場及視野。見陳澤霖整理：〈《可可》目錄〉，《觀頤齋書話》，取自 https://kyizaai.wordpress.com/2022/11/14/%e3%80%8a%e5%8f%af%e5%8f%af%e3%80%8b%e7%9b%ae%e9%8c%84/，二〇二二年十二月二十日擷取。

37 舒文朗：〈阿女〉，《可可》（第一期，一九五九年十月十六日），頁一三。

38 另外，最初的《南洋文藝》連載版未見有「街市」的補充內容，以及將「熟食攤檔」改為「熟食攤子」。見舒巷城：〈太陽下山了（一）〉，《南洋文藝》（第一期，一九六一年一月），頁四〇；舒巷城：《太陽下山了》（香港：南洋文藝出版社，一九六二年），頁一。

39 舒巷城：《太陽下山了（紀念版）》（香港：花千樹，二〇一三年，第二版），頁一。

40 值得留意的是，「文庫」所收入的散文剪報數量比舒巷城文集更多，可見舒氏夫人出版時有作適量的篩選。據「文庫」的資料，舒巷城分別於一九八八至一九九一年創作共二百七十五、三百六十六、三百六十三及一〇二篇專欄散文。

41 見張燕珠：〈雅俗通變——讀舒巷城《無拘界》〉，頁一五。

42 此文原刊於一九八九年十二月十九日《香港商報．無拘界》專欄。舒巷城：〈也談方言〉，《無拘界（上冊）》（香港：花千樹，二〇一一年），頁三七三。

43 舒巷城：〈舒巷城自傳〉，《我們相逢，我們分別，我們長相憶》，頁二三二至二三四。

44 見佚名：〈跟舒巷城先生聊天〉，《香港文學》（第三期，一九七九年十一月），頁四至七，轉載自馬輝洪編著：《回憶舒巷城》（香港：花千樹，二〇一二年），頁七。

45 見鄭毓瑜，《姿與言：詩國革命新論》（台北：麥田出版，二〇一七年），頁七五至八六。

46 此詞於一九九二年寫成。舒巷城：〈八聲甘州〉，《詩國巷城》，頁二三〇。

# 第四章

## 新詩的「園圃」和「藝壇」：一九五〇年代的香港報章詩歌專欄

## 一、引言

在一九五〇年代，香港的報章副刊及專欄成為南來作家主要的發表平台。他們借助當時各派別對文化出版的支持，和立場或隱或顯的報章來刊登自己的文藝創作。對親身參與文壇發展的南來文人（如慕容羽軍，一九二七至二〇一三）來說，五十年代的香港文學卻是代表了政治思想與舊文學風氣的退潮，並由此「形成了一股自由發展的洪流」[1]。與此同時，大專生及中學生作者不僅在五十年代中期開始組織及加入文社，受到不同文人指導和文化影響，他們紛紛在報章的教育版面各展詩技。以上種種現象皆反映於當時香港青年作家的作品、文學評論、參與的文學群體，以及所投稿的副刊專欄。

《香港時報·詩圃》（一九五四年七月創刊，下稱《詩圃》）及《華僑日報·新雷詩壇》（一九五五年十月創刊，下稱《詩壇》）是當時罕有以詩歌創作及理論作為刊登內容的文藝專欄。以上兩個專欄皆棲於報章的教育版面，由有一定創作經驗與理論探討的詩人作為導師，以對文學創作有興趣的學生作為對象，並借詩歌創作、理論及評論三方面展現他們對詩藝的要求。當中，藍子（即西西，一九三七至二〇二二）、崑南及王無邪等「青年導師」在盧因及學生群體「輝社」早期的組織下，透過《詩圃》「向著廣大群眾播唱」[2]，並成為後來《詩朵》及《文藝新潮》作家群體的交流與發表平台。[3]《詩壇》則以林仁超（一九一四至一九九三）等南來作家（或可視為「導師」）成員作為主幹，在《華僑日報》發出先聲；他們另外亦會推薦部分視為可造之材的大專生及其他青年作家，為他們出版詩集並舉行詩學講座，展現他們異於《詩圃》作家群體的另一社群形式與詩風。

## 二、《香港時報．詩圃》

一九五四年七月二十六日，《詩圃》在《香港時報》創刊。《詩圃》共四十三期，佔約四分一版，逢星期一出版，直至一九五五年七月四日停刊。現有研究資料皆認為《詩圃》是在一九五五年一月十日創刊。但根據筆者整理所得，《詩圃》其實是在一九五四年七月二十六日創刊，與現有資料相差

▼《詩圃》第一期報紙及版頭

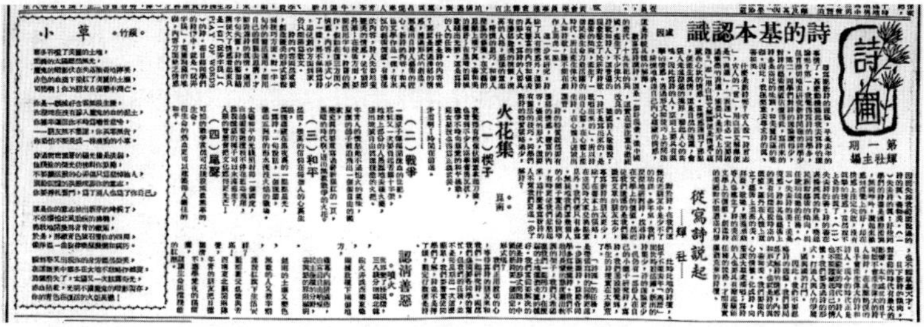

詩圃

第一期 輝社主編

詩的基本認識

從寫詩說起 —輝社—

火花集

小草

認清善惡

▼《文藝新潮》後來取代《詩圃》成為重要的作家群體交流與發表平台。(李卓賢攝)

十九期，[4]《詩圃》首四期由學生群體作為主編，負責約稿、編稿工作，後來則沒有明確列出編者身份，間有數期由托名為「編者」所寫的啓事。當中，有三期為「輝社」作為主編（第一、二及四期），第三期則由「青社」所編；「青社」與「輝社」的組織構成、背景等具體資料已不可考。

《詩圃》每期作品的大多與當期，或是前後一兩期的詩論相呼應。創刊號以盧因的〈詩的基本認識〉及輝社所寫的〈從寫詩說起〉作為主幹，可見各位編輯對專欄和香港新詩發展的期望：

▼力匡《燕語》

此時此地的詩壇，似乎不像去年《燕語》（筆者注：力匡詩集）面世時般活躍，新出的新詩少，但仍有一部分人在自己的小圈子研究詩，寫詩。我們遂發覺到，學生的詩壇實在太蕪荒（編按：原文如此）了。

《詩圃》的任務，是帶領寫詩的同學更進一步認識詩，鼓勵各同學多寫幾篇詩。我們不敢用長輩的態度擺出教訓的架子，我們只希望盡我們一點棉力，在瘦弱的土地灌溉美麗的種籽。我們當前要解決的便是詩的形式問題，中國的新詩要一個固定的形式嗎？[5]

輝社認為當時「學生的詩壇實在太蕪荒了」[6]，「為什麼專寫新詩的人不幫我們更進一步了解詩」[7]，所以他們決意令讀者明白新詩創作的元素，希望由解決詩歌的形式問題出發，補充當時學生詩壇所缺乏的創作與理論探討。「青年導師」盧因則與輝社的想法相似，同樣認為學生詩人在理論及創作方面的理解不足：

目下新詩的傾向，對當前的時代有最大的影響。太平盛世的日子可能不會產生偉大的詩人和詩，在風聲鶴唳的日子會產生偉大的詩和詩人。現今的時代正是不能偷安的時代，詩人也不能隱藏起自己的情愫，我們要透過詩的形式，打通人與人的爭罵，國與國的打鬥。因此，我們不要忽略詩的理論，我們要局部了解詩的情感，內容和形式，也就是詩的真、善和美。我們要從內心的情愫，化成詩，向著廣大群眾播唱；寫詩的人也要具有擔起艱鉅任務的體格，才能著實灌溉荒蕪的詩壇。[8]

▼年輕時的崑南（右）

他更指出五十年代的社會與歷史背景都是「風聲鶴唳」，對寫詩的人來說，直面時代是一種「艱鉅任務」。對此，他覺得詩歌需要由「真、善和美」，由形式、技巧和情感各方面互補，「向著廣大群眾播唱」，才能「灌溉荒蕪的詩壇」。

《詩圃》以「青年導師」的詩論專文作為每期的主體，其他版面則用作刊登學生詩作及譯作，這與其他只刊登學生習作（不論是散文、小說、新詩）的「學生園地」不同。《詩圃》首期就刊登了就讀於華仁書院的崑南所寫的〈火花集〉組詩，此詩由

「楔子」、「戰爭」、「和平」及「尾聲」四部分組成，可視為盧因在專文中介紹詩歌形式、技巧和情感的例子。崑南在作品由戰爭對生命的摧毀出發，點明戰爭的可怕之處，並強調「真理」、「自由」、「詩」和「理想」等元素能平定戰禍，[9] 與盧因提倡詩歌能「打通人與人的爭罵，國與國的打鬥」不謀而合。

第二期的「青年導師」仍是盧因。他透過徐訏（一九〇八至一九八〇、覃子豪（一九一二至一九六三）的新詩創作，由情感與意境兩方面介紹詩歌的欣賞方式。同期亦刊登當時在協恩中學就讀的藍子〈書本〉，與崐（崑）南受惠特曼（Walt Whitman，一八一九至一八九二）啟發的〈在夢中做夢〉。作為當期主編，輝社在徵稿啟事中回應讀者意見，提到報章教育文化版篇幅的限制，故不能擴大版面刊登更多理論文章及同學作品，可見《詩圃》作為當時專為學生開放的詩歌專欄，深受當時的學生同儕歡迎。

專欄亦間或刊登譯詩及外國詩人譯介。專欄在一年之間共刊登九首譯詩，包括雨果（Victor Hugo，一八〇二至一八八五）、葉慈（William Butler

Yeats，一八六五至一九三九）、雪萊（Percy Bysshe Shelley，一七九二至一八二二）等西方詩人。他們亦有專文討論譯詩，因為《詩圃》譯詩的供稿都是學生自發翻譯，部分譯作質素參差，數量亦因此比其他同期文藝刊物較少，所以需要「青年導師」撰文指導。但在第八期刊登，由彼岸撰寫的〈談談譯詩〉不只是談到譯詩達意與否的問題，此文更希望能糾正當時學生對譯詩的誤解。首先，他認為譯詩需保留原詩的高尚情操與思想，以及保持詩歌的韻律性，而這對理解新詩創作有間接的幫助，因為新詩並不是隨意分行、沒有韻律可言的文體。其次，他又指出「譯詩並不能幫助我們去理解西洋詩的長處」[10]，因為譯詩某程度上需要譯者自身對詩歌的理解。部分學生更認為譯詩間接算是「完成一首詩」[11]的方式。由此，他認為這「對於中國的文化簡直是奇恥大辱」[12]，所以這種想法必須「驅逐出新詩門外」[13]。

《詩圃》所牽涉的作品不只限於譯詩與自由體新詩，青年詩人更致力嘗試借用及探索新詩體來進行創作，這與當時介紹各種詩歌體裁的專欄專文不無關係。王無邪與區惠本分別在第四及第六期介紹的十四行詩，這是因為崑南早在第二期刊登的〈在夢中做夢〉就是十四行詩詩體。王無邪認為十四行詩因為其抒情功能而可被青年詩人學習，但不需盲目跟隨格式及押韻的標準，因為他曾試過全段押韻，「而且會因韻而害詩的氣氛」[14]。至於區惠本則由華茲華斯、莎士比亞等人十四行詩作品的介紹，對其藝術風格、押韻及結構方面進行補充分析。這亦直接影響後來其他「青年導師」及同學對以上兩位詩人進行譯介工作。由於十四行詩對押韻的要求頗多，亦難以遵守，因此孫亞邕在第五期則以〈談詩的押韻〉，試圖矯正青年詩人對詩歌押韻的誤解。他認為押韻得宜可引領讀者欣賞作品的「自然感」及共鳴，[15]但如通篇押同韻，或是完全不押韻，則令詩意大打折扣。

早在創刊號以至不同期數的專文，《詩圃》的「青年作者」群體都一直強調詩與散文的不同之處。[16]他們更覺得同學創作因為只顧分行，欠缺音樂性及結構而變成「非詩」的散文。戴瑩認為新詩之所以異於散文，正是來自詩的形式（包括斷句分行）、諧奏（即音樂性）與情感。她又由外國的散文詩（prose and verse）進行討論，認為它是獨立於詩與散文的文學體裁，因為「它不像詩，沒有一定的形式；又不像散文為了有詩的內容和詩的意境」[17]；即使是「有詩的形式，間乎自由詩與散文之間」[18]，也

▼《詩朵》封面（轉引自香港文學特藏選粹）

只能算是詩歌的「散文化」而已。

特別的是，戴瑩在文章結尾突然轉換話題，提到《詩圃》的各位詩人「有興趣來一次詩歌的革命：創造一種新詩的形式」[19]——而這就是「蜻蜓體」十八行詩。根據後來《詩朵》的介紹，這種「新」詩體不只是有著行數及分段的要求，並同時具有分行與韻律的特色：

> 蜻蜓體是我國的新形式，共十八行，音法是xAxAxA，x，xBxBxB，CCC，C，可是末兩段的韻法也可以用CxC；

音數方面，單行段比其他的較多二三音。（x代表不押韻的韻腳。）[20]

戴瑩亦在文中提到他們「希望夾雜西洋詩的風格加以我們新詩的旋律」[21]，可見「蜻蜓體」其實是《詩圃》作家合力透過對詩歌音樂性與形式的改造，借助十四行詩的形式與規則而創立的一種新詩體。然後，《詩圃》又轉到詩化散文的討論。竇其利在其專文中借助托名為「苦辛」所寫的「好詩」作為例子，認為短句的散文加上精煉的字眼，欠缺情感與暗藏的邏輯，也只能勉強稱作「詩化的散文」[22]。總括而言，他們正是借助散文與詩的對比，來發現詩歌特色及創作時的注意地方。

另一方面，王無邪和孫亞𡿺不但在第四至五期撰寫有關押韻與抒情的文章，後來由於舒望塵在第十三期刊登了一篇名為〈有那麼一天〉的歌詞，所以三人共同由音樂性出發，探討新詩、歌詞與民歌之間的關係。當中，王無邪認為詩歌的音樂性與作者的生理與心理狀態關係密切，而且不只是使用韻腳才能帶來音樂美。至於舒望塵〈談寫詞和寫詩〉由宋詞出發，發現抒情歌與詩的修辭手法可以互用，而歌詞因為需要合樂而使兩者的形式與結構大相逕庭。孫亞罡的〈民歌與新詩〉則借助《九歌》、廣東童謠〈月光光〉、劉大白（一八八〇至一九三二）的新詩及各地民歌來提倡新詩與民歌可互為參照，因為當中具有「情感和文字的修飾，意境的含蓄。」[23] 由此可見，他們立於詩歌的音樂性之上，向其他媒介進行借鑑，試圖發現詩歌韻律、誦讀、語言審美與流傳的各種可能性。

## 三、《華僑日報・新雷詩壇》

以林仁超為首，南來文人作為前輩的新雷詩壇在一九五五年八月十四日正式成立。[24] 根據以上引文，可見詩社希望在各位成員及「寫詩八要」的指導下，招攬香港本地的青年詩人，透過出版選集和個人詩集建立屬於新雷詩壇成員的發表與交流平台，以支持其五四白話詩風的推廣。《詩壇》作為新雷詩壇的「專刊」，其實只在一九五五年十月三日刊登過一期。而且，《詩壇》不如《詩圃》一樣有著獨自的「版頭」，只是屬於《華僑日報・學生園地》的一部分。作為《華僑日報・學生園地》約稿的特刊，《詩壇》並不重點進行教育或指導工作，而是介紹剛在同年八月創立的新雷詩壇。其「發刊詞」不只是

▼〈新雷詩壇的誕生——代發刊詞〉

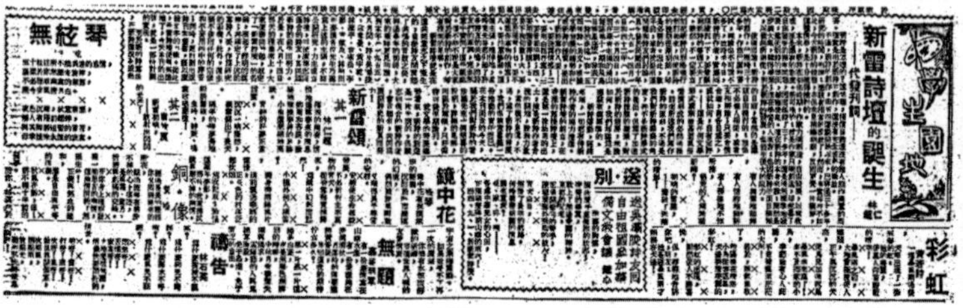
學生園地

新雷詩壇的誕生
——代發刊詞——

彩虹

送別

鏡中花

新雷頌

銅像

禱告

無題

琴絃無

作為詩刊背景的介紹，它更是詩社理念的宣言，並試圖吸引、尋找志同道合的本地詩人加入。而由於《詩壇》僅屬於出版一期的「專刊」，新雷詩壇真正的發表場域大多在詩社自行刊印的《新雷詩壇叢刊》及各位成員的詩集。因此，除了著重於《詩壇》刊登內容，我們亦可透過林仁超及其他與新雷詩壇相關的刊物、著作與組織進行綜合分析，了解《詩壇》背後的文學因緣。

新雷文社成員多為南來文人及大專生，並有合作的出版機構——漢山文化事業與《華僑日報》。這則可視為慕容羽軍所指，五十年代南來作家受天時地利之便「佔據有利陣地」的結果。[25] 新雷詩壇的創辦人林仁超是漢山文化事業有限公司的副經理，[26] 身為創社成員之一的吳灞陵則是《華僑日報》的副刊編輯及編輯主任。當中，新雷詩壇部分成員在未創社前，已於漢山文化事業有限公司一九五〇年至一九五一年間出版，由林仁超主編的《漢山雜誌》投稿詩作。後來吳灞陵在報社中的地位亦可能使《詩壇》能在《華僑日報》中刊登。由此可見，新雷詩壇因為創辦者及創社成員眾人的身份，本身就具有一定的出版資本（不論是在文壇或是經濟層面）；他們能爭取的場域，絕不是如《詩圃》眾人般關注報章專欄的刊登而已。

▼《新雷集》

如回顧《詩壇》「創刊號」的發刊詞〈新雷詩壇的誕生〉（後來收入《新雷集》時改為〈新雷詩壇的作風〉）的話，可以發現林仁超早在一九五一年已開始結下新雷詩壇各詩友的緣分，並對未來詩壇的發展有著明確的計劃：

> 先後於民國四十年（一九五一）四月一日和四十二年（一九五三年）五月四日，分別在筆者主編的《漢山雜誌》第十一期和《星島日報．星座》版，發表了〈詩的商榷〉和〈五四談詩〉兩文，根據文學發展的趨勢和已成

新詩的體質，提出了新詩寫作八要（……）。

新雷詩壇就是在這共同意念之下產生的。（……）到一九五五年八月間，詩友吳灞陵，佘雪曼，黃宇乾，黃嗇名，趙滋藩，崔龍文，馮健文，潘耀章，林華平，周炎荔，慕容羽軍，袁定松，袁效良，胡三元和林石英各位先生乃認為上述的主張，不妨公開研究，力主成立詩壇，以便廣集志同道合的詩友，共同為新詩的前途努力。（……）確定了上述的「寫詩八要」，作為研究的基礎；此外，還主張不依附任何宗派和不妄用西文的譯音；同時，更計劃出版詩刊和叢書，藉以廣結文字的因緣。27

雖然《詩圃》和《詩壇》都以青年讀者與詩人作為重點對象，但筆者認為新雷詩壇雖有團體之名，成員之間卻沒有明顯的交流渠道。即使新雷詩壇經常舉辦有關新詩的活動，亦只限於詩學講座，而少見詩聚或在其他出版平台上交流。相反，《詩圃》成員卻雖然沒有明顯的組織，但他們亦或隱或現地在各期評論及創作中呈現出作者間的密切交流。另外，新雷詩壇不但有出版叢刊，[28]他們亦有專屬的出版機構，這與《詩圃》的作者群體接近同人組織的運作模式截然不同。而《詩圃》亦有由「青年導師」撰寫的詩歌評論，嘗試為同儕創作帶來不同思考方向，跟《詩壇》以林仁超作為指導主幹的方式完全不同。*

除了作者群體組成的性質，《詩圃》與《詩壇》的文藝路線取向亦有相異之處。《詩壇》主要以五四時期的白話新詩風格為主；《詩圃》則由西方及中國現代詩歌出發，對兩者進行批判式的學習，並展現作者群「初出茅廬」的浪漫主義詩歌風格。當時身為新雷詩壇力捧的其中一位青年詩人易滄，早期在香港的《新青年雜誌》投稿作品，[29]其小說作品收錄在一九五九年出版的大專文學選集《沙漠的綠洲》，亦曾出版個人小說集。後來他與林仁超進行書信交流後受林氏賞析，邀請他加入新雷詩壇，並為他出版詩集《異域行》。[30]林仁超認為他「寫作的題材，卻是現實的，意志是宏大的，國家民族的意識很是濃厚」[31]，且有愛與偉大的人格——因為《異域行》作為易滄的個人詩集，當中所有詩作都能展現當時華僑的悲慘遭遇。就如詩集同名長詩就以一位離開故國，到美國工作的華僑為主角，歷經辛

*新雷詩壇早期出版的個人詩集，其著者大多為林仁超，或是社中的青年詩人（如吳灞陵等著《新雷集》（一九五六年）、《新雷詩壇詩文選》（一九五七年）、易滄《異域行》（一九五七年）、白駒《生命的迴響》（一九五七年）、合金《詩的綴英》（一九五八年）等）；其他成員的詩作則大多收錄在一九五六年出版的《新雷集》。每本由新雷詩壇出版的詩集，均附有林仁超所寫的序言，或是由林仁超親自指導，突顯出林仁超在新雷詩壇中的領導地位。

酸希望能回到祖國，但卻因為內戰而受盡屈辱，展現他對這類華僑的同情與憤慨。

白駒當時是新亞書院文史系二年級生，[32]其詩集《生命的迴響》主要是寫自身與愛人離別後的各種感受，他認為人間是陰冷的，所以需要透過歌頌生命與愛情來溫暖人世。雖然林仁超沒有為《生命的迴響》寫序，但在白駒所寫的後記中，則明確表示林仁超在出版詩集時曾熱誠提供協助，並感謝林氏的指導。[33]

而在一九五八年只有十八歲的合金，新雷詩壇就已為他出版個人詩集《詩的綴英》，林仁超亦在序言中對他大加讚賞。當時香港詩壇的現代主義詩風吹得正濃，而林仁超讀到合金的詩作，就認為他能在現代主義的風潮中堅持中國現代詩歌的特色。根據林氏之言，合金對中西方的詩歌理論皆有涉獵，而他的創作特色更是中西融合：

▼1959 年 8 月 14 日《新雷詩壇》四週年紀念專號推介合金著作《詩的綴英》

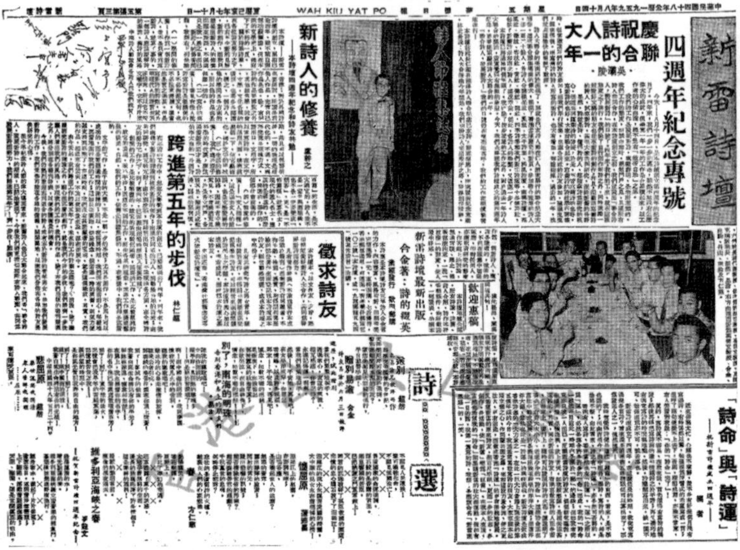

新雷詩壇

四週年紀念專號

慶祝詩人大聯合的一年

新詩人的修養

跨進第五年的步伐

徵求詩友

歡迎惠稿

新雷詩壇最新出版 合金著：詩的綴英

「詩命」與「詩運」

詩選

他一面在研究中國的詩學，一面也研究西洋的詩學。他這種研究的態度，首先就引起我的同情。直至他的全部詩稿讓我看完之後，可真令我感到十分喜悅。

合金的詩，就是以中國詩學做基礎的。這意思並不是如一般人所說的「舊詩氣息還濃」，而是他的詩作並非完全西化。他講究中國詩學的「含蓄」和「情感」，而不徒慕西洋象徵派的幽玄朦朧；他的詞句清新流暢而不落舊詩的窠臼，但他並不盲從西洋現代主義之流的矯揉造作（……）；他惟求詩的真善與美，並不刻意摹擬西洋的什麼宗派。34

從林仁超為合金所寫的序可見，林氏對當時香港詩壇學習現代主義的詩作頗有怨言；即使在初聽到合金研究中西方詩歌理論時，不禁生出「同情」之感。再者，林氏在序中展現出對西方象徵派與現代派被香港詩人繼承時展現「幽玄朦朧」、「矯揉造作」風格的不滿，所以他借新雷詩壇「不依附任何宗派」的理念（〈新雷詩壇的作風〉），認為合金的詩作深得其旨，可見他對合金與新詩創作的期望。合金將詩集分為四輯（包括「號角」、「懷鄉草」、「戀之戀」及「舊痕」），每輯前面都有一段引文，現輯錄如下：

這聲音，永遠會響！永遠會響！會響！……

——崑南 35

世界上渺小的漂泊者之群啊，留下你們的足跡在我的字句裡吧。

——泰戈爾 36

為了瞻仰光明的天使，
我徘徊的腳印織成了花塢的藩籬；
為了崇拜純潔的愛神，
我嚮往的心情滋長了美豔的生機。

——林仁超 37

快樂和悲哀的日子，
所有的回憶從心中浮起，
在愉快和痛苦之間，
在寂寞的氛圍裡來去。

——歌德[38]

從以上各段引文可見，合金的選引對象不僅符合各輯主題，更是以一中（港）一西的形式夾雜，間接證明他詩歌創作的養分是來自他認同的中西方重要詩人及作品。可以注意的是，合金特意在詩集中引用崑南作品，這也間接反映了崑南在當時青年詩人間的地位。另外，合金亦常常在作品前引用古今中外詩人的作品，如王翰〈涼州詞〉、杜牧〈秋夕〉、徐志摩〈我不知道風是在向那一個方向吹〉、楊喚〈淚〉、歌德〈少年維特之煩惱〉及惠特曼〈我在夢裡做夢〉等，反映合他試圖由詩集的各部分融合中西方的詩歌長處，以作品自身回應當時現代主義詩風盛行的「問題」。合金在詩集的後記認為當時的香港新詩正處於「新舊交替」的時期，所以他借用徐訏之言，指出希望用詩歌反映自身的「愛與恨，夢與哀怨，希望與懷疑，追求與幻滅」[39]。可惜的是，《詩的綴美》書後有廣告提到合金將主編《香港詩選》，[40]但翻查出版資料，此詩選最終卻未能面世；這無論如何亦反映了新雷詩壇對這位青年詩人目光、膽識與能力的認同與支持。

另外，林仁超在詩學論著《新詩創作論》的序言中，梳理出一九四九至一九五五年間的香港新詩的現象，包括「五四時的面目、現代派的投影、商籟體的幻象、各宗派的浮光、以及嘗試性的形式」[41]。他此時其實是在回答新雷詩壇創辦時要求成員「不依附任何宗派」的原因：他認為那些參考西方的詩學觀念皆為「幻象」、「投影」。這亦間接反映他對《詩圃》及其他詩人提倡十四行詩以及推廣現代主義詩歌的不滿。

以〈新詩的靈魂〉一文作為例子，林仁超則認為五四時期的新詩領導者並沒有「負起建設的責任——半途而廢，遂致新詩的創作，漫無標準，形成了一片混亂的局面。」[42]所以他由古代詩論「言志」的傳統出發，認為詩歌創作需要融入自己的情感於主題、意境與思想，並有（一）有我的境界，（二）無我的境界，與（三）偉大的人格三種方式。43 當中，「有我的境界」是指詩歌中明顯地展現作者自身的情感，「無我的境界」是指作者情感融入詩歌境物之中，「偉大的人格」則是作者直接流露個人情感，透過呼告方式展現的形式。而他最後則總結出意境、人格與主題對詩歌創作而言是密不可分，更是新詩的靈魂所在——這些可算是林仁超帶領新雷詩壇所堅持的詩觀。

# 注釋

1 慕容羽軍：《為文學作證——親歷的香港文學史》（香港：普文社，二〇〇五年），頁四四。

2 盧因：〈詩的基本認識〉，《香港時報・詩圃》（一九五四年七月二十六日），第五版。

3 見陳智德：〈林以亮詩論與五〇年代香港新詩的轉變〉，《作家》（第十一期，二〇〇一年八月），頁八五至九三。

4 見陳智德：〈林以亮詩論與五〇年代香港新詩的轉變〉，《作家》（第十一期，二〇〇一年八月），頁八五至九三；鄭樹森、黃繼持、盧瑋鑾編：《香港新文學年表（一九五〇—一九六九年）》（香港：天地圖書，二〇〇〇年），頁八三；鄭蕾著：《香港現代主義文學與思潮》（香港：中華書局，二〇一六年），頁二六至二九；關南夢、葉輝主編：《香港文學新詩資料彙編（一九二二至二〇〇〇）》，上冊（香港：風雅出版社，二〇〇六年），頁一九七至一九八。

5 輝社：〈從寫詩說起〉，《香港時報・詩圃》（一九五四年七月二十六日），第五版。

6 同上注。

7 同上注。

8 盧因：〈詩的基本認識〉，《香港時報・詩圃》（一九五四年七月二十六日），第五版。

9 崑南：〈火花集〉，《香港時報・詩圃》（一九五四年七月二十六日），第五版。

10 彼岸：〈談談譯詩〉，《香港時報・詩圃》（一九五四年九月十三日），第五版。

11 同上注。

12 同上注。

13 同上注。

14 無邪：〈淺論十四行〉，《香港時報・詩圃》（一九五四年八月十六日），第五版。

15 孫亞邑：〈談詩的押韻〉，《香港時報・詩圃》（一九五四年八月二十五日），第五版。

16 如輝社的〈從寫詩說起〉輝社：〈從寫詩說起〉，《香港時報・詩圃》（一九五四年七月二十六日），第五版。

17 戴瑩：〈藍窗短札之二——散文詩及其他〉，《香港時報．詩圃》（一九五五年五月九日），第五版。

18 同上注。

19 同上注。

20 這段對「蜻蜓體」的介紹是來自〈兩片唇的組曲——蜻蜓體〉下的「編者按」。見瑤川：〈兩片唇的組曲——蜻蜓體〉，《詩朵》（第一期，一九五五年八月），頁三七。

21 戴瑩：〈藍窗短札之二——散文詩及其他〉，《香港時報 詩圃》（一九五五年五月九日），第五版。

22 竇其利：〈詩化散文〉，《香港時報．詩圃》（一九五五年六月二十日），第五版。

23 孫亞啚：〈民歌與新詩〉，《香港時報．詩圃》（一九五四年十二月六日），第五版。

24 見鄭樹森、黃繼持、盧瑋鑾編：《香港新文學年表（一九五〇—一九六九年）》，頁九二。

25 慕容羽軍：《為文學作證——親歷的香港文學史》，頁四四。

26 見漢山文化事業公司廣告部主編：《文針（漢山文化事業公司開業特刊）》（創刊號，一九五〇年八月），頁六。

27 林仁超：〈新雷詩壇的誕生〉，《華僑日報 學生園地》（一九五五年十月三日）。

28 《新雷詩壇叢刊》於一九五五年至一九五八年出版，該為每年出版一期的社刊。第四輯叢刊《給年青的詩人》於一九五八年面世；前三輯的主題分別為《詩魂》、《詩意的飛騰》、《溫暖的懷戀》。

29 見林仁超：〈林仁超教授序〉，易滄：《異域行》（香港：新雷詩壇，一九五七年），頁一至二。

30 同上注。

31 同上注。

32 見李學銘：〈五六十年代香港大專校園的文學活動——從兩本被遺忘的小書說起〉，載黃維樑主編：《活潑紛繁的香港文學：一九九九年香港文學國際研究會論文集》，下冊（香港：中文大學出版社，二〇〇〇年），頁八七七至八八七。

33 見白駒：〈後記〉，《生命的迴響》（香港：新雷詩壇，一九五七年），頁四九。

34 見林仁超：〈林仁超教授序〉，合金：《詩的綴英》（香港：新雷詩壇，一九五八年），頁II。

35 合金：《詩的綴英》，頁〇。

36 同上注，頁十六至十七。

37 同上注，頁三二至三三。

38 同上注，頁四〇至四一。

39 合金：〈後記〉，《詩的綴英》，頁五五。

40 見合金：《詩的綴英》，頁五七。

41 林仁超：〈序〉，《新詩創作論》（香港：香港中國筆會，一九七一年），頁一。

42 林仁超：〈新詩的靈魂〉，《新詩創作論》，頁三八。

43 同上注，頁三九。

# 第五章

# 本土關懷、社群互動及放眼世界：一九七〇年代《香港時報・文與藝》新詩專欄現象管窺

## 一、引言

一九七六年六月，西西、也斯（一九四九至二〇一三）、吳煦斌、余光中（一九二八至二〇一七）與楊牧（一九四〇至二〇二〇）等詩人舉行座談會，討論現代詩的發展情況。[1] 西西與也斯在會中表達香港部分作家對現代詩要書寫中國、表現與反映中國文化的疑惑。何福仁回想是次座談會，曾提到「當時港報上頗有人責難現代詩」[2]，並認為七十年代香港新詩創作的「氛圍，還遠遠滯後於台灣」[3]。西西和也斯在座談會提出的疑惑，也許來自七十年代香港本地作家對「本土意識」的發現與思考——香港六、七十年代出現的社會問題，使青年詩人在組創文社的風潮中，將創作的焦點集中於個人及香港社會。當時青年對本土性的理解卻不是單純對香港人的身份認同及分類，而是社群意識的建構；[4] 陳智德更認為作品展現的本土意識是民間自發的思考，並在作品形式、題材與語言，以及作者的行動實踐和相關評論等層面展現。[5]

▼明報月刊版面

·32·

屈原畫像　程十髮作

端午座談會

## 現代詩的理論和創作

主辦：明報月刊
日期：一九七六年六月五日
地點：黃德偉住所

出席：也斯、西西、余光中、何福仁、吳煦斌、胡金銓（胡）、胡菊人（菊）、黃德偉、楊牧、戴天、蘇錦玲（姓氏筆劃序）

主席：戴天
紀錄：蘇錦玲
整理：何福仁

在讀者普遍對新詩抱負面評價的七十年代，《香港時報》的文藝副刊《文與藝》卻於五年間接連籌辦三個新詩專欄，包括《時報詩頁》（下稱《詩頁》）、《焚風專頁》（下稱《焚風》）及《詩潮》。這些專欄由不同文人及相關社團擔任編輯，[6]刊登新詩有關的作品與文章。另外，由於香港報章的副刊專欄往往以刊登雜文、散文及連載小說為主，[7]故七十年代《香港時報》副刊接連籌辦詩歌專欄算是罕見的現象。參與座談會的也斯、西西及吳煦斌也是當時《香港時報》新詩專欄的編輯或投稿者；他們的作品、詩評及譯介等都能呈現當時香港新詩、作者和文壇整體的「本土化」特色。現有對七十年代香港新詩本土特色的研究，多為討論作品中反映與批判時事、描寫香港地景人情等特徵，但七十年代《香港時報》的新詩專欄卻是由作品、編者取態、評論、詩訊、詩人交流及廣告等層面，共同折射出多種香港詩人對「本土」的理解與態度——如對本地社會的關懷、重視文壇與社群間的交流，與關注香港與世界的互動。

本文將以七十年代《香港時報・文與藝》的新詩專欄現象作為研究對象：透過對照分析《詩頁》、《焚風》及《詩潮》中所刊登的詩作、詩評、詩訊、廣告，以及相關的出版刊物，本文將發現作家與編者如何藉作品風格、編輯態度與評論文章所反映的文藝觀念，折射當時香港詩人與新詩作品「本土性」的多重面向，以及以上詩歌專欄作為七十年代香港詩人與文社發表場域的價值及其意義。

## 二、從「學生園地」到詩歌專欄

近年對香港報章文藝專欄的研究，大多關注專欄雜文、連載小說的雅俗之辨，以及評價專欄雜文的藝術特色、語言特色、題材及文體特色。針對特定副刊專欄的研究，則重視《星島日報．學生園地》、《香港時報．淺水灣》及《星島晚報．大會堂》等對五、六十年代香港現代主義作品發展深遠的場域，鮮有針對新詩專欄及相關文類進行討論。須文蔚曾撰寫兩篇專文，由「現代化」及「本土性」兩方面，研究《香港時報》的文藝副刊，並整理其出版、編採方式等資料，以及討論《詩頁》與《詩潮》對「本土性」的展現。[8] 然而，我們需要注意七十年代的《香港時報》副刊新詩專欄現象，與五十年代各大報章開始設立的「學生園地」專欄、六十年代興起的文人組織及青年組建文社風氣等因素不無關係。[9]

與此同時，《華僑日報》與《星島日報》等報章亦定期刊登「學生園地」專欄，提供同學發表個人作品的場域。此類專欄在四十年代誕生，六十年代成為文友（特別是中學生）集結的場域；五十年代嶄露頭角的詩人（如崑

▼吳萱人《香港六七十年代文社運動整理及研究》是重要的文社資料著述。

南與力匡）則成為當時青年的學習對象，嘗試發表作品與文論，在專欄尋求其他文友的認同。[10] 他們加入文社以後，常常在不同報章的「學生園地」版面投稿詩作及發表創社詞，並自資出版社刊，以供留念、得到同儕評價及宣傳之用。[11] 報章亦十分樂意提供版面予文社刊登作品。早於五十年代，已有不少以古典詩畫創作為主的傳統文社與報章合作，組織以月刊形式出版的專欄——為了爭取讀者支持，報章將場域撥予有不少潛在讀者的文社組織，實在情理之中。[12] 再者，六十年代以後的文藝副刊編輯大多願意刊登青年作者的作品，[13] 這對當時青年的創作風氣與結社風潮實有著推動作用，形成後來各個新詩專欄強調的社群意識。

七十年代的副刊專欄與文藝刊物具有「結合時政與文藝的傾向」[14]，而作品的「本土性」與七十年代香港經濟起飛，以粵語流行曲、電影及電視劇為代表的流行文化興起，使青年作者在作品關注本地社會問題的學生運動不無關係。與此同時，有些青年將目光放到外國文化，希望為香港社會尋找學習與對照的模範。何福仁曾認為七十年代香港新詩創作的氛圍「滯後」的原因，則可能與當時文社風氣減退有關。雖然不少文社成員在七十年代大多已畢業，結社現象漸漸消失，「學生園地」亦無法接受他們的投稿；即使副刊偶爾會刊登一兩篇新詩，但對詩人來說也是一個愈來愈難以進入的場域。

然而，有志創作的本地青年仍因以往投稿而與報社副刊編輯及其他作者有不少聯繫，甚至在台灣，如崑南在六十年代與台灣不同文藝刊物編輯及作家結緣，文藝刊物及文人組織嶄露頭角，吸引編輯邀稿。當時大部分文

▼《號外》是其中一份在七十年代結合時政、文藝與流行文化的刊物。圖為該刊第二期復刻複印版本。

社社刊因難以經營而旋生旋滅，所以其他詩人還是努力尋找不同發表渠道刊登作品。[15] 台灣在戒嚴期間的文藝活動受到不同的限制；《香港時報》的文藝副刊變成早期台灣文人了解外地文藝思潮，以及香港了解台灣文壇的其中一個重要渠道。[16]《香港時報》由台灣國民黨資助，報章亦會銷往台灣，當地作家能透過文藝副刊接觸香港文學作品。這對香港作家來說是一個很好的發展機會，也是一個值得開墾的場域。而根據《香港時報》三個新詩專欄的創刊詞，各專欄編輯都同時強調園地的開放與包容態度。這可算是當時香港文壇在作品裡展現各自的本土關懷以外，在編輯取態及園地開墾方面建構同儕互助互勉的社群意識，也間接反映出他們對擴展文學場域的野心。

從以上分析可見，《香港時報》的新詩專欄現象確與七十年代本地詩人崛起、「學生園地」提供刊登與認識同儕的機會、文社現象的發展與減退，以及文藝雜誌的旋生旋滅有著重要關係。詩人在專欄中對「本土」的理解與態度——包括對本地社會的關懷、重視文壇與社群間的交流，及關注香港與世界的互動，則是來自於社會變動，以及他們早年在不同文社組織參與活動、投稿作品與文友交流等因素。因此，下文將分論《詩頁》、《焚風》及《詩潮》的專欄特色，並嘗試把專欄主編及部分作者相關的文學組織、曾投稿的文學雜誌及其背景結合討論，發現以上因素與刊登作品、編輯專欄時所展現的「本土特色」的關係。

▼《中國學生周報》

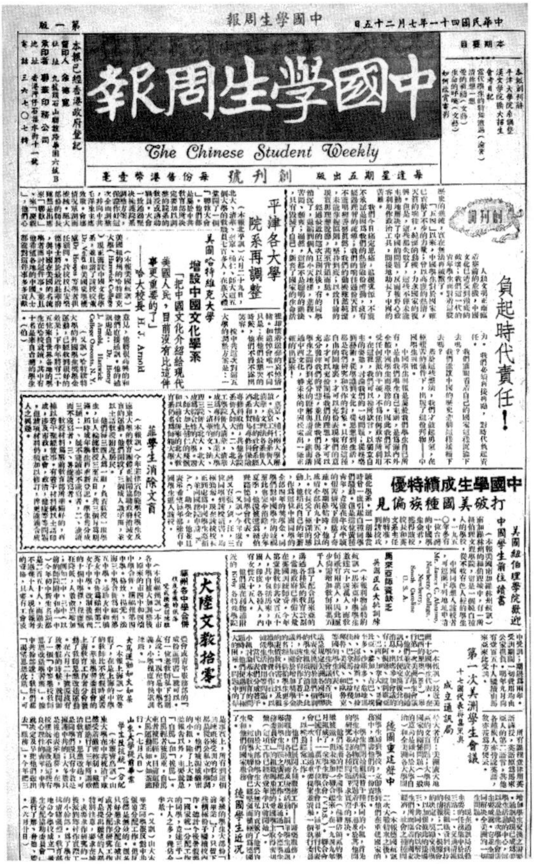

中華民國四十一年七月二十五日　中國學生周報　第一版

# 中國學生周報

The Chinese Student Weekly

每逢星期五出版　創刊號　每份售港幣壹毫

創刊詞

負起時代責任！

平津各大學院系再調整

美國哈特維克大學增設中國文化學系

中國學生成績特優　打破美國種族偏見

大陸文教拾零

第一次美洲學生會議

▼《時報・詩頁》創刊號

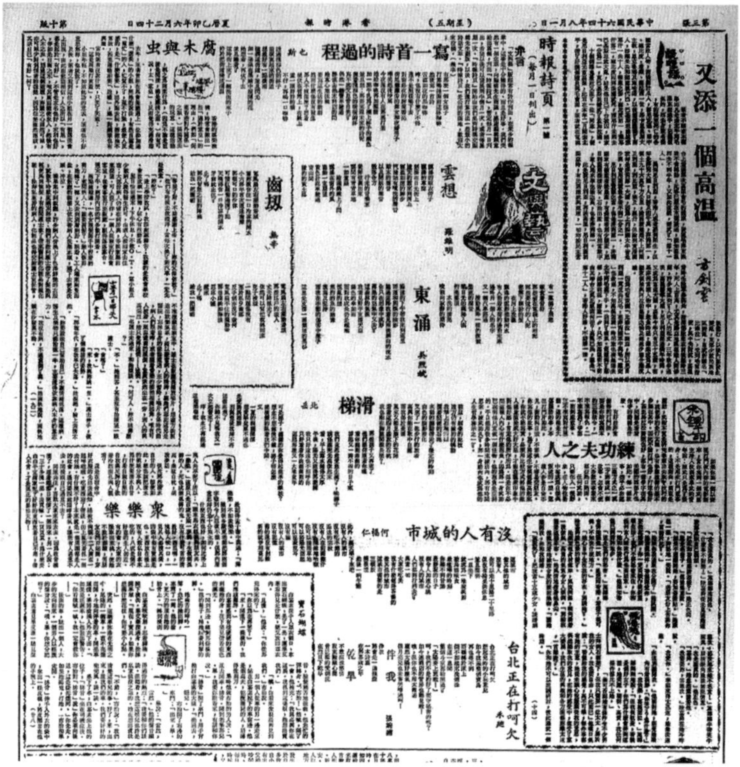

第三張　中華民國六十四年八月一日（星期五）　香港時報　夏曆乙卯年六月二十四日　第十版

又添一個高溫

時報詩頁（每月一日刊出）第一號

寫一首詩的過程

腐木與虫

雲想

東涌

滑梯

練功夫之人

衆樂樂

沒有人的城市

台北正在打呵欠

## 三、《中國學生周報．詩之頁》的傳承與開創——《時報詩頁》

《詩頁》由無辛、靈石等人主編，於一九七五年八月一日創刊，共三十七期——在《文與藝》刊登時間最長的一個專欄。此專欄開始時佔約二份一版，與《文與藝》原有連載的小說共分版面；後來版面縮小至佔約四份三版。《詩頁》逢每月一日出版，直至一九七八年十月二日停刊。無辛為《詩頁》所撰寫的創刊詞一開始便提到創刊的源起、期望、編輯方法及目標：

> 《文與藝》版經常有詩作刊出，在眾多的報章中，這事是十分難得的，而且是好事。我們突然有一個念頭，向編輯先生面議，感謝編輯願意給出篇幅，刊出《時報詩頁》，暫定每月一日刊出，希望以後可以發展到半個月一次，或者每星期一次。《時報詩頁》開始由我們集齊詩稿交編輯先生劃版。以後，我們還打算刊出一些短小的詩話文章。《時報詩頁》是公開的園地，歡迎大家交稿。[17]

當時《文與藝》偶爾會刊登新詩作品，但相對雜文與連載小說，新詩在《文與藝》所佔的比例確為少數。由此，靈石等詩人向《文與藝》的主編交涉，希望主編能撥出版面給他們籌備一個刊登新詩、詩論及相關消息的平台。在這三年多的時間，雖然《詩頁》沒有如無辛所期望的，能將專欄發展成半月刊或周刊，但此專欄後來能擴大部分版面，刊登大量詩作，偶爾夾雜詩訊、詩集評介，以及散文作品，這與詩人和編輯群的努力創作不無關係。

如單從專欄的命名角度出發，《時報詩頁》與後來的《焚風專頁》相比，似乎沒有任何文學組織的影子，或是被寄予任何對專欄有關的期望——它看來僅為《香港時報》出版、編輯的一張「詩頁」。然而，這個樸實無華的名字卻是與專欄中重要的投稿者——西西與梁秉鈞等人有關。西西與梁秉鈞都曾為《中國學生周報．詩之頁》（下稱《中周．詩之頁》）的編輯，亦曾在六、七十年代參與同人文學組織活動；西西更是在五十年代中期就投稿到《香港時報．詩圃》，成為其中一位「青年導師」。其他早期經常投稿到專欄的詩人，包括吳煦斌、何福仁、溫乃堅（一九四二至二〇一七）、張婉媚、阿藍、施友朋、葉輝，以及擔任《詩頁》主編之一的靈石，都是《中周．詩之頁》、

▼圖為大拇指仝人及讀者一次郊遊聚會（資料出處不詳）

《羅盤》、《秋螢》及《大拇指周報》等詩歌刊物的重要成員。值得注意的是，《中周．詩之頁》於一九七四年七月停刊，《詩頁》於一九七五年八月出版，而《大拇指周報》於一九七五年十月創刊[18]——我們可以視《詩頁》為《中周．詩之頁》停刊後，靈石與無辛等人努力開闢的新場域，也算是《大拇指周報》創刊前的先聲與準備。然而，西西、梁秉鈞與吳煦斌等當時較為知名的詩人多在《詩頁》出版初期投稿，並在第十四期後慢慢淡出，變為刊登不少新晉詩人作品。這可能為了提高讀者對《詩頁》的注意，透過部分知名的作者群吸引原有《中周．詩之頁》的讀者。專欄維持一年後，這些作者則開始把《詩頁》的版面完全給予其他作者，將之變成栽培新人、刊登優秀詩作的地方，他們則可以將注意力投放到《大拇指周報》的編輯工作。

以專欄刊登的新詩風格與題材而言，我們也可以發現《詩頁》早期對《中周．詩之頁》的直接繼承。葉輝認為《中國學生周報．詩之頁》在一九七三、七四年（即梁秉鈞主編《詩之頁》的前後時期）刊登的詩作已「傾向於生活化、口語化和本土化」，羅貴祥則認為當時梁秉鈞所創作的詩歌已「著意地具體描寫香港景致及日常經驗」，更以不同意象與文化符號作為本土性的顯性互文標記。由此，以梁秉鈞、西西等詩人作為主要投稿者及編輯的《時報詩頁》，其所刊登具香港文化、地景描寫、日常生活等特色的作品，可以算是當時《中國學生周報．詩之頁》的直接繼承。[19]

另外，陳智德曾評價西西與也斯在編輯《中周．詩之頁》時所刊登的詩歌風格，如西西喜愛「語言和形式的活潑創新」，並「鼓勵生活化和香港題

▼《中國學生週報》最後第 1128 期的《詩之頁》刊登了梁秉鈞〈新蒲崗的雨天〉(取自香港文學資料庫)

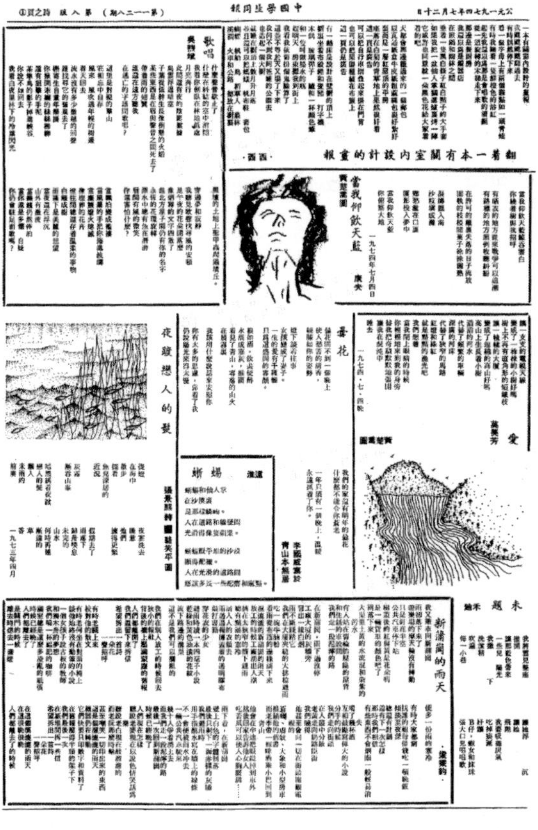
中國學生週報

翻看一本有關室內設計的畫報

歌唱

當我仰飲天藍

曇花

愛

夜讀戀人的髮

蜥蜴

未題

新蒲崗的雨天

材」，而也斯則強調「本地（土）意識」，希望能透過題材、語言，以及務實與包容的態度，[20] 建立他們對香港土地的歸屬感與自我身份認同。葉輝亦認為《中周．詩之頁》刊登的新詩多為「重視在地性，強調生活」[21]。這種「在地性」可以視為作品對香港城市經驗（包括生活、政治、文化上）的比較、認同或批評，[22] 詩人經常使用的地方風物書寫內容，則可以視為對「地方感」的發現，以及他們的在地想像。

一九七六年台灣《龍族》詩刊論及《中周．詩之頁》（包含《詩頁》）作者群在七十年代時期展現的作品風格時，指出它們都是「比較明朗的，口語的，而且是道地的香港作品」[23]；也斯更強調作品需要「鮮活的想像、生活化的細節、開放的態度，一種社群間互相支持的友善」[24]。就《詩頁》開放專欄予其他詩人刊登作品的題材及內容而言，確是十分符合也斯所提到的要求；早期專欄刊登的詩作選題及內容也的確是較為生活化，如北岳〈滑梯〉與馬若〈放紙鳶的孩子〉等作品都是透過他們在香港日常生活所見之物及所遇之事為題，並反思自己在社會中漸漸與其他人變得疏離、失去童真。[25]

吳煦斌〈東涌〉、羅維明〈海軍船塢〉及雲中君〈沙田之春〉等作品更是以香港及本地地名為題。另外，舒文〈大學車站候車〉就以個人在冬天的中文大學車站等待列車時，看到自己的頭髮與樹上的黃葉被風吹走，由此為時間消逝而傷感。[26] 方沙〈歲暮，香港〉則由自己在年末的某個晚上於街上漫步時，發現自己在香港生活就如行屍走肉一般，並借此表現香港社會的各種問題：廣告增強了城市人的欲望、通貨膨脹、沒有一個真正屬於自己的家（因為那個只是「租來的家」）等。[27] 由此可見，《詩頁》有不少詩作由地方風貌的描寫與擴展到哲學思考及抒情層面，同時展現詩人在香港社會所面對的各種困境。

自一九六六年反對天星小輪提高票價運動開始，香港本地青年經過「爭取中文成為法定語文運動」、「反貪污，捉葛柏」等事件，加上六、七十年代世界各地出現大量反戰及學生抗爭運動，詩人不但在詩作關注社會時事及相關問題，更或隱或顯地展現自己另類、獨立、批判性的思考，不迎合大眾文化，也不附和香港社會當時的投機與犬儒主義。如野牛的〈擬電視廣告〉首先以廣告鏡頭與推銷商品的關係出發，指出「我」即使作為中心人物，

▼1970 年 12 月 6 日《工商日報》報導

一名青年學生，穿上一件短袖有拳頭標誌的「中文法定」笠衫，向途人派傳單。

但廣告關注的不是「我」，而是「我」手上的那支酒；「我」也必須「手要揚起／伸直／將酒推向最高最前」，好讓商品得到最明確的注視。作品的下半部分則寫到觀眾見到「我」與酒一同進入觀眾的視線時，觀眾會對酒感到興奮，而不是拿著酒的「我」。[28]由此可見，此詩借戲謔名酒廣告的場面，將商品與主角在作品與廣告的地位逆轉，揭示商業文化的「非人化」(dehumanization)心態。

子揚〈歌的年代〉則借六、七十年代的學生示威活動作為對象。他由「受傷的喉嚨」及「早熟的抗議」等詩句指出學生竭力對社會現象提出反對的聲音；作為青年的他們那麼快就發現社會的問題，其實算是早熟的表現。可是社會只視他們是未經世事的青年，所以並不真正理會他們的訴求，因此這些示威都變成一場場「沒有共鳴的悲劇」。子揚將社會氣氛比喻成「氣候低垂」，而青年則變為「鳥」，他們渴望離開，但又「飛不起來」，反映當時青年對社會的希望落空，變成更大的失望。[29]

張灼祥就借〈新聞〉的三首組詩，揭示並諷刺社會名流與小市民之間的差距。他在第一首組詩首先「感謝」人造衛星，使香港市民能「看見／遠方的拳賽／阿里給阿木踢屁股」。詩人更強調獎金「是美元／不是港元」，借兩者兌換率的差距，強調獎金的數目之高；它跟香港社會完全沒有任何關係。他及後在第二首組詩感謝電視台的「幫忙」，使大家能看見「在加拿大／香港的探長／如何過／財富與收入不相稱／的日子」——此詩明顯針對當時潛逃到加拿大的貪污警長葛柏而寫。而第三首組詩則將重點拉回香港本地，詩人再次感謝電視台，因為它「讓小市民／也可以像午餐會上的／名人／抒己見」。張灼祥在此借「財富」為主題串連三首組詩，並於最後提出名人與小市民的對比——名人因為有較多財富，社會地位亦較高，所以能進入午餐會抒發對社會的意見，而小市民則是被動地聽取名人主觀且偏頗的評論；電視台的街頭訪問卻能給予小市民同樣機會發表意見。即使彼此財富、社會地位差距很大，但市民幸好仍有僅餘的渠道，在電視節目的幾秒時間內得到與名人一樣的能力。[30]

除了對本土議題的關注，《詩頁》也十分重視香港文壇與其他區域社群間的交流。雖然《詩頁》偶爾會出現如公西華〈論「意象跳接」〉等詩歌創作理論的短篇文章或是李華川〈阿藍〉等香港詩人評介，但這些文章往往欠缺其他詩人參與討論。僅有的詩評討論，也只有秀實的〈鞍馬談詩〉及刊登在最後一期的喬琪〈讀鞍馬談詩的一些感想〉。縱使如此，由於《香港時報》的潛在讀者也包括台灣人，因此《詩頁》不但在開放園地予各位詩人投稿，挑選不同書寫香港地景與社會問題的詩作，《詩頁》也在詩評及詩訊裡展現他們對香港詩壇以及其他地區中文新詩創作的關注。專欄常介紹及推廣台灣詩壇的作品與活動，並希望藉此推進兩地詩壇互動。就如一九七六年七月一日的詩訊就介紹台灣出版的《八十年代詩選》、洛夫（一九二八至二〇一八）的《眾荷喧嘩》及張默的《無調之歌》。[31]何福仁的詩歌評介〈香港的詩集〉提到台灣即將出版一本詩集出版目錄，他在協助該書整理香港詩集資料時，有感香港當時難以出版詩集；即使有相關出版，也多是個人刊印且鮮有記錄。[32]由此，他十分尊敬仍默默寫作的香港詩人，並順道向讀者推介黃國彬新出版的詩集。

林廻是《詩頁》中較為專注於撰寫評介的一位作者。〈可愛的秋天——評介馬若的一首詩〉與〈感觸風塵背後的溫暖——懷念阿藍〉兩篇文章都是關注香港詩人，從探討他們的創作特色，到鼓勵作者繼續進行創作；〈吳晟的鄉土詩〉則專為關注台灣詩人的作品。方沙〈楊牧點滴〉、〈詩話〉及周國偉〈瘂弦的「修女」〉等文章則評介葉維廉在台灣出版的《眾樹歌唱》和介紹台灣詩壇的最新動態。由此可見，《詩頁》希望由開放場域、刊登作品、評介及詩訊等方面，為香港詩人提供發表平台，並作為內銷和向外（特別是台灣）的宣傳、互動渠道。在台灣還未解嚴的情況下，《詩頁》為香港及台灣介紹兩地文壇的活動與最新消息，確為難能可貴的舉措。然而，具本土關懷及地景書寫的作品在《詩頁》後期（即一九七七年左右）刊登的數量漸漸減少，並向個人抒情風格靠攏，並偶爾出現一些使用古典意象的詩作——這與同時期刊登的《焚風》專欄作品風格十分相似。

## 四、文社的浴火重生——《焚風專頁》

《焚風》在《詩頁》創刊後七個月，即一九七六年三月十六日刊登首期。此專欄共出版三十三期，直至一九七八年十一月十六日結束。此專欄與《詩頁》一樣佔約四份三版，每月刊登一期。《焚風》與《詩頁》不同的地方，是它明顯地作為焚風文社（原名為焚風詩社）主編的「專頁」——專欄展現的同人詩社風格較為明顯，其作者群體也大部分屬於焚風文社的成員，如松子、溫乃堅及張婉媚等詩人。《焚風》發刊詞就簡略地提到這個組織的背景：

> 焚風文社前身為焚風詩社，乃一班熱愛新詩的青年人組成，曾沉寂了一個時期，現重新組織，並擴大領域，兼收散文；同時徵得『文與藝』版編輯先生同意，每月撥出十六日一天寶貴的篇幅，供本社

▼《時報・焚風專頁》創刊號

發表，在此，我們作深深的致謝。我們的園地絕對公開，歡迎惠稿賜教。[33]

由焚風文社主編的詩集《火與雪》後記中又提到：

如果沒有《香港時報．文與藝》版，每月十六號撥出一版專頁，刊登本社同人及外界的詩作，沉寂了一個時期的焚風社，可能沒有這麼快的重整旗鼓。[34]

對焚風文社來說，《香港時報．文與藝》編輯願意撥出版面刊登《焚風》，是對他們重新出發的極大支持。但為甚麼焚風文社需要借助《文與藝》作為發表場域呢？焚風文社原名為焚風詩社，在一九七〇年創辦。[35] 秀實在吳萱人《香港文社史集初編（一九六一——一九八〇）》為焚風文社整理的「社史」中，提到文社其實於一九七一年《公教報》與文社聯會出版的期刊《文社綫》籌辦一至兩期《焚風詩頁》，[36] 一九七二至一九七三年更自資出版兩期社刊，當時有不少來自其他文社的成員亦會在其社刊中發表。[37] 由於文社難以找到發表渠道，自資出版的社刊也因為資金問題而難以續刊，因此焚風詩社的成員當時各散東西，各自尋找發表機會，鮮有以詩社名義刊登作品或舉行活動；直至《焚風》創刊，焚風詩社才能重新出發。而焚風詩社易名為文社則是因為組織成員希望吸引更多新晉文人加入（如林力安、施友朋等人），以及將成員創作的文體類型由新詩擴大至散文，嘗試使投稿至《焚風》的稿件數量增加。雖然《焚風》刊登的作品頗大部分來自詩社成員，文社同人風格鮮明；由於焚風文社難得重新得到發表場域，又處於重新起步階段，故他們將較多刊登機會撥予文社成員也是情有可原。

針對專欄的同人特色而言，吳美筠曾歸納中國古代結社與六十年代香港部分學生文社的組織特色，並發現它們有「詠詩唱酬」、「交流作品和文學觀點」、「交遊唱和」等特色。[38] 當中，焚風文社每月有一次聚會，由成員各自分享作品，並為《焚風》審稿；而《焚風》亦有不少「酬和」詩作，因此可以視焚風文社具有傳統文社的結社風格。胡國賢則指出焚風文社的「部分成員，與『新雷』及『香港中國筆會』這類較傳統的文學團體，關係頗為密切。」[39]就如焚風文社其中一位活躍成員林力安，是著名詩社新雷詩壇發起人林仁超的兒子，而父親的文學觀念、文壇地位及相關教育對林力安的詩風或會有所影響；林仁超作為文壇前輩亦會影響焚風文社的組織模式。縱使如此，《焚風》仍盡力使專欄如發刊詞所言的「園地公開」，保留一定的空間刊登其他詩人的投稿作品。根據盧復心的回顧文章，曾提到《焚風》的評稿過程：焚風文社成員的稿件會先在詩社定期聚會時收集，外來稿件則由溫乃堅負責收集。然後，文社成員會共同審稿，並以輪值制交由兩位成員作複選。盧復心亦強調他們審稿時會「先評外稿，再評社員」，以免出現偏重刊登成員作品的情況。[40]

如以專欄刊登作品比較，《焚風》相比《詩頁》而言，前者呈現本土特色的傾向較不「明顯」——《焚風》對香港的「社群意識」較局限於文壇對社會及外地關係的建立，而非在作品選材與題目等方面展現對香港風物與社會的關注。單以文社成員所作的詩題及所用意象而言，部分作品的風格似乎偏向個人抒情，並多為採用中國古典詩歌的意象。如《焚風》第一期刊登的第一首詩——東驥的〈獨坐〉，就以「孤帆」、「蒼茫」、「故鄉」等用詞，刻意營

▼林力安是焚風詩社持之以恆創作的作家之一，他在九十年代仍有新作面世。（網上圖片）

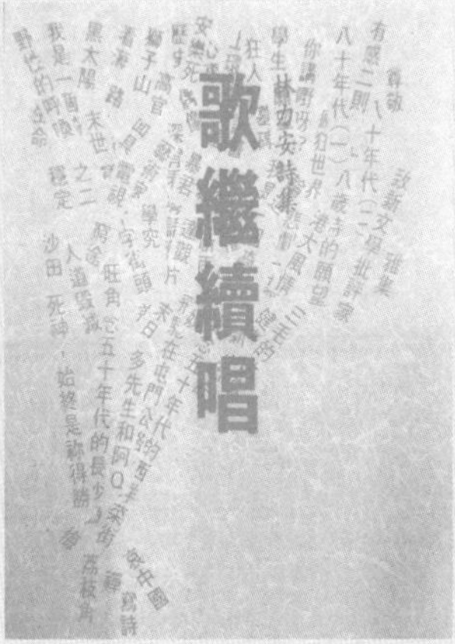


造仿如古典詩詞的風格；[41] 家居所寫的〈鼎〉由文物三足鼎來回顧「古國五千年的歷史」[42]，而嵇律〈翩魂〉、松子〈第五季〉，與木然〈貧女歌〉、〈李後主〉及〈洛水情——再說，雲那時才化成哀愁〉等詩作更是由古代史傳或擬想古代人物出發，表現作者對特定人物與歷史的幻想。

胡國賢認為焚風文社的作品風格「介乎『傳統』與『現代』之間」[43]，是因為《焚風》中有不少詩作以古典詩詞常用意象，但其針對的不只是塑造個人情感或仿製古典詩詞的風格，而是把作品內容和古典風格放到反戰等普世價值，並關注當時在中國發生的文化大革命。就如東驥分別在一九七七年六月及七月所寫的〈戰火中〉、〈屠城嘆〉及〈覓和平〉就以借古諷今的形式，借清朝「嘉定三屠」的屠殺，暗示文化大革命對人物的無辜殘殺，並期望與呼喚和平的到來。盧復心在一九七七年六月號所寫的〈六月，血流的季節〉則更明顯針對文革而作。盧復心一開始就指出自己的情緒「以憂慮開始痛傷作結」；後來則寫到紅衛兵批鬥別人時帶著「激情」與「狂喜」，在他們破壞文化與攻擊別人時還是會展現出「人性底醜惡善偽」。作品中段將目光轉到焦灼地等待被批鬥者歸來的人，但因為「狼心」的蓄意扼殺，使兩人「滿身傷痕／滿面鮮血」，以點出詩題——「六月是一個／血洗的季節」。44

另一方面，《焚風》與其他兩個新詩專欄的不同之處，是此專欄的明顯詩友贈詩現象——在三十三期之間就刊登至少二十首贈詩。贈詩本來是屬於古代文人的交際形式，焚風文社的成員卻將現代詩創作與贈詩形式結合，並成為《焚風》獨有的特色。當中，林力安與秀實為專欄中贈詩數量最多的兩位詩人及文社成員。如林力安〈怪談——給港大文社長沙夜談諸友〉、〈我的哲學——兼贈黃尚恆〉與〈隔——給一位新婚的舊友〉、秀實〈漁唱——詩贈珮如〉與〈山中歲月——給清瘦的L〉，以及木然〈末王——寄給雪星〉等。這些詩作不見得是針對收詩者的近況或思念而寫，而是詩人認為對方會喜愛自己所寫的作品，或是期望對方能另外再「和」一首作品，延續兩人的關係。這種贈詩方式也可以算是《焚風》為香港文壇所展現的另一種「社群意識」的維繫方式。

一九七六年十一月十六日出版的《焚風》第九期，適逢焚風文社成立六周年，故專欄以「焚風六周年紀念特輯」為名，刊登各位成員及文壇中人對文社的感言與期許。當時，盧復心撰寫專文，向各位讀者交代焚風文社的未來計劃，包括（一）發展文社作品發刊園地；（二）聯絡其他本地與外地散文和新詩作者，盧氏更指她於明年會到台灣「拜訪各詩人及詩社，加強聯繫，互相溝通」，以及；（三）出版焚風叢書。45 因此在社訊、詩訊及廣告等方面，《焚風》早期的廣告與詩訊則較多是與焚風文社舉辦的活動，以及文社所主編的詩集《火與雪》（一九七七）、《九音鑼》（一九七八）有關：如第十一期（一九七七年一月十六日）後各期，《焚風》都會刊登《火與雪》的預售、出

▼《焚風》第十九期開設詩人通訊欄目，大部分書信均寄自台灣。

# 詩人書柬

林力安先生

您好。謝謝惠賜大函以及焚風詩選一冊，大作數首，香港時報（焚風專頁）一張，至誠感謝。

拜讀「火與雪」，我喜愛「生命的變調」和「我的哲學」，給讀者的印象新鮮又強烈，令人共鳴，是真正好詩。

敝笠詩刊同人們還在力求充實內容，請貴詩社同人們多多賜教為榮。

時當寒冬，請珍重

並代問候

貴社同人好。

陳秀喜敬上

---

版消息，以及不同詩人對《火與雪》的評價；第三十期以後則刊登《九音鑼》的出版預告。

至於詩訊欄目則增加不少台灣詩人的出版資訊。這可算是盧復心到台灣聯繫當地文人以後的成果——從第十九期（一九七七年七月十六日），《焚風》開始出現「詩人通訊」的欄目。大部分書信都是自台灣寄出，以林力安為收信人，寄信者則包括林煥彰、林承謨、陳秀喜及余光中等詩人。盧復心將與外地詩人通信的重任交予林力安，應該是因為他的父親林仁超在香港和台灣文壇有著不少關係，[46] 如林煥彰就在通訊中提到自己當時曾致函林仁超但未獲回覆，望林力安代為問候。[47] 又根據眾人的回信，林力安應該是將當時焚風文社所出版的《火與雪》連同信函寄到各位台灣詩人手中，這可算是焚風詩社為推廣香港新詩創作到外地的重要一步。也因為在戒嚴時期，香港詩刊難以進入台灣，《焚風》僅為他們所能接觸的香港詩刊之一，因此這專欄更是難得成功造就當時台灣與香港文壇的交流。

後來，根據一九七八年三月刊登的〈社訊〉，焚風文社又更名變回焚風詩社；詩社當時亦進行改選，並於〈社訊〉列出組織高層名單：溫乃堅、林力安等人由成員晉升為副社長兼財政，以及聯絡幹事。[48] 詩社改組後，《焚風》的刊登內容似乎亦有相應改動，如「詩人通訊」變得更頻密；專欄也因為溫乃堅的提議，譯詩數量相應增加，可見他為擴充專欄文章類型所奉獻的心力。《焚風》更嘗試設立每期專題以吸引作者及讀者，如一九七八年七月十六日的「鳳凰木詩作、散文展」，可惜還是一期而終；《焚風》最後更是在數月後停刊，無法令讀者繼續看到焚風詩社新力軍為專欄所作的努力。

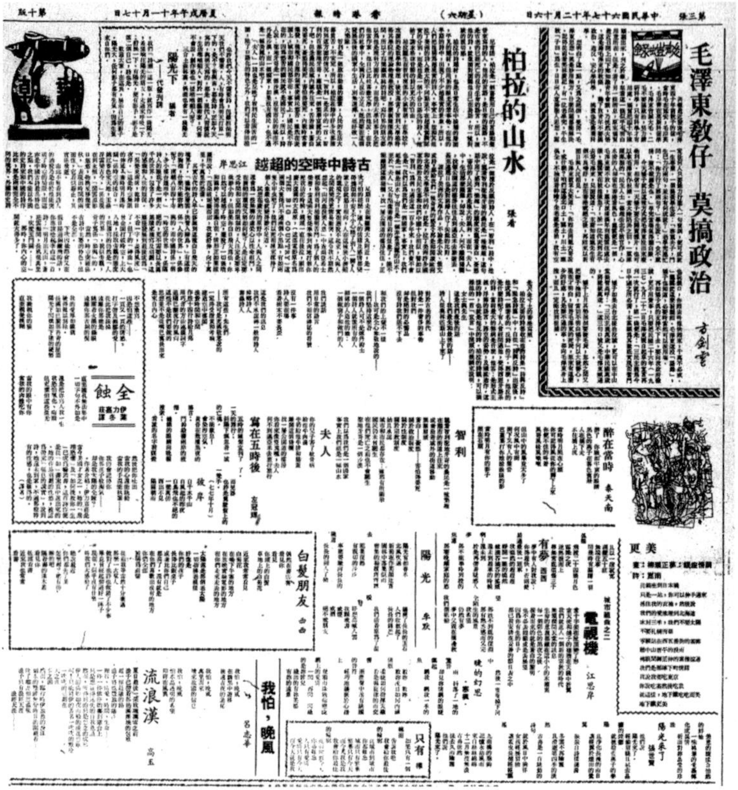

第三張 中華民國六十七年十月二十六日（星期六） 香港時報 夏曆戊午年十一月十七日 第十版

# 毛澤東教仔—莫搞政治

方劍雲

# 柏拉的山水

## 古詩中時空的超越

江思岸

全蝕

夫人

寫在五時後

智利

醉在當時

有夢

電視機

江思岸

白髮朋友

陽光

我怕，晚風

流浪漢

高五

只有

美

陽光下

陽光來了

## 五、新詩專欄的退潮——《詩潮》

《詩潮》在一九七八年十二月十六日創刊，共刊登十九期。此專欄是接續《詩頁》及《焚風》，在它們原有的出版日（即每月的一日及十六日），於相同版面刊登。[49] 此專欄跟前兩者一樣，佔約四份三版。《詩潮》是由崑南一人主編，使專欄編輯方向與《詩頁》與《焚風》相比，較為偏向崑南個人對特定新詩題材與風格的喜好。

五十年代中期，《香港時報．學生園地》曾籌辦名為《詩圃》的新詩專欄，崑南與西西等學生作者當時作為「青年導師」，由新詩創作、詩評、譯介等方式向學生介紹中、西方現代詩歌的風格。他們後來分別擔任《詩朵》與《文藝新潮》等文藝刊物的編輯或投稿者，於六十年代更各自成立或參與不同的文人組織與學生文社。然而，崑南在二十多年後再次成為《香港時報》新詩專欄的投稿者，更晉升為專欄主編，他在《詩潮》的編輯取態似乎是一個值得我們留意的方向。而如果說崑南參與創刊於五、六十年代的《新思潮》（一九五九年）及《好望角》（一九六三年）等文藝刊物是對中國文化與政治、自身情感壓抑的回應與宣洩渠道，50 那麼創刊於七十年代的《詩潮》又展現了崑南甚麼樣的取態呢？崑南為此專欄所作的名稱本來就已經使讀者有多種聯想，如介紹不同新詩創作或文藝「思潮」，以及寄「望」新「詩」在創作風氣低落的七十年代如「潮」水般重新湧來。為此，崑南為《詩潮》所寫的創刊詞〈陽光下——代發刊詞〉則以富有詩意的文字表現他對專欄的期許，以及他認為對在七十年代創作與閱讀新詩該有的態度：

也許我們今天不需要詩，但難擔保明天我們不需要。人，有時會為明天打算一下的，是不？新與舊，都是詩，正如今天寫的，與明天寫的，都是。現代人習慣說，生活咄咄迫人。對於一個藝術家，何嘗不會說，創作慾也一樣咄咄迫人呢？

三合土森林裡，偶爾也會有一綫陽光，我們『詩潮』這一版，就寫作一綫陽光，希望嚮往陽光的朋友，走過來呼吸一下；舒展一下。有陽光，便有影子。影子是第二個自己，詩也是。歡迎大家，在這裡，展示自己的影子。陽光大，任何影子都有生氣，因為生氣來自你們。51

▼崑南在編輯《詩潮》以前曾參與《新思潮》及《好望角》的編輯工作

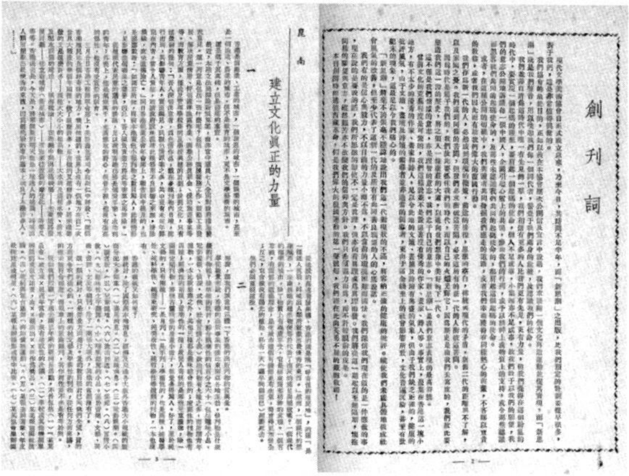

▼《時報．詩頁》第七期裸舞照片與解奴辜作品結合發表，呈現崑南「詩、畫／圖互文」的創作傾向。

·裸舞之一·

# 裸·舞·之·歌

·解奴辜·

**序**

在騎士案頭看到兩幅圖片，叩詢之下得悉：原來是一套西片名叫「裸舞」，將在本港上映，這兩幅圖片都是影片的畫面，圖之一是：四位舞者在扭動腰肢，圖之二是：一位舞者正在休憩，等待排練的開始。

目下的西方電影，已進展到什麼程度？何等境界？由於這兩幅圖片，引起了我的思潮，乃憑發展的點朵，構成本篇，作為「詩潮」掀起的浪花一串。

你，一定還記得依蒂芙麗寶，
她，曾在銀幕上扭動水蛇腰；
一套側寫着聲色的銀子家操，
曾使普天下的影迷歡拿，叫好！
你，不必因為那種光芒的消散，
而在心頭充塞着「佳人難再得」的懊惱；
你，只要擦起眼簾，悄悄尋找，
就會驚異於她的繼承者：又出現了！
出現了！
出現了！
不止一個，是無數無數的化身，
正在[illegible]幕上，對你嘻笑；
你要做好準備，兩顆心率；
我們，假容易會使你神魂顛倒！
我們，每一個嬌姿，都是美的代表，
我們，每一大擁抱，都是愛的信號；
料想你，也會迅即明瞭：
只有我們，纔能使你隔離種種煩惱，
從我們的身上，你可以見到：
上帝最偉大，最精緻的創造；
當我們降世之時，就是如此赤裸裸；
不染一點塵，不帶一絲絲汚穢；
即使是我們的現眯，也等於香屑軟膩，
足以洗刷你邋遢的表恤；
使你們完全忘掉：——
這世界上還有懊惱，
還有蚊蠅嘈然的爭吵。
除了欣賞我們藐姑射之仙一樣的風貌，
請問你：還有何等更急切的需要？
朋友！你接受吧！接受：
我們的舞蹈：——給予你的服務，
只有與我們在一起的一次機會，
你纔會領悟：——與是不枉向人間走一遭。

·裸舞之二·

崑南提到香港當時社會風氣似乎「不需要詩」，但他還是以說服他人的語氣向有緣看到的讀者喊話，認為將來他們也有可能需要詩的慰藉與啟發。然後，崑南指出不論是古典詩或是現代詩，都是詩歌的不同風格，所以他會抱著包容的態度接受它們。而詩人作為藝術家以及現代人，崑南與其他詩人都具有極大創作慾需要發洩，所以他在此暗地裡鼓勵詩人該滿足自己的創作慾，多為今天和未來寫詩。崑南更認為詩的價值與功能就像是城市裡的一線陽光，能使灰沉沉的生活中得到一絲光明，能照見內心中的「第二個自己」。由此，崑南如《詩頁》、《焚風》的創刊詞一樣，在文中表現《詩潮》對各位詩人投稿的歡迎態度，因為他正是鼓勵作者與讀者該嘗試接觸新詩作品，因為詩正是對抗現代咄咄迫人的生活、「三合土森林」的一種方式。

正如崑南在創刊詞提到對各種詩風開放和接受的態度，《詩潮》刊登的作品風格極為多元——各期大概都能如發刊詞一樣，提供古今中外詩歌的引介。如首期（一九七八年十二月十六日）就有江思岸〈古詩中時空的超越〉，亦有葉冬（崑南）譯伊力慕莊的〈全蝕〉；同期亦有呂志華的〈我怕，晚風〉

及秦天南的三首詩等。《詩潮》每期都盡量刊登至少一篇評介文章與譯詩作品。除譯詩、評介及刊登詩作，崑南亦嘗試加入不同元素與詩作互動，如首期就出現六十年代劉以鬯（一九一八至二〇一八）主編《香港時報．淺水灣》時期由崑南推動的「詩、畫／圖互文」創作。[52]《詩潮》首期就嘗試將日本畫家柳瀨正夢（一九〇〇至一九四五）的畫作〈銀座情調〉與崑南為該畫而作的新詩作品〈更美〉結合，而第七期（一九七九年三月十六日）更以「裸舞」照片與解奴辜的〈裸舞之歌（附序）〉一同刊登，可見崑南當時由形式與題材兩方面為香港詩壇提供更多可參考的創作手法及刺激詩人創作的概念。

縱使如此，《詩潮》有不少作品專注於本土社會議題及詩人在港的個人生活。如吳植長〈太子道上〉等詩作以香港地方為題；西西因好友崑南的關係，早期曾向《詩潮》投稿不少書寫香港社會題材的作品。如首期的〈有夢〉、〈白髮朋友〉、第四期（一九七九年二月一日）的〈訓導主任〉及第六期（一九七九年三月一日）的〈海素〉等。這些作品都是由她在香港的生活經驗出發，進行不同抒情與聯想。以〈白髮朋友〉為例，西西就是暗指一九七八年四月的深水埗警員果欄貪污案件——當時有一百一十八名警員被革職，而其中有八十多人因港督特赦而免被起訴。西西就以自己逛書店時偶然遇到的白髮「老人」；又由「老人」的白頭髮聯想到他以前「走來走去」的地方都有白菊花，借「在你們喜歡出沒的地方／你們全部／被稱為前輩」一段，寫出他們受賄時橫行無忌的情況。由於他們「那麼一大群人／做對了也許也做錯了不少事」，所以「老人」與他的同僚大多都變成失業分子，並由此變成現今滿頭白髮的樣子。最後，西西寫他低頭看書的姿態，與他以前貪污、為所欲為的形象對比，看起來是有痛改前非的想法，但因為他所犯的過錯，西西仍覺得他是一位十分可恨的人。[53]

《詩潮》刊登的評論不僅涉及詩歌創作技巧的討論，更由詩歌引介、詩作評論延伸至反思詩歌創作與詩人自身的關係。專欄早期大多刊登中國古典詩歌及相關創作技巧的評論，如江思岸的〈古詩中時空的超越〉、〈李長吉的迷離世界〉、〈詩的佈局〉等文章，但崑南亦同時十分關注現代詩如何能從古典詩詞中吸取養分。由此，韓山〈對詩歌一點意見〉與清水的〈詩眼〉就由舊體詩詩人對新詩的抨擊出發，以鄭愁予等人的現代詩作品為例，證明現代詩經過音樂、用字等鍾煉也能寫到好詩；著名詞人陳蝶衣（陳滌夷，一九〇七至二〇〇七）所寫的「花窠詩話」系列更是由特定作品的用字遣詞來探討詩詞創作的思路。

張眼的〈詩與標點〉則由台灣詩人瘂弦的詩作來分析新詩使用標點的優、缺點。他認為現代詩大多向較長、較大的篇幅發展，所以標點符號的使用是極有必要，且對作品的邏輯、詩意推展有莫大幫助。[54] 江思岸〈詩的語言〉更是由當時香港社會出現的混雜語言出發，思考現代詩加入「英語、日語、俚語和黑社會暗語」的可行性。對此，他認為現代詩需要跟隨社會的語言發展而使用相應的語言，只要詩人謹記使用「詩語言」創作即可。[55] 至於江思岸〈詩人的自嘲〉、〈詩人的心態〉、崑南〈詩的科學幻想〉、葉冬（崑南）〈詩人苦命〉等文章由詩人作詩的動機出發，認為每人皆可創作詩歌，而人們寫詩的原因大多都是因為要抒發生活上的傷感、對不平之事的憤慨等。對此，江思岸更認為詩人都是因受世間的痛苦而造就，可是他們除了自娛自嘲，詩人更是努力在藝術、精神上得到更大滿足。由此可見，《詩潮》的詩歌評論及理論文章是多方面探討詩歌本身、創作技巧，以及詩人與讀者間的關係。因為香港文壇一直有著古典詩詞與現代詩的對立觀念，但崑南認為「新與舊，都是詩」，所以他們談論古典詩詞與現代詩的創作不是出自對特定詩風的偏愛，而是希望將兩者作為參考對象，使現代詩與古典詩作者都能有溝通互動、接受彼此的渠道。

專欄亦有不少港、台詩集及作品的介紹。如身為焚風詩社成員之一的秀實在〈詩壇鑼音〉一文中，評介焚風詩社詩集《九音鑼》；翁文嫻〈朝新方向啟步——評何福仁詩集「龍的訪問」〉則由何福仁詩歌中的現實主義風格、寫作手法等層面出發，發現他對香港社會的關懷，並由此鼓勵他繼續努力，「更新現代詩的風貌。」[56] 施友朋〈詩人的事業——讀余光中近作有感〉除了讚揚余光中詩作的成就，也藉此強調詩歌需「富時代的氣德、與現代的生活相適應」[57] 的重要性；西西〈那次遇見管管〉更是由她記錄自己到台灣與管管見面討論詩歌創作的過程，並向香港讀者介紹管管的作品。專欄當時亦刊登不少描寫台灣地景的詩作，如風信子〈台北之春（外一篇）〉、解奴辜〈陽明山之春〉等。由此可見，《詩潮》為介紹台灣文壇及當地特色實為不留餘力。

▲「詩歌」雜誌一九一二年的創刊號及其創辦人夢羅女士▼

美國詩歌搖籃

葉冬

一九一二年，在芝加哥有一個女子名叫夏莉埃夢露，說服了一百名市民，每人答允交付五十元，出版一本以詩作為主的雜誌，結果，這本雜誌在美國詩壇上建立了不少聲譽。

「詩歌雜誌」面世三年後，出現了一首詩，開始是六行象大利文——原來就是艾略脫的作品，就這樣，偉大的詩人（來自聖路易斯）誕生了。

這類內容的雜誌，本來就不暢銷，但始終可以支撐下去，這是一個奇蹟，也是主辦人及詩人的福氣，當時的銷數每月不會超過九千本，不過，影響力甚大，凡是詩人是否閱讀就不知道，不過，稍有創作精神的詩人都樂於投稿，這才是最重要的。

到了今天，六十五年了，在這一大段日子，總有不少偉大作品，應該編選成集，作為留存的價值吧？不過，另一編輯DARYL HINE，在序言這麼寫過：「在本雜誌刊過的，可惜大部份是平凡之作，尤以最近幾年為甚。」除了艾略脫的，大概要算華拉斯史提芬斯的「週日早晨」較為有份量。

不過，這本「詩歌集」依然有歷史價值，反映出美國人對於詩歌愛好的趨勢，艾拉龐特也是早期投稿詩人之一，之後數年，不少人都受他影響。

三十、四十年代是一批較前的詩人，如威廉艾普遜，阿倫泰特（ALLEN TATE）等，夢羅主編的日子，證明了她是一個惜才如金的女人，當時，史提芬斯、威廉卡洛斯威廉斯、馬利安摩亞都是籍籍無名的。

她一眼看中了羅拔弗斯特，給他刊出長詩的篇幅，接手的編輯，大致上都追隨她的原則，只是一九五五年至六九年的卡利拉高，故意忽略了BEAT GENERATION時期的詩人。

一本雜誌有十年壽命，已是鳳毛麟角，但竟然有六十五年歷史，本身已是一塊永久的碑石，喜歡詩的朋友，應該感激——有這麼的一本雜誌，讓詩作有呼吸生存的機會。

曾有一段日子，「詩歌雜誌」創了二萬元的銷數從未有過大突破——到了今天，只有六千八百本的銷路——但稿件卻不斷增加，去年便超過六萬篇作品，目前的主編是六十四歲的約翰佛雷德力邁斯，他說：「我們對於新詩人，特別關注的。」

這本詩集共五五五頁，精裝本，廿元美金，平裝十元九角五仙。

▼《時報．詩潮》第十八期葉冬〈美國詩歌搖籃〉是該刊編者參照外國詩歌創作養分的例子之一

除了台灣作品及詩人的介紹，《詩潮》後期亦增加西方詩人的介紹及譯詩，可見崑南對專欄關注焦點的轉移。早在五、六十年代，崑南及其文友都已在不同文藝刊物刊登譯詩與外國詩人譯介，希望讀者與作者能在外國詩歌中尋找創作的養分。而在《詩潮》全數十九期之中，崑南只選刊了九首譯詩，包括由崑南（托名「葉冬」）所譯的蘇珊·瑪絲〈也許今晚〉、Leonard Cohen〈信〉，以及鄒成禧譯的 Robert Grave〈月亮的運行〉與〈險峻的分水線〉等。這可能是因為崑南希望先由「古典」、「現代」的詩風問題，解決香港文壇對現代詩的誤解，而將目光放在刊登江思岸與韓山等人針對古典詩詞創作的評論文章。

至於西方詩人介紹的文章，則有陳紀初的〈艾特略簡介〉、李華川〈卜列維的反抗〉等，第十八期（一九七九年九月一日）亦介紹美國詩人及當地一本名為《詩歌》的詩刊。以上文章往往欠缺補上相關譯詩以供參考；僅有的一次詩人專輯為第十七期（一九七九年八月十六日），崑南將江思岸〈普魯士之夜：蘇辛尼津的詩〉與鄒成禧譯的蘇辛尼津〈骨歌〉和〈三姊妹歌〉兩首作品共同刊登。這可能是因為專欄的編輯時間相對《詩頁》、《焚風》而言較短，實際只有約一至兩星期時間以供崑南收稿及約稿，故難以在短時間內籌備較為完整的評介特輯。

總括而言，《詩潮》僅有十九期，相對《詩頁》及《焚風》而言較「短壽」，但就評介內容的深度與廣度來說，卻是眾專欄之最；評介亦比前兩種專欄更為專業及廣泛。崑南更是希望能藉此與台灣文壇進行詩學上的互動交流。專欄刊登的作品題材及風格十分多元，不但能兼顧本土特色，崑南亦同時關注外地詩人的作品與評介，確能展現香港文化的混雜特色（hybridity）。然而，當《詩潮》努力在極短的編輯時間嘗試將最豐富深入的詩歌作品與評論文章呈現給讀者時，專欄突然在一九七九年九月十六日停刊，當期仍有〈小啓〉邀請各界詩人投稿——這是因為《文與藝》需配合吸引讀者的《香港時報》改版需要而撤走《詩潮》，[58] 同時也可能是詩人們五年來的努力仍無法扭轉當時讀者對現代詩的「責難」，無法再掀起如五、六十年代般的香港現代詩「詩潮」。

## 六、總結

總結本文對七十年代《香港時報》新詩專欄現象的分析，可以發現《詩頁》、《焚風》與《詩潮》跟當時社會、讀者、文人群體及文藝刊物有著不可分割的關係。雖然六、七十年代有不少文社社刊及文藝刊物出現，但它們大多為自資出版，故出現「旋生旋滅」的現象，《香港時報．文與藝》能為香港詩人免費提供副刊版面，對文壇與副刊來說都算是難得且珍貴的機會。另外，專欄對本地詩人及各種新詩風格都持開放態度，正展現也斯強調香港文學的本土意識與「社群間互相支持的友善」的重要性。對編輯來說，因為如《快報》等報刊的文藝副刊較為吸引名作家投稿；[59] 面對稿件難求的問題，他們極度需要稿件的來源。而對詩人來說，詩作大多成為副刊「補空位」的文類，加上當時刊登作品的園地難求，所以他們到處尋找能接納自己稿件的刊物——如以詩刊出版的實際問題思考，副刊專欄是一個能穩定刊登作品的場域，所以吸引不同文社成員投稿，文社亦可以趁機吸納新成員。這實為雙贏的做法。

另一方面，《詩頁》、《焚風》與《詩潮》也確能折射出七十年代香港文壇本土特色的不同面向——立於本土關懷、社群互動及放眼世界，並由此帶來「團結和社會關懷」[60]，以及表現「思想和文化上的承續、交流、翻譯、轉化」[61]。這些由香港詩人自主籌辦的專欄針對香港文壇對新詩創作的態度，以及社會時事等元素調整他們的編輯及選稿方向。詩人不僅借香港地景及常見物象入詩，由此反思香港社會文化、反映他們對社會問題的觀感，他們更是嘗試以和詩、撰寫詩評等方式來維繫文友間的關係，以及向讀者介紹香港與世界各地（尤其台灣）的詩人作品。這正正反映了七十年代詩人的自我定位，由作品的社會議題反思本身，也折射出他們對香港的本土文化認同。

由此可見，這些新詩專欄刊登的作品、詩評及詩訊等內容大多都由本土關懷出發，透過文壇與社群間的互動，以及對世界各地文化與新詩作品的參照，令讀者與詩人都能借助專欄作為觀照本地詩壇和了解外地文學思潮的窗口，為香港新詩創作提供更多可行的發展方向，並「注入更多遠景、想像與情志的維繫。」[62]

注釋

1 楊牧在一九七六年六月受詩風社之邀，到香港演講。戴天等人及後邀請楊牧與其他詩人進行私人座談會，並將當天的討論內容整理成逐字稿。他們在會上探討現代詩的起源、古典詩與新詩的異同、現代詩晦澀意象、西化及語言使用的問題、「中國詩」的寫作等內容。見戴天主持，蘇錦玲紀錄，何福仁整理：〈端午座談會——現代詩的理論與創作〉，《明報月刊》（第一二九期，一九七六年九月），頁三二至三七。

2 當天出席的詩人都在座談會中提到香港社會對現代詩的不同負面看法，包括晦澀的詩風、詩歌與社會脫節、難以背誦等問題。現代詩的晦澀特色更是常常被讀者抨擊；當中亦有不少人在報章為現代詩辯護。見何福仁：〈不用感嘆號的大家：楊牧〉，《印刻文學生活雜誌》（第二〇〇期，二〇二〇年四月），頁二一；凝凝：〈論現代詩的難懂〉，《詩風》（第八期，一九七三年一月），頁二至三；戴天主持，蘇錦玲紀錄，何福仁整理：〈端午座談會——現代詩的理論與創作〉，《明報月刊》（第一二九期，一九七六年九月），頁三二至三七。

3 何福仁：〈不用感嘆號的大家：楊牧〉，《印刻文學生活雜誌》，頁二一。

4 根據本文對一九七〇年代《香港時報》副刊詩歌專欄的作品及相關評論現象，詩人和編輯的「本土意識」及相關的身份認同與歸屬感來自他們對香港作為文化交匯點、文化混雜性、跨國性（或跨地域性）等特色的肯定，並透過專欄中的不同內容及形式表現。

5 見陳智德：〈本土的自創與解體——從《我城》到《白髮阿娥及其他》〉，《根著我城：戰後至二〇〇〇年代的香港文學》（新北：聯經出版，二〇一九年），頁三六五。

6 《香港時報》在五十年代就已經籌辦名為《詩圃》的新詩專欄。此專欄隸屬教育文化版，而非同時期出的《快活谷》與《淺水灣》等文藝副刊。另一方面，須文蔚〈《香港時報》副刊內涵與現代化程度之內容分析〉一文指出《香港時報》曾出現六次改組，並誕生《淺水灣》、《快活谷》、《文與藝》、《香港風》、《筆陣》及《文化與生活》等副刊場域。本文研究的《詩頁》、《焚風》及《詩潮》則是在第一代《文與藝》（一九六四年七月一日至一九七九年十二月三十一日）期間籌辦與刊登。見陳澤霖：〈一九五零年代香港報章詩歌專欄現象管窺——以《香港時報．詩圃》及《華僑日報．新雷詩壇》

為例〉，《第三屆「臺大—中大—教大研究生港臺文學與文化研討會」》報告論文（台北：國立臺灣大學臺灣文學研究所，二〇一九年七月八日），頁八九至一一七；須文蔚：〈《香港時報》副刊內涵與現代化程度之內容分析〉，《在地因緣：香港文學及文化國際學術研討會》報告論文（香港：香港大學中文學院，二〇一九年五月三十一日），頁三。

7 見須文蔚：〈《香港時報》副刊內涵與現代化程度之內容分析〉，《在地因緣：香港文學及文化國際學術研討會》報告論文，頁十五。

8 須氏在〈《香港時報》副刊內涵與現代化程度之內容分析〉中將《香港時報．文與藝》分為「主要副刊」，《時報詩頁》則視為《文與藝》的子版面，即「第二副刊」；他亦嘗試以問卷設計等方式進行抽樣調查副刊內容種類的比例及現代化程度。另一方面，須氏在〈一九七〇年代《香港時報》「時報詩頁」與「詩潮」之研究〉一文發現《時報詩頁》及《詩潮》具有「本土性」——即「透過書寫香港，逐漸確認在地的主體性」。而這與當時《中國學生周報》、《詩風》等刊物的號召有呼應之妙。見須文蔚：〈一九七〇年代《香港時報》「時報詩頁」與「詩潮」之研究〉，《冷戰時期中港台文學與文化翻譯國際學術研討會》報告論文（香港：香港嶺南大學，二〇一五年三月七日），頁四至十一；須文蔚：〈《香港時報》副刊內涵與現代化程度之內容分析〉，《在地因緣：香港文學及文化國際學術研討會》報告論文，頁十至十七。

9 如吳萱人認為與社會運動共生的香港學生文社運動對當時的青年編刊辦報有極大影響。見吳萱人：〈文社運動對本港青年人編刊編報的影響〉，《香港六七十年代文社運動整理及研究》（香港：臨時市政局公共圖書館，一九九九年），頁二三四至二三六。

10 見吳萱人：〈六十年代初的青年文藝風氣〉，《香港六七十年代文社運動整理及研究》，頁二二至二九。

11 見吳萱人：〈文社的出版浪潮及公開活動〉，《香港六七十年代文社運動整理及研究》，頁六二至一一五。

12 根據報社慣例，如《詩頁》、《焚風》與《詩潮》此類「外判」專欄，大多由報章外聘編輯，並由該特約編輯或相關群體自行進行約稿及編輯工作，此舉不但是為了將出版場域與其他文人及其組織分享，更能減輕副刊主編的工作量。見何杏楓、張詠梅訪問，蔡靜婷整理：〈訪問《華僑日報》社長岑才生先生及編輯甘豐穗先生〉，收於何杏楓、張詠梅、黃念欣及楊鍾基主編：《《華僑日報》副刊研究（一九二五．六．五—一九九五．一．一二）資料冊》（香港：香港中文大學中國語言及文學系，二〇〇六年），頁七六至七七。

13 如當時主編《香港時報．淺水灣》的劉以鬯力排眾議，刊登不少當時還是青年作家的崑南的作品。因為副刊稿費相比「學生園地」為高，因此崑南亦指出自己當時極受劉以鬯的鼓勵。另一方面，由於文社組織多為自主組織，除了將報刊投稿賺得的稿費轉為出版社刊的費用，否則也難以有足夠資金出版，因此有不少文社出版一期社刊後就無法續印，所以報刊專欄是他們投稿的重要場域。見何杏楓、張詠梅訪問，鄧依韻整理：〈訪問劉以鬯先生〉，《「劉以鬯主編《香港時報．淺水灣》（一九六〇．二．一五—一九六二．六．三〇）時期研究」資料冊》，頁二六九；吳萱人：〈文社的出版浪潮及公開活動〉，《香港六七十年代文社運動整理及研究》，頁六二至一一五。

14 陳智德：〈覺醒的肇端——《七〇年代雙週刊》初探〉，《根著我城：戰後至二〇〇〇年代的香港文學》，頁四六一。

15 雖然關夢南曾認為「七、八十年代除非不寫詩，或寫得極差，否則，無論任何流派，都不愁沒有發表的園地」，但以焚風文社的發展及其他詩刊的同人傾向而言，對不少詩人來說也是較難進入詩刊的場域。見關夢南：〈香港文學新詩資料搜集札記〉，關夢南、葉輝主編：《香港文學新詩資料．編（一九二二—二〇〇〇）》，上冊（香港：風雅出版社，二〇〇六年），頁十一。

16 劉以鬯曾提到「《香港時報》是台灣（筆者按：台灣國民黨）出資的報紙，所以可以在台灣發行。」另外，如張子伯提到七十年代台灣詩人能接觸的香港詩刊僅為《詩風》及《香港時報．文與藝》的《焚風專頁》。值得留意的是，同時期的《香港時報》仍有《時報詩頁》刊登，但《詩頁》當時是否被台灣政府所禁及相關原因則不得而知。見何杏楓、張詠梅訪問，鄧依韻整理：〈訪問劉以鬯先生〉，《「劉以鬯主編《香港時報．淺水灣》（一九六〇．二．一五—一九六二．六．三〇）時期研究」資料冊》，頁二六八；張子伯：〈詩人書柬〉，《香港時報．焚風專頁》（一九七七年八月十六日），第三張第十版。

17 無辛：〈弁言〉，《香港時報．時報詩頁》（一九七五年八月一日），第三張第十版。

18 見關夢南、葉輝主編：《香港文學新詩資料彙編（一九二二—二〇〇〇）》，上冊，頁一九一、二〇七。

19 見葉輝：〈香港新詩八十年〉，《新詩地圖私繪本》（香港：天地，二〇〇五年），頁二四六；羅貴祥：〈經驗與概念的對峙：七十年代香港詩的生活化與本土性問題〉，《他地在地——訪尋文學的評論》（香港：天地，二〇〇八年），頁二三九至二五七。

20 見陳智德：〈揭示幻象的本土詩學——論梁秉鈞的「香港系列」詩作〉，《根著我城：戰後至二〇〇〇年代的香港文學》，頁四〇八至四〇九。

21 廖偉棠：〈趕馬入紅塵——訪葉輝〉，《浮城述夢人：香港作家訪談錄》，頁一五二。

22 見王家琪：〈也斯的七〇年代香港新詩論述——以台灣現代詩檢討風潮為燭照〉，《台灣文學研究》（第十一期，二〇一六年十二月），頁九三至一四二。

23 轉引自也斯：〈台灣與香港現代詩的關係——從個人體驗說起〉，《香港文化空間與文學》（香港：青文書屋，一九九六年），頁二八。

24 也斯：〈評香港文學本土化運動〉，馮偉才著《文學．作家．社會》（香港：波文書局，一九八五年），頁十六至十七。

25 見北岳：〈滑梯〉，《香港時報．時報詩頁》（一九七五年八月一日），第三張第十版；馬若〈放紙鳶的孩子〉，《香港時報．時報詩頁》（一九七五年十月一日），第三張第十版。

26 見舒文：〈大學車站候車〉，《香港時報．時報詩頁》（一九七六年一月一日），第三張第十版。

27 見方沙：〈歲暮，香港〉，《香港時報．時報詩頁》（一九七五年十二月一日），第三張第十版。

28 野牛：〈擬電視廣告〉，《香港時報．時報詩頁》（一九七六年十月一日），第三張第十版。

29 子揚：〈歌的年代〉，《香港時報．時報詩頁》（一九七六年五月一日），第三張第十版。

30 見張灼祥：〈新聞〉，《香港時報．時報詩頁》（一九七六年七月一日），第三張第十版。

31 見佚名：〈詩訊〉，《香港時報．時報詩頁》（一九七六年七月一日），第三張第十版。

32 見何福仁：〈香港的詩集〉，《香港時報．時報詩頁》（一九七五年九月一日），第三張第十版。

33 焚風文社：〈序言〉，《香港時報．焚風專頁》（一九七六年三月十六日），第三張第十版。

34 焚風社：〈後記〉，《火與雪：焚風詩選》（香港：焚風社，一九七七年），頁一五七至一五八。

35 據秀實所編的〈里程——焚風詩社資料初編〉，焚風詩社在一九七零年十一月創立。詩社在初建之期並無實名，只是透過《星島日報．好少年世界　詩之頁》的讀者書信來往，及專欄編輯覃俊籌辦的座談會中進行交流。署名「風雨歸人」（或為詩社創辦人之一的凱風）的成員就是於一九七零年十一月的《詩之頁》透過來信向讀者及覃俊交待詩社成立和擬訂創社詞的情況，並期望詩社能於同年十二月的《詩之頁》協助覃俊編刊。見風雨歸人：〈理想與現實——并談詩社的問題〉，《星島日報．好少年世界．詩之頁》（一九七〇年十一月二十日），第二張第十三版；秀實：〈里程——焚風詩社資料初編〉，吳萱人主編：《香港文社史集初編（一九六一——一九八〇）》（香港：洪葉書店，二〇〇一年），頁二六四至二六五。

36 見許定銘：〈《文社綫》〉，《從書影看香港文學》（香港：初文，二〇一九年），頁五〇二至五〇三。

37 見羈魂：〈《焚風》的社刊〉，《詩路花雨：文社歲月》（香港：紙藝軒，二〇一五年），頁一七三。

38 見盧復心：〈寫於焚風六週年紀念——計劃和感言〉，《香港時報．焚風專頁》（一九七六年十一月十六日），第三張第十版；吳美筠：〈青年文社熱潮與文學發展〉，黃淑嫻主編：《香港．一九六〇年代》（台北：文訊雜誌社，二〇二〇年），頁七四。

39 胡國賢：〈從「文社」到「詩社」——香港詩社及詩刊發展初探〉，《足跡．剪影．回聲——香港新詩論集》（香港：詩雙月刊出版社，一九九七年），頁三三。

40 見盧復心：〈寫於焚風六週年紀念——計劃和感言〉，《香港時報．焚風專頁》（一九七六年十一月十六日），第三張第十版。

41 東驥：〈獨坐〉，《香港時報．焚風專頁》（一九七六年三月十六日），第三張第十版。

42 家居：〈鼎〉，《香港時報．焚風專頁》（一九七七年七月十六日），第三張第十版。

43 同注三十九。

44 見盧復心：〈六月，血流的季節〉，《香港時報．焚風專頁》（一九七六年六月十六日），第三張第十版。

45 見盧復心：〈寫於焚風六週年紀念——計劃和感言〉，《香港時報．焚風專頁》，第三張第十版。

46 林力安的父親林仁超為當時香港中國筆會的重要成員，故林仁超與當時的台灣作家有十分密切的關係。見劉以鬯：〈林仁超〉，《香港文學作家傳略》（香港：市政局公共圖書館，一九九六年），頁四五。

47 另外，《焚風》亦刊登了四首由林煥彰創作的新詩作品，可見當時《焚風》亦樂於選用台灣詩人作品，而台灣詩人似乎亦視此專欄為台灣文壇的一個場域——這是一個值得繼續探討的港、臺文學交流現象。見林煥彰：〈詩人通訊——林煥彰自台灣來鴻〉，《香港時報．焚風專頁》（一九七七年七月十六日），第三張第十版。

48 見焚風文社：〈社訊〉，《香港時報．焚風專頁》（一九七八年三月十六日），第三張第十版。

49 然而，《詩頁》與《詩潮》在最後一期都沒有提到停刊的消息，《詩潮》亦沒有提到突然接替《詩頁》與《焚風》兩個新詩專欄的原因。

50 見陳智德：〈冷戰局勢下的台港現代詩〉，《根著我城：戰後至二〇〇〇年代的香港文學》，頁三二三；鄭蕾著：《香港現代主義文學與思潮》，頁四〇至四二。

51 崑南：〈陽光下——代發刊詞〉，《香港時報．詩潮》（一九七八年十二月十六日），第三張第十版。

52 「詩、畫／圖互文」即新詩之詩意、文字與內容等元素與圖畫／相片的視覺元素有所呼應。崑南曾在六十年代劉以鬯主編《香港時報．淺水灣》時期與王無邪合作，創作詩畫互文系列。他指出該時的詩畫創作沒有先後次序，可以是先詩後畫，亦可以是先畫後詩。《詩潮》出現的兩個「詩畫／圖互文」情況則該是先有畫／圖後有詩。見何杏楓、張詠梅訪問，鄧依韻整理：〈訪問崑南先生〉，《「劉以鬯主編《香港時報．淺水灣》（一九六〇．二．一五—一九六二．六．三〇）時期研究」資料冊》，頁二七九至二八九。

53 西西：〈白髮朋友〉，《香港時報．詩潮》（一九七八年十二月十六日），第三張第十版。

54 見張眼：〈詩與標點〉，《香港時報．詩潮》（一九七九年三月一日），第三張第十版。

55 此處所指的「詩語言」該為詩歌採用不同的文學寫作手法而展現的語言特色。江思岸：〈詩的語言〉，《香港時報．詩潮》（一九七九年五月十六日），第三張第十版。

56 翁文嫻：〈朝新方向啟步——評何福仁詩集「龍的訪問」〉，《香港時報．詩潮》（一九七九年六月一日），第三張第十版。

57 見施友朋：〈詩人的事業——讀余光中近作有感〉，《香港時報．詩潮》（一九七九年七月一日），第三張第十版。

58 《香港時報》在一九七九年出現了一連串的改版：如在一九七九年二月十七日增加《綜合》及《旅遊》；《文與藝》將《詩潮》停刊等。而《文與藝》在數月後（一九七九年十二月三十一日）亦告停刊，由《香港風》接替，可見《香港時報》當年是為了大眾讀者口味而轉變報章版面。

59 如劉以鬯、崑南、西西、梁秉鈞與亦舒等作家亦多於《快報》文藝副刊投稿，後三者甚至在《快報》有自己的專欄。

60 陳智德：〈本土及其背面〉，《根著我城：戰後至二〇〇〇年代的香港文學》，頁六六。

61 陳智德：〈流動與根著〉，《根著我城：戰後至二〇〇〇年代的香港文學》，頁七一。

62 陳智德：〈本土及其背面〉，《根著我城：戰後至二〇〇〇年代的香港文學》，頁六六。

## 一、專書

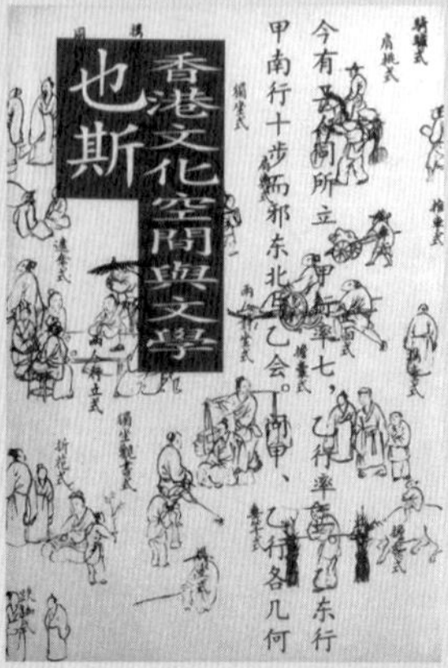


也斯：《香港文化空間與文學》，香港：青文書屋，一九九六年。

王良和：《打開詩窗——香港詩人對談》，香港：匯智出版，二〇〇八年。

白駒：《生命的迴響》，香港：新雷詩壇，一九五七年。

合金：《詩的綴英》，香港：新雷詩壇，一九五八年。

米家路：《望道與旅程：中西詩學的幻象與跨越》，台北：秀威資訊科技，二〇一七年。

何杏楓、張詠梅、黃念欣、楊鍾基主編：《〈華僑日報〉副刊研究（一九二五．六．五至一九九五．一．一二）資料冊》，香港：香港中文大學中國語言及文學系，二〇〇六年。

何杏楓、張詠梅主編：《劉以鬯主編〈香港時報．淺水灣〉（一九六〇．二．一五至一九六二．六．三〇）時期研究資料冊》，香港：香港中文大學中國語言及文學系，二〇〇四年。

吳萱人：《香港六七十年代文社運動整理及研究》，香港：臨時市政局公共圖書館，一九九九年。

吳萱人主編：《香港文社史集初編（一九六一至一九八〇）》，香港：洪葉書店，二〇〇一年。

呂大樂主編：《號外三十：內部傳閱》，香港：三聯，二〇〇七年。

李婉薇：《清末民初的粵語書寫》（修訂版），香港：三聯書店，二〇一七年。

汪民安：《文化研究關鍵詞》，台北：麥田出版，二〇一三年。

沈華柱：《對話的妙悟——巴赫金語言哲學思想研究》，上海：三聯書店，二〇〇五年。

林仁超：《新詩創作論》，香港：香港中國筆會，一九七一年。

胡國賢：《足跡．剪影．回聲——香港新詩論集》，香港：詩雙月刊出版社，一九九七年。

香港中央圖書館：《香港中央圖書館特藏文獻系列：舒巷城文庫目錄》，香港：香港中央圖書館，二〇〇八年。

孫滌靈：《孫滌靈文集》，香港：科華圖書，一九九九年。

梅子編：《香港當代作家作品選集：舒巷城卷》，香港：天地圖書，二〇一七年。

第四十八屆青年文學獎協會文學榮夢：《第四十八屆青年文學獎頒獎典禮暨交職典禮（場刊）》，香港：第四十八屆青年文學獎協會文學榮夢，二〇二二年。

許定銘：《從書影看香港文學》，香港：初文，二〇一九年。

陳浩基、譚劍、文善、莫理斯、黑貓C、望日、冒業著：《偵探冰室．疫》，台北：蓋亞文化，二〇二一年。

陳浩基、譚劍、文善、莫理斯、黑貓C、望日、冒業著：《偵探冰室．疫》，香港：星夜出版，二〇二一年。

陳浩基、譚劍、文善、黑貓C、望日、冒業著：《偵探冰室》，台北：蓋亞文化，二〇二〇年。

陳浩基、譚劍、文善、黑貓C、望日、冒業著：《偵探冰室》，香港：星夜出版，二〇一九年。

陳浩基、譚劍、莫理斯、黑貓C、夜透紫、柏菲思、望日著：《偵探冰室・貓》，台北：蓋亞文化，二〇二二年。

陳浩基、譚劍、莫理斯、黑貓C、夜透紫、柏菲思、望日著：《偵探冰室・貓》，香港：星夜出版，二〇二二年。

陳浩基、譚劍、莫理斯、黑貓C、望日、冒業著：《偵探冰室・靈》，台北：蓋亞文化，二〇二〇年。

陳浩基、譚劍、莫理斯、黑貓C、望日、冒業著：《偵探冰室・靈》，香港：星夜出版，二〇二〇年。

陳浩基：《13・67》（修訂版），香港：皇冠，二〇一八年。

陳浩基：《13・67》，台北：皇冠，二〇一四年。

陳智德、小西：《咖啡還未喝完——香港新詩論》，香港：現代詩研讀社、文星文化教育協會，二〇〇五年。

陳智德：《根著我城：戰後至二〇〇〇年代的香港文學》，新北：聯經出版，二〇一九年。

陳智德：《這時代的文學》，香港：中華書局，二〇一八年。

陳智德主編：《香港文學大系一九一九至一九四九：新詩卷》，香港：商務印書館，二〇一四年。

焚風社：《火與雪：焚風詩選》，香港：焚風社，一九七七年。

程美寶：《地域文化與國家認同：晚清以來「廣東文化」觀的形式》，香港：三聯書店，二〇一八年。

舒巷城：《太陽下山了（紀念版）》，香港：花千樹，二〇一三年（第二版）。

舒巷城：《太陽下山了》，香港：南洋文藝出版社，一九六二年。

舒巷城：《我們相逢，我們分別，我們長相憶》，香港：花千樹，二〇一五年。

舒巷城：《長街短笛》，香港：花千樹，二〇〇四年。

舒巷城：《淺談文學語言》，香港：花千樹，二〇〇五年。

舒巷城：《都市場景》，香港：花千樹，二〇一三年。

舒巷城：《都市詩鈔》，香港：花千樹，二〇〇四年。

舒巷城：《無拘界（上冊）》，香港：花千樹，二〇一一年。

舒巷城：《詩國巷城》，香港：花千樹，二〇〇六年。

華嘉：《論方言文藝》，香港：人間書屋，一九四九年。

飲江：《於是：搬石你沿街看節日的燈飾》，香港：文化工房，二〇一〇年。

馮偉才：《文學・作家・社會》，香港：波文書局，一九八五年。

黃仲鳴：《香港三及第文體流變史》，香港：香港作家協會，二〇〇二年。

黃淑嫻主編：《香港‧一九六〇年代》，香港：文訊雜誌社，二〇二〇年。

葉輝：《新詩地圖私繪本》，香港：天地，二〇〇五年。

董啟章：《體育時期（上學期）》，台灣：高談文化，二〇〇四年。

董啟章：《體育時期（上學期）》，香港：蟻窩，二〇〇三年。

董啟章：《體育時期（下學期）》，台灣：高談文化，二〇〇四年。

董啟章：《體育時期（下學期）》，香港：蟻窩，二〇〇三年。

董啟章：《體育時期（劇場版）[上學期]》，台北：聯經，二〇一三年。

董啟章：《體育時期（劇場版）[下學期]》，台北：聯經，二〇一三年。

董啟章：《體育時期》，北京：作家出版社，二〇一三年。

廖偉棠：《浮城述夢人——香港作家訪談錄》，香港：三聯書店，二〇一二年。

漢山文化事業公司廣告部主編：《文針（漢山文化事業公司開業特刊）》創刊號，一九五〇年。
劉以鬯：《香港文學作家傳略》，香港：市政局公共圖書館，一九九六年。
劉綺華：《失語》，台北：博識，二〇二二年。
劉綺華：《失語》，香港：麥穗，二〇一九年。
慕容羽軍：《為文學作證——親歷的香港文學史》，香港：普文社，二〇〇五年。
鄭毓瑜，《姿與言：詩國革命新論》，台北：麥田出版，二〇一七年。
鄭樹森、黃繼持、盧瑋鑾編：《香港新文學年表（一九五〇——一九六九年）》，香港：天地圖書，二〇〇〇年。

鄭樹森、黃繼持、盧瑋鑾編：《國共內戰時期香港文學資料選》，香港：天地圖書，一九九九年。
鄭蕾：《香港現代主義文學與思潮》，香港：中華書局，二〇一六年。
簡政珍：《台灣現代詩美學》，台北：揚智文化，二〇〇四年。

羅貴祥：《他地在地——訪尋文學的評論》，香港：天地，二〇〇八年。

關夢南、葉輝主編：《香港文學新詩資料彙編（一九二二至二〇〇〇）》，香港：風雅出版社，二〇〇六年。

羈魂：《詩路花雨：文社歲月》，香港：紙藝軒，二〇一五年。

[英]佐治．奥良爾（Orwell, George）著，蔡偉泉翻譯：《動物農莊，香港粵文版）》，香港：藍出版，二〇二一年。

[法]卜列維著，[星] Jean-Marie Schiff、陳瑞獻譯：《雅克．卜列維詩選》，新加坡：法國駐星大使館文化部，一九七〇年。

[波]辛波絲卡（Szymborska, Wislawa）著，陳黎、張芬齡譯：《辛波絲卡詩集》，台北：寶瓶文化，二〇一一年。

[俄]巴赫金（Bakhtin, Mikhail）著，白春仁、顧亞鈴譯：《巴赫金全集（第三卷）》（第二版），河北：河北教育出版社，二〇〇九年。

[俄]巴赫金著，白春仁、顧亞鈴譯：《巴赫金全集（第五卷）》（第二版），河北：河北教育出版社，二〇〇九年。

[英]特里．伊格爾頓（Eagleton, Terry）著，宋政超譯：《文化與上帝之死》，河南：河南大學出版社，二〇一六年。

[德]班雅明（Benjamin, Walter）著，張旭東、魏文生譯：《發達資本主義社會的抒情詩人／論波特萊爾》（Charles Baudelaire : Ein Lyriker im Zeitalter des Hochkapitalismus）（第二版），台北：臉譜出版，二〇一〇年。

[德]黑格爾（Hegel, Georg Wilhelm Friedrich）著，朱光潛譯：《美學（第二卷）》（Aesthetics:

Vol. 2）。北京：商務印書館，一九七九年。

Derrida, Jacques, Aporias: *Dying – awaiting (one another at) the "limits of truth"*. CA: Stanford University Press,1993.

Remi H. Kalir and Antero Garcia, *Annotation*. Cambridge, Massachusetts: The MIT Press, 2021.

Snow, Donald, Cantonese as *Written Language: The Growth of a Written Chinese Vernacular*. Hong Kong: Hong Kong University Press, 2004.

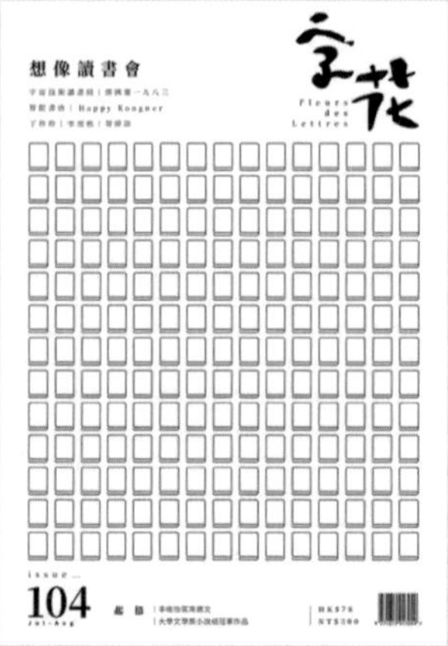


James Shea、謝曉虹：〈《搬石：飲江詩集》序〉，《字花》第一〇四期（二〇二三年七月），頁八五至九一。

Kf：〈粵文創作嘅想象——訪問純粵文期刊《迴響》編輯阿星、擇言〉，《中大學生報》二〇二一年十一月號（二〇二一年十一月），頁四九至五二。

何依蘭：〈九十年代詩社回顧座談會〉，《文學世紀》第三期（二〇〇〇年六月），頁二八至三五。

何福仁：〈不用感歎號的大家：楊牧〉，《印刻文學生活雜誌》第二〇〇期（二〇二〇年四月），頁二一

何福仁：〈香港的詩集〉，《香港時報．時報詩頁》（一九七五年九月一日），第三張第十版。

佚名：〈詩訊〉，《香港時報．時報詩頁》（一九七六年七月一日），第三張第十版。

佚名：〈跟舒巷城先生聊天〉，《香港文學》第三期（一九七九年十一月），頁四至七，收錄於馬輝洪編著：《回憶舒巷城》（香港：花千樹，二〇一二年），頁三至一二。

凝凝：〈論現代詩的難懂〉，《詩風》第八期（一九七三年一月），頁二至三。

初：〈文學是咁樣得唔得〉，《號外》總第四六九期（二〇一五年十月），頁一一四至一一七。

劉偉成：〈主體的衰亡：七、八十年代香港新詩發展所反映的文化特質〉，《詩網絡》第十期（二〇〇三年八月），頁五四至九〇。

北岳：〈滑梯〉，《香港時報．時報詩頁》（一九七五年八月一日），第三張第十版

區肇龍：〈論舒巷城與魯迅〉，《文學評論》第三十二期（二〇一四年六月），頁五一至五四。

子揚：〈歌的年代〉，《香港時報．時報詩頁》（一九七六年五月一日），第三張第十版。

孫亞喦：〈民歌與新詩〉，《香港時報．詩圃》（一九五四年十二月六日），第五版。

孫亞喦：〈談詩的押韻〉，《香港時報．詩圃》（一九五四年八月二十五日），第五版。

家居：〈鼎〉，《香港時報．焚風專頁》（一九七七年七月十六日），第三張第十版。

尤加多：〈第一天〉，《香港商報．無拘界》（一九八八年四月一日）。

---

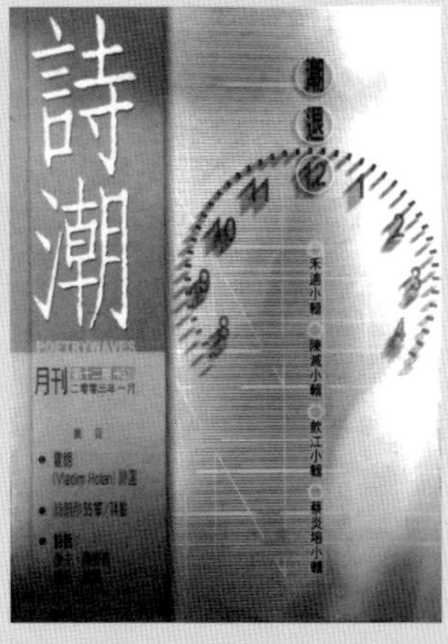


屈子健：〈我們的七十年代——飲江訪談錄音整理〉，《詩潮》第十二期（二〇〇三年一月），頁五四至六四。

崑南：〈火花集〉，《香港時報．詩圃》（一九五四一九五四年七月二十六日），第五版。

崑南：〈陽光下——代發刊詞〉，《香港時報．詩潮》（一九七八年十二月十六日），第三張第十版。

張亞芳、吳繼剛：〈格言特徵考探〉，《昭通學院學報》第三十八卷第一期，二〇一六年，頁八六至八九。

張子伯：〈詩人書柬〉，《香港時報．焚風專頁》（一九七七年八月十六日），第三張第十版。

張彥嵐：〈論香港「新三及第」文學的本土意識——以丘世文、黃霑為例〉，《文化研究季刊》第一百八十期（二〇二二年十二月），頁一至二五。

張灼祥：〈新聞〉，《香港時報　時報詩頁》（一九七六年七月一日），第三張第十版。

張燕珠：〈雅俗通變——讀舒巷城《無拘界》〉，《文學評論》第四十八期（二〇一七年二月），頁十五至十八。

張眼：〈詩與標點〉，《香港時報．詩潮》（一九七九年三月一日），第三張第十版。

彼岸：〈談談譯詩〉，《香港時報．詩圃》（一九五四年九月十三日），第五版。

戴瑩：〈藍窗短札之二——散文詩及其他〉，《香港時報．詩圃》（一九五五年五月九日），第五版。

方川介：〈詞語的戲劇——讀飲江詩五首〉，《作家》第十三期（二〇〇一年十二月），頁一四七至一四九。

方沙：〈歲暮，香港〉，《香港時報．時報詩頁》（一九七五年十二月一日），第三張第十版。

施友朋：〈詩人的事業——讀余光中近作有感〉，《香港時報．詩潮》（一九七九年七月一日），第三張第十版。

李卓賢：〈淺論舒巷城小說與通俗文學〉，《城市文藝》第七十期（二〇一四年四月），頁五九至六一、六四。

李婉薇：〈在命定的張力中前行——回歸後粵語寫作的危機與生機〉，《字花》第四十九期（二〇一四年五至六月），頁六五至六八。

李婉薇：〈知識分子的掙扎：丘世文《周日牀上》的思想和語言〉，《淡江中文學報》第四十六期（二〇二二年六月），頁二二一至二五六。

李學銘：〈五六十年代香港大專校園的文學活動——從兩本被遺忘的小書說起〉，收錄於黃維樑主編：《活潑紛繁的香港文學：一九九九年香港文學國際研討會論文集》下冊，香港：中文大學出版社，二〇〇〇年，頁八七七至八八七。

東驥：〈獨坐〉，《香港時報　焚風專頁》（一九七六年三月十六日），第三張第十版。

林仁超：〈新雷詩壇的誕生〉，《華僑日報．學生園地》（一九五五年十月三日）。

林仁超：〈林仁超教授序〉，收錄於易滄：《異域行》，香港：新雷詩壇，一九五七年，頁一至二。

第04期

評詩網絡特輯

網羅了寶貝，也遺失了珍珠　林浩光

——《詩網絡》第一及第二期略評

（一）評鑑的標準何在？

林浩光：〈網羅了寶貝，也遺失了珍珠——《詩網絡》第一及第二期略評〉，《詩網絡》第四期（二〇〇二年八月），頁七八至八三。

林煥彰：〈詩人通訊——林煥彰自台灣來鴻〉，《香港時報．焚風專頁》（一九七七年七月十六日），第三張第十版。

梁羽生：〈無拘界處覓詩魂——悼舒巷城〉，《作家通訊》新三期（一九九九年五月），第一版。
江思岸：〈詩的語言〉，《香港時報．詩潮》（一九七九年五月十六日），第三張第十版。
焚風文社：〈序言〉，《香港時報．焚風專頁》（一九七六年三月十六日），第三張第十版。
焚風文社：〈社訊〉，《香港時報．焚風專頁》（一九七八年三月十六日），第三張第十版。
無辛：〈弁言〉，《香港時報．時報詩頁》（一九七五年八月一日），第三張第十版。
無邪：〈淺論十四行〉，《香港時報．詩圃》（一九五四年八月十六日），第五版。
王家琪：〈也斯的七〇年代香港新詩論述——以台灣現代詩檢討風潮為燭照〉，《台灣文學研究》第十一期（二〇一六年十二月），頁九三至一四二。
瑤川：〈兩片唇的組曲——蜻蜓體〉，《詩朵》第一期（一九五五年八月），頁三七。
盧因：〈詩的基本認識〉，《香港時報．詩圃》（一九五四年七月二十六日），第五版。
盧復心：〈六月，血流的季節〉，《香港時報．焚風專頁》（一九七六年六月十六日），第三張第十版。
盧復心：〈寫於焚風六週年紀念——計劃和感言〉，《香港時報．焚風專頁》（一九七六年十一月十六日），第三張第十版
竇其利：〈詩化散文〉，《香港時報．詩圃》（一九五五年六月二十日），第五版。
翁文嫻：〈朝新方向啟步——評何福仁詩集「龍的訪問」〉，《香港時報．詩潮》（一九七九年六月一日），第三張第十版。
舒巷城：〈阿女〉，《可可》第一期（一九五九年十月十六日），頁一二至一三、一六。
舒文：〈大學車站候車〉，《香港時報．時報詩頁》（一九七六年一月一日），第三張第十版。

葉輝：〈靈魂的重量〉，《香港文學》總第二五九期（二〇〇六年七月），頁六〇至六五。

蘇錦玲紀錄，何福仁整理：〈端午座談會——現代詩的理論與創作〉，《明報月刊》第一二九期（一九七六年九月），頁三二至三七。

西西：〈白髮朋友〉，《香港時報　詩潮》（一九七八年十二月十六日），第三張第十版。

譚志明：〈四十年代後期香港左翼方言文學運動探析〉，《彰化師大國文學誌》第二十三期（二〇一一年十二月），頁二四一至二五九。

輝社：〈從寫詩說起〉，《香港時報．詩圃》（一九五四年七月二十六日），第五版。

遐：〈港話和粵語不同　反映出它的背景勢力〉，《立報》（一九三九年二月二日），第八版。

鄒文律：〈新詩森林的讀圖學——讀《咖啡還未喝完》〉，《城市文藝》總第九十三期（二〇〇九年四月），頁七六至七八。

鄧樂兒：〈語言與權力夾縫的逃逸路線——論黃碧雲《沉默。暗啞。微小。》與「少數文學」〉，《中外文學》第四十七卷第四期（二〇一八年十二月），頁一一七至一六七。

野牛：〈擬電視廣告〉，《香港時報．時報詩頁》（一九七六年十月一日），第三張第十版。

陳智德：〈林以亮詩論與五〇年代香港新詩的轉變〉，《作家》第十一期（二〇〇一年八月），頁八五至九三。

陳澤霖：〈一九五〇年代香港報譯詩歌專欄現象管窺——以《香港時報．詩圃》及《華僑日報．新雷詩壇》為例〉，《第三屆「台大—中大—教大研究生港台文學與文化研討會」》報告論文，台北：國立台灣大學台灣文學研究所，二〇一九年七月八日，頁八九至一一七。

須文蔚：〈《香港時報》副刊內涵與現代化程度之內容分析〉，《在地因緣：香港文學及文化國際學術研討會》報告論文，香港：香港大學中文學院，二〇一九年五月三十一日。

須文蔚：〈一九七〇年代《香港時報》「時報詩頁」與「詩潮」之研究〉，《冷戰時期中港台文學與文化翻譯國際學術研討會》報告論文，香港：香港嶺南大學，二〇一五年三月七日。

風雨歸人：〈理想與現實——并談詩社的問題〉，《星島日報．好少年世界．詩之頁》（一九七〇年十一月二十日），第二張第十三版。

飲江：〈Her。小冰秒殺（調寄巴黎野玫瑰123）〉，《字花》第七十二期（二〇一八年三月），頁三至四。

飲江：〈想創你個心〉，《小說風》第二期（二〇〇八年四月），頁五十。

飲江：〈文學是……咁樣得唔得〉，《號外》總第四六九期（二〇一五年十月），頁一一五。

飲江：〈明嘞。（著衣持砵挨身夾餸）〉，《聲韻詩刊》第三十九至四十期（二〇一八年三月），頁B八二。

飲江：〈粵語書寫……咁樣得唔得？〉，《字花》第一〇三期 issue004（二〇二三年五月），頁二十至二七。

飲江：〈聞教宗說不信主的人可以上天堂之隨街跳〉，《明報．世紀．詩言志》（二〇一四年十二月二十七日），D4版。

黃仲鳴：〈粵語文學：三及第．廣派．港派〉，《作家》第六期（二〇〇〇年八月），頁一〇一至一〇八。

黃宗潔：〈躁鬱的城市：當代香港推理小說的社會性及其「雙重轉譯」〉，《淡江中文學報》第四十三期（二〇二〇年十二月），頁二三九至二七三。

[日] 吉川雅之：〈港台本土語言書面語言化在一九九〇年代中期以後之動向〉，《中國語文通訊》第九九卷第一期（二〇二〇年一月），頁一九五至二一二。

[日] 吉川雅之：〈香港粵語文學語言文體的歷史變

作家　第六期　2000年8月1日

粵語文學：
三及第・廣派・港派

◎黃仲鳴

101 作家

遷〉，收錄於黎活仁、黃耀堃主編：《方法論於中國古典和現代文學的應用》，香港：香港大學亞洲研究中心，一九九九年，頁三四五至三七二。

Robert S. Bauer, "Cantonese as written language in Hong Kong," *Global Chinese*. 4.1 (Mar. 2018), pp103-142.

## 三、網上資料


小思：〈敬悼舒巷城先生〉，《星島日報．星辰》（一九九九年四月三十日），《香港文學檔案．人物檔案．舒巷城．研究資料》（二〇二二年十二月二十日擷取）

https://hklit.lib.cuhk.edu.hk/explore/#/details/?id=ea5119f8-bc80-49d0-9013-256cd70dc3bd

史蒂芬金銀銅鐵席格：〈【上週讀什麼】二〇二二年八月二日至二〇二二年九月四日：《美國眾神》、《蜘蛛男孩》、《北歐眾神》、《孤島的來訪者》、《黑桃J》、《失語》〉（二〇二三年三月二十八日擷取）

https://stephenwtf.rocks/2961/?fbclid=IwAR3qV0eC3QLInrwoDQMh2QCGlxFhs95HYvGiygJR4_5BaLUVTdcmU0AkIcA/

何杏園：〈推理在香港：小說家陳浩基談港台推理〉（二〇二三年三月二十八日擷取）

https://www.openbook.org.tw/article/p-19771

青年文學獎：〈第四十八屆青年文學獎比賽規例〉（二〇二三年三月二十八日擷取）

https://www.facebook.com/hkylaa/posts/4255759714448519/

香港中文大學圖書館：〈王深泉夫人捐贈項目清單（二〇〇三年七月十日捐贈）〉，《香港文學檔案．人物檔案．舒巷城．研究資料》（二〇二二年十二月二十日擷取）

https://hklit.lib.cuhk.edu.hk/explore/#/details/?id=f90c6f76-3b4c-4084-a499-946b2a3681ac

香港中文大學圖書館：〈王深泉夫人捐贈項目清單（二〇〇三年八月六日捐贈）〉，《香港文學檔案．人物檔案．舒巷城．研究資料》（二〇二二年十二月二十日擷取）

https://hklit.lib.cuhk.edu.hk/explore/#/details/?id=bec4b50b-5f8d-4add-8001-a2e8a64d79dd

秦西寧：〈春歸何處（第三回）〉，《香港文學檔案．人物檔案．舒巷城．作品》（二〇二二年十二月二十日擷取）

https://hklit.lib.cuhk.edu.hk/explore/#/details/?id=d3772ae8-57d1-4a95-ba0c-f38abca7c309
迴響粵語文學期刊：〈我哋為廣東話再行前咗一大步，大家可唔可以同我哋一齊行〉（二〇二三年三月二十八日擷取）
https://www.facebook.com/ResonateCantonese/photos/a.101923154886782/101903571555407/?type=3
陳澤霖整理：〈《可可》目錄〉，《觀頤齋書話》（二〇二三年十二月二十日擷取）
https://kyizaai.wordpress.com/2022/11/14/%e3%80%8a%e5%8f%af%e5%8f%af%e3%80%8b%e7%9b%ae%e9%8c%84/
[唐]王冰注，[宋]王憶等校：《重廣補注黃帝內經素問》第一卷，收入張元濟主編：《四部叢刊初編》第三五七冊（上海：商務印書館，一九二六年），頁七，景上海涵芬館藏明翻北宋本。參考自「中國哲學書電子化計劃」（二〇二三年十一月二十六日擷取）
https://ctext.org/library.pl?if=gb&file=77714&by_collection=1&page=25

編後記

# 陪走一段粵語書寫的路

李卓賢

七年前編者協辦教育學院的一個研討會，結識當時仍在念本科，為老師籌備會議活動的澤霖。大家還未熟悉的時候，他就經常跟我分享與同代人不一樣的話題，最初是飲江的詩，後來是舒巷城某珍本的書肆縱跡，到他開始辦讀書會，自發舉辦一些粵語詩賞析計劃，我開始意識到他是香港文學工作的同路人。

雖說同路人，同樣看到別人眼中的廢紙都會興奮，可是我們的關懷不太一樣。編者關心的是戰前早期香港文學，總是跟當下存有一段距離，被遺忘或忽略都絲毫不感意外。澤霖無論在研究和說話都比我認真，總是關心跟當下連繫的香港文學，希望從過去找出當下文學美好的證據。他不會掩飾對文學的愉悅，也擅於運用社交平台和影像去推廣和抒情（我剛剛才知道他曾以此獲獎）。反之我做過媒體，對媒介會有戒心，十多年來偶爾放縱都被警戒不要亂貼東西。早年我一直跟熱情的澤霖保持距離，其實心裡老在想，或許我可以培養他做第一代香港文學 vtuber。

直至二〇一八至一九年間，我們都好像犯太歲似的，各自遇到很大的挫折，中間多了不少交流，最後成為他的『担当プロデューサー』編輯。澤霖以飲江詩研究畢業，希望繼續從事學術研究，但一直被各種「大人的善意」所計算和阻撓，最終下定決心離開虛偽的舒適圈，在公眾的視野做更多文學的嘗試。二〇一九年的某日，當時經營《微批》的譚以諾來訊，希望編者參與一個飲江的專題，老實說我是詩歌的外行人，當時正處於被遺留在公路加油站的處境，行囊只剩充滿回憶、不願再翻、未肯放棄的舊冊，於是向以諾推薦了澤霖，不久〈論飲江詩作的基督宗教符號及粵語運用〉就發表在《微批》，各種研討會和發表的機會亦接踵而至，「飲江推」和粵語寫作研究都好像找到出路。那個多事的二〇一九年，又正好是後話成立兩年，編者愛稱為後子和華子的兩位拍檔，一直想把我從後台拉出來。如果以行山作比喻，華子會在山路上任性地要求沒出席的人幫忙揹行囊，後子則經常苦惱如何向路人介紹有位不在場的行友，他們得出結論是：阿修你應該要為後話編一本書。

當時我實在沒有心緒跟他們議價，唯一可做就是搶在他們指派以前找到作者。正好留意到澤霖想擴展粵語書寫研究計劃，於是主動跟他洽談申請「新苗計劃」的可能，透過出版解決我倆的問題。

雖說澤霖以飲江詩研究起家，可是對編者來說，本計劃能夠成書，實係建基於兩篇報刊文藝專欄研究：〈一九五零年代香港報章詩歌專欄現象管窺——以《香港時報．詩圃》及《華僑日報．新雷詩壇》為例〉以及〈本土關懷、社群互動及放眼世界：一九七零年代《香港時報．文與藝》新詩專欄現象管窺〉。前者在二〇一九年「第三屆臺大—中大—教大研究生臺港文學與文化研討會」宣讀，該會由澤霖與兩位同事擔任教大代表，會後澤霖訂正文稿，於二〇二〇年交《方圓》發表，緊接於同年杪發表後者。這兩篇初始研究，反映作者早年研究飲江詩過後，試圖把粵語詩放回文學史料的維度，目光鎖定至新詩專欄。五十年代冷戰格局下的香港，因為意識形態角力與文化宣傳的需要，各種書刊流通其中。當時有不少書刊為青年作家和詩人提供發表機會：如《中國學生周報》、《青年樂園》、《大學生活》一類青年讀物，也有《人人文學》、《文學世紀》、《文學世界》等文學雜誌，報章亦開闢各種青年信箱和園地。青年作者雖然有很多機會，但投稿總會被解讀成一種（政治）取態，某些作者更索性表現激烈以爭取最有利發表條件。但事實上這種理解又是否必然？刊物編輯有個人的愛好與策略、書刊的生產條件與界限、作者的自發性都在定義著一個文學版面以至一份刊物，意識形態並非判斷當時刊物的價值的唯一準則。在澤霖的研究視野下，那些五十年代至七十年代的報刊雖有政治立場，但作者、編者、生產條件的互動，仍能讓新詩專欄放下意識形態包袱，放手讓作者探索自身語言適性，追求詩歌的時代任務。澤霖在學術的起步階段已採用鮮有人提及的報刊材料，反映自身收集本地史料的濃厚興趣，在業師李婉薇博士承傳到報刊研究與粵語書寫研究的心得，以及受到當時教大學者編選香港文學大系，同工整理本地報刊資料的氣氛所薰染。

澤霖抱持對本土作家與粵語寫作的關懷，留意到香港文學社群聚散對文學本土意識生成的重要性。報刊扶植了五六十年代文社，這些文社成員在互相揣摸之間認識到自己的語言，他們走出自己的風格以後，再回饋到文學社群發展，進而透過文學探索世界；當時以香港生活為文學抒寫對象的代表，首推西西、崑南、也斯等，澤霖的七十年代詩歌專欄考察中，亦可見這些本土文學先驅的身影，他們出入文社之間，劃定本土文學場域邊界，反抗陳言和現實，開拓更多香港聲音的可能。澤霖兩篇新詩專欄的初始研究，既能描述五十至七十年代香港文學新詩專欄的風景，也寫出不同時代詩人必經學習、反抗、出走、歸屬的成長歷程。然而探索至此，作者似乎發現本土作家社群以及本土意識形成的過程當中，粵語寫作仍是身影模糊，準確地說粵語寫作在各種文學的考慮之下經常是排除在外。也許如梁秉鈞老師說，在柏油路尋找泥土，總是徒勞的。需要換一個觀看角度，才能看到更多意義。

我們提交「新苗計劃」申請前後，正值新冠病毒肆虐，編者在熒幕上跟澤霖談到書本的可能性，包括去找一些訪問對象，要一個怎樣的封面。到新苗計劃通過，正好疫情略見緩和，那時澤霖完成碩士課程，考入中大研究院，在圖書館特藏籌備展覽，並成為《字花》編輯，從多個方向實現粵語書寫研究大計。我們到坪州訪問飲江，吃過詩人自製的乳酪，從他分享的生活經驗當中尋找粵語的細碎，聽 Yves Montand 唱過 Barbara，在詩人生活居住的空間蹓躂，適逢水煮魚文化正籌備飲江新著，澤霖透過《字花》再跟詩人和書籍設計師作對談。另一邊廂，香港教育大學「居住與香港文學」計劃也曾把澤霖的問題轉達予舒巷城的太太王陳明月女士，配合到澤霖在圖書館工作中的積累。訪問與文化工作的互動，似乎印證了澤霖的一些主張，即粵語詩或粵語入文學作為香港本土文學的一種呈現方式，它的考慮向來不是單單的藝術或者政治考慮；粵語文學如果是以純粵語為前提，也無疑是緣木求魚，因為本來就沒有一種純粹的語言。確實，語言，以至是它代表的文化，它們的傳播力、生命力和創造力，都需要與其他並置，或存有碰撞才能成立。這些觀察都在〈在引號和注釋之間：當代香港小說粵語書寫呈現形式管窺〉一文中得到延伸，特別是香港在經歷「普教中」爭議和連番社會運動，大眾都把語言提升為身份象徵，作者意識到一些推動純粵語的倡議，也許忽視了香港文學與文化原有的混雜性的特別與優勢，適得其反地邊緣化了香港的聲音。澤霖於文中列舉多位作家與作品，說明當下仍有作家承接香港文學固有的粵語入文的策略，成功把香港的聲音帶到海外地方。更可貴是作者以粵語書寫的角度介入，超越雅俗的標籤定型。粵語寫作的侷限並非源於語言的本質，而是使用的人未有認清自身文化優勢與資本。如果有心去討論卻不認識前人軌跡，就好比一個有心但唔識做生意嘅二世祖，錯誤投資敗曬伯爺副身家。

本書原擬討論範圍更廣，作者收集了大量的粵語詩，希望能討論蔡炎培、崑南、游靜的詩歌，以及進一步鳥瞰千禧年後粵語書寫狀況，但公帑支持的計劃始終有空間（本書已逾十萬字）及時間（感謝藝術發展局一再容許延期）的極限，作者也實在過勞，需要作出取捨。本社雖擔心論述未臻完善，仍決意斬纜，不過編者最後總覽全書，確信這些憂慮只屬杞人憂天，應該要擔心作者在出版前夕燃燒自己，交出一篇代序。本年初編者與作者在台北現流冊店見面，雖然編者喝下該店名物風流龍眼酒（三十八度），但仍記得當日我倆討論到香港文化混雜性的本質的話題，旁及黃霑、林振強、《號外》作者群等等把粵語聲音和白話文字圓熟地結合的前人，感嘆過分講求純正或帶有潔癖的討論風氣，都把這些有價值的文化結晶遺忘在一旁。看到粵語在香港文學的討論仍有大片待墾空間，有各種費時的苦差事，澤霖竟然稍稍重振起來（真是個抖M）。微醺視野烙印了澤霖，此刻回看，竟比當時更形憔悴。他已把青春都奉獻予所愛的粵語詩群、畢業論文以及未來更多著作，走出獨特的香港文學研究方向。

在此感謝：香港藝術發展局資助和包容、智德老師在百忙之中先後推薦計劃並賜序、Cacar抵受編輯繁瑣要求精心裝幀設計、二貓（陳燕怡博士與黃妙妍）的翻查校對，譚穎詩與何杏園把出版社養成近年本地最精緻的出版品牌，以及關注香港文學粵語書寫的前途的你願意購買閱讀票房毒藥。

# 都市大調與不能漏掉的佳作：論香港粵語書寫

作者：陳澤霖
編輯：李卓賢
校對：陳燕怡
　　　黃妙妍
裝幀設計：李嘉敏
出版：後話文字工作室
電郵：info@pscollabhk.com
Facebook / IG：pscollabhk

印刷：嘉昱有限公司
香港發行：泛華發行代理有限公司
台灣發行：紅螞蟻圖書有限公司
星馬發行：新文潮出版私人有限公司
版次：二〇二四年六月初版
國際書號：978-988-70036-0-1
定價：港幣一五八元
　　　新台幣五二〇元
建議分類：(1) 香港文學 (2) 當代華文文學 (3) 文學評論

後話



艺鵠 Art & Culture Outreach 工作室贊助

香港藝術發展局 Hong Kong Arts Development Council 資助

香港藝術發展局支持藝術表達自由，
本計劃內容並不反映本局意見。